「日産　童話と絵本のグランプリ」（2016年3月）の表彰式後のパーティが終わって
左から　三宅興子、松岡享子、あまんきみこ

「日産　童話と絵本のグランプリ」（2018年3月）表彰式後のパーティーにて
左から　富安陽子、あまんきみこ、黒井健、篠崎三朗、宮川健郎

第6回「あまんきみこ研究会」（2018年9月、特別企画　あまんきみこさんをお迎えして）
左から　あまんきみこ、村上呂里（聞き手）

＊敬称は略させていただきました。

くましんし

あまんきみこ
え・小林和子

星が、ちかちか光っています。

葉のすっかり落ちたイチョウの並木が、まるでつめたい冬の空を、カチッととめ金でおさえているように、遠くまでならんでいます。その下を、車は、ぐんぐん走ります。

今夜は、これでおしまいだな——

運転手の松井さんは、ハンドルをまわしながら思いました。遠くにオレンジ色の光があらわれて、見る見るうちに近づき、ビュンと、風のうなりを残して、すれちがっていきます。

もう、夜中の二時をすぎています。

ずいぶん寒そうだな。まるで星までこおりついているような夜だ——

イチョウの並木はいつのまにかおわって、家々がしんと並んでいるアスファルトの道を走り、車は、ある町かどの、あかあかとあかりのあふれている大きな建物の中に、すべりこむようにはいっていきました。Sタクシー会社。ここが、松井さんの会社なのです。

松井さんは、車の外に出ました。つぎに、客席のドアを、いきおいよくあけました。

「おや？」

大きな黒い皮のさいふが、目に映りました。

取りあげると、ぶあつい手ごたえです。中を改めると、ぎっしりお金がつまっていました。そのお金にまじって、持ちぬしのめいしらしいものが、五、六枚はいっていました。

熊谷株式会社
熊野熊吉

松井さんの頭に、すぐ今夜乗せた最後のお客の顔が浮んできました。

バックミラーの中で、ねむりこけているしんし（紳士）の顔は、いつのまにか、くま（熊）になっていました。オーバーのえりを立てて、ソフト帽子をななめにかぶり、くまはかすかな寝いきをたてていました。

松井さんは、もう少しで、ハンドルをきりそこなうところでした。

そのひょうしに、車はガタンと大きくゆれました。しんしは目をあけ、そして体をおこして、たばこに火をつけました。バックミラーの中には、普通の男の顔がうつっていました。

松井さんは、なにかのさっかくだと思いました。こんなおかしなことは、この世にありえないことだから、と考えました。車は、しんしのことばにしたがって、大きなやしきの前にとまりました。しんしは、門の中に、広い背をゆらすような歩きかたで、ゆったりとはいっていきました。

松井さんは、もう一度、運転席にもどりました。エンジンをかけました。ハンドルをまわすと、バックして車道に出ました。車は、いま来た道を、ふたたび走りはじめました。

星が、ちかちか光っています。

しんと静まっている家々の間をすぎ、イチョウ並木をすぎ、そして車は、見おぼえのある門の前に、ぴたりと止まりました。車をおりた松井

『びわの実学校』13号に掲載された「くましんし」（絵・小林和子）

最初の単行本『車のいろは空のいろ』（絵・北田卓史、ポプラ社、1968年）

☛32ページ

『びわの実学校』13号（絵・山高登、びわのみ文庫、1965年）☛158ページ

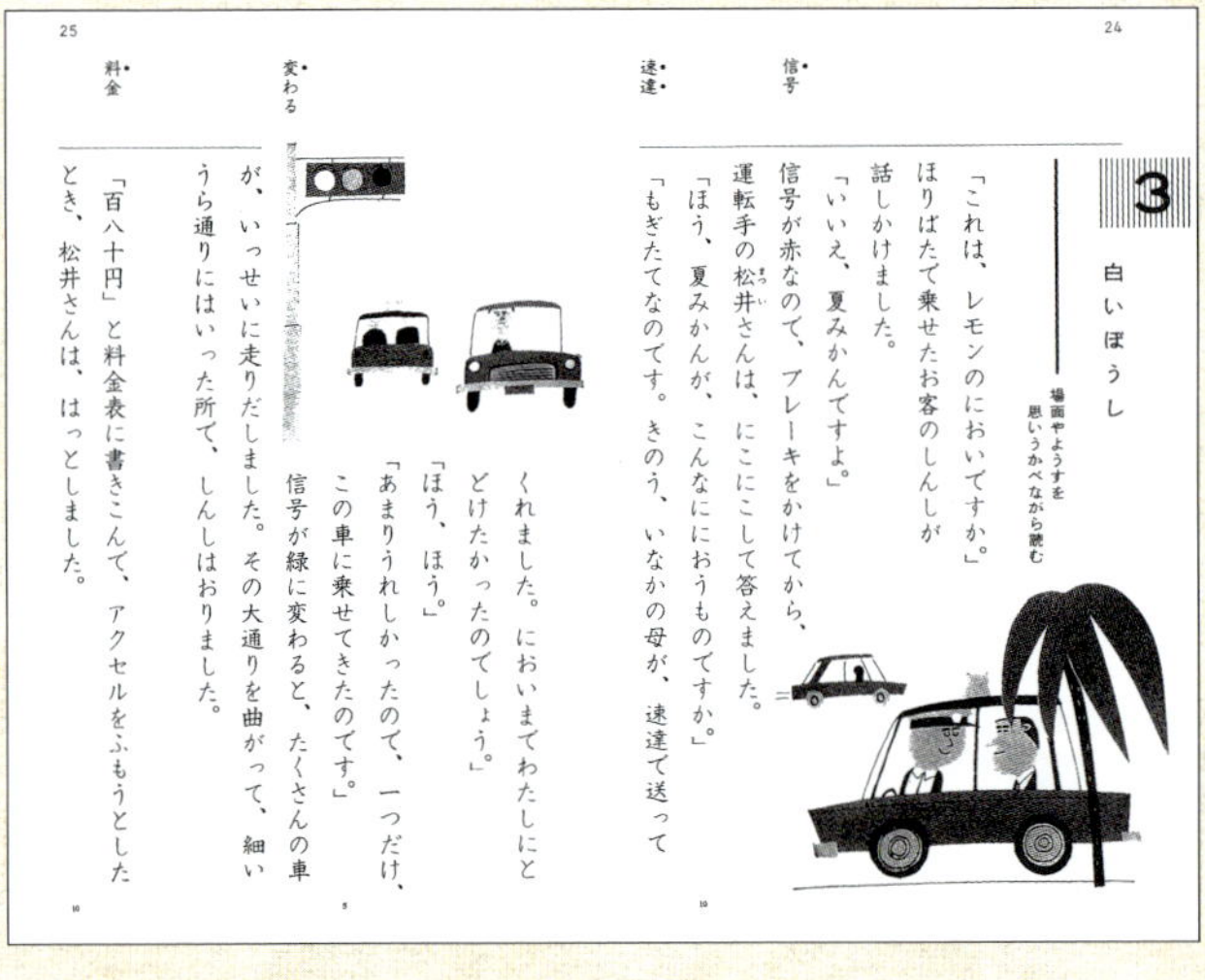

信号
速達

3
白いぼうし

場面やようすを思いうかべながら読む

「これは、レモンのにおいですか。」

ほりばたで乗せたお客のしんしが話しかけました。

「いいえ、夏みかんですよ。」

信号が赤なので、ブレーキをかけてから、運転手の松井《まつい》さんは、にこにこして答えました。

「ほう、夏みかんが、こんなににおうものですか。」

「もぎたてなのです。きのう、いなかの母が、速達で送ってくれました。においまでわたしにとどけたかったのでしょう。」

「ほう、ほう。」

「あまりうれしかったので、一つだけ、この車に乗せてきたのです。」

信号が緑に変わると、たくさんの車が、いっせいに走りだしました。その大通りを曲がって、細いうら通りにはいった所で、しんしはおりました。

「百八十円」と料金表に書きこんで、アクセルをふもうとしたとき、松井さんは、はっとしました。

変わる
料金

教科書に初めて掲載された作品「白いぼうし」（絵・柳原良平、学校図書、1971年）

☛23ページ、50ページ

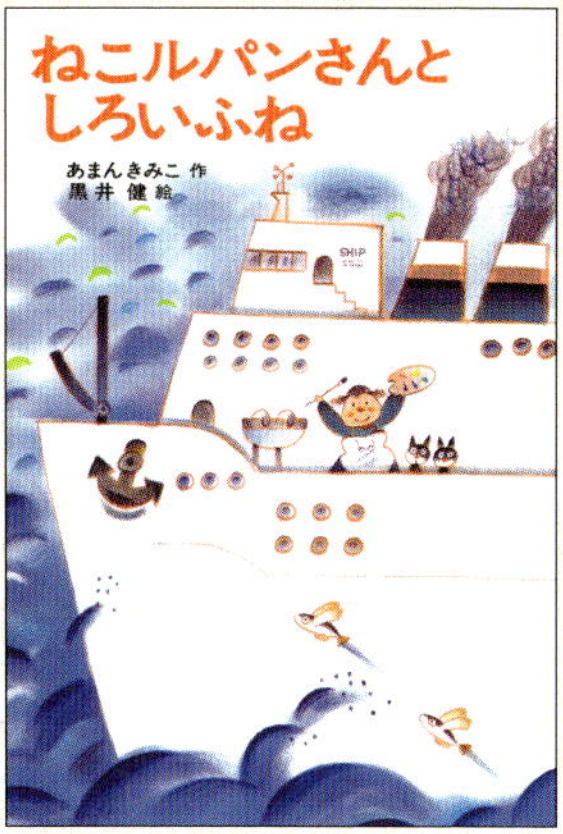

『天の町やなぎ通り』（絵・黒井健、あかね書房、2007年）
☛64ページ

『ねこルパンさんとしろいふね』（絵・黒井健、あかね書房、1979年）
☛98ページ

『ひつじぐものむこうに』（絵・長谷川知子、文研出版、1978年）☛142ページ

《えっちゃん》シリーズ最初の単行本『ミュウのいるいえ』（絵・西巻茅子、フレーベル館、1972年）☛44ページ

《ふうた》シリーズ最初の単行本『ふうたのゆきまつり』（絵・山中冬児、あかね書房、1971年）
☛38ページ

最近の教科書掲載作品「夕日のしずく」（絵・しのとおすみこ、三省堂、2015年）
☛27ページ、92ページ

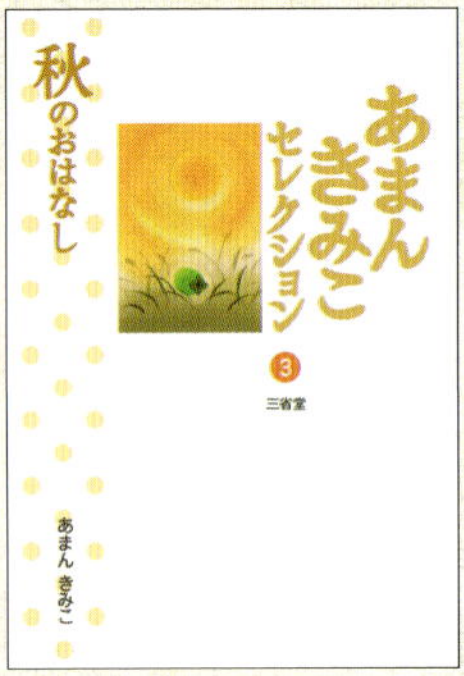

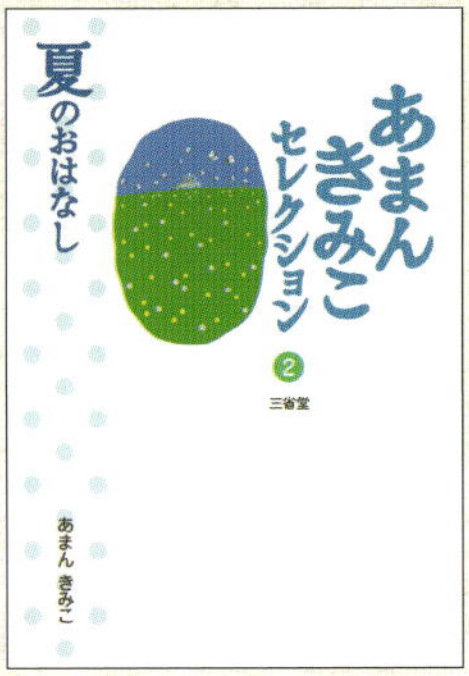

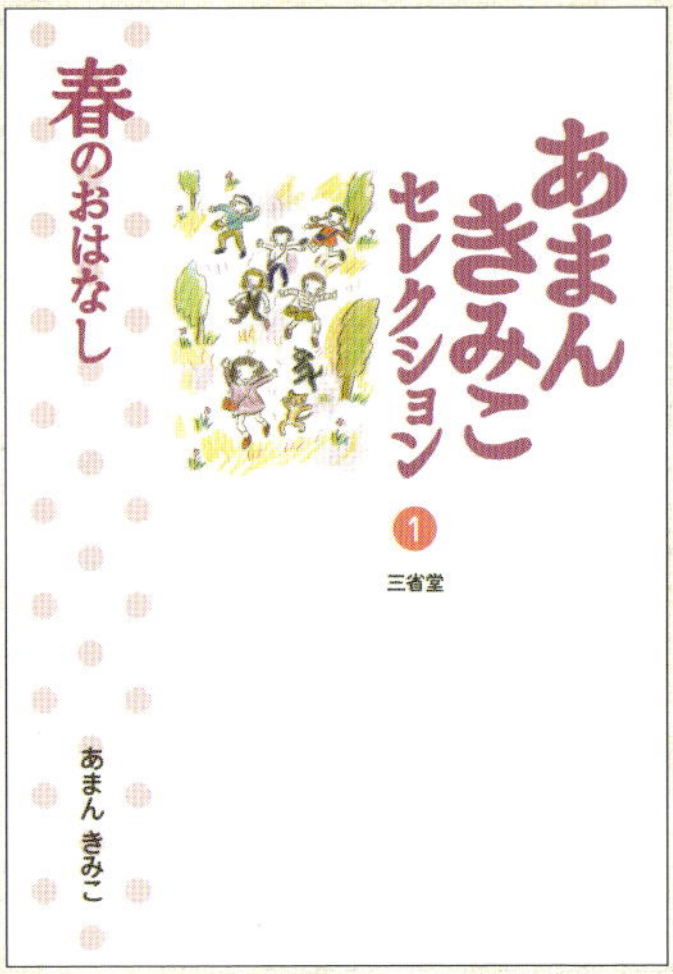

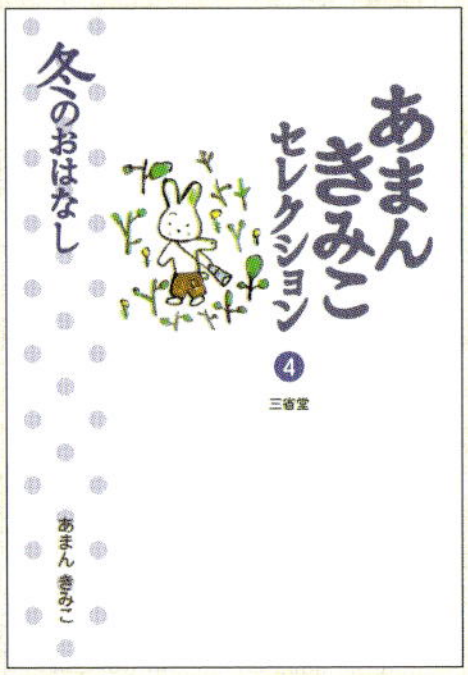

『あまんきみこセレクション』①〜⑤
(三省堂、2009年)☛199ページ
①春のおはなし(絵・西巻茅子)
②夏のおはなし(絵・村上康成)
③秋のおはなし(絵・黒井健)
④冬のおはなし(絵・渡辺洋二)
⑤ある日ある時(絵・牧野千穂)

はじめてのエッセイ集『空の絵本』(絵・松成真理子、童心社、2008年)
☛173ページ

『きつねのかみさま』(絵・酒井駒子、ポプラ社、2003年)☛165ページ

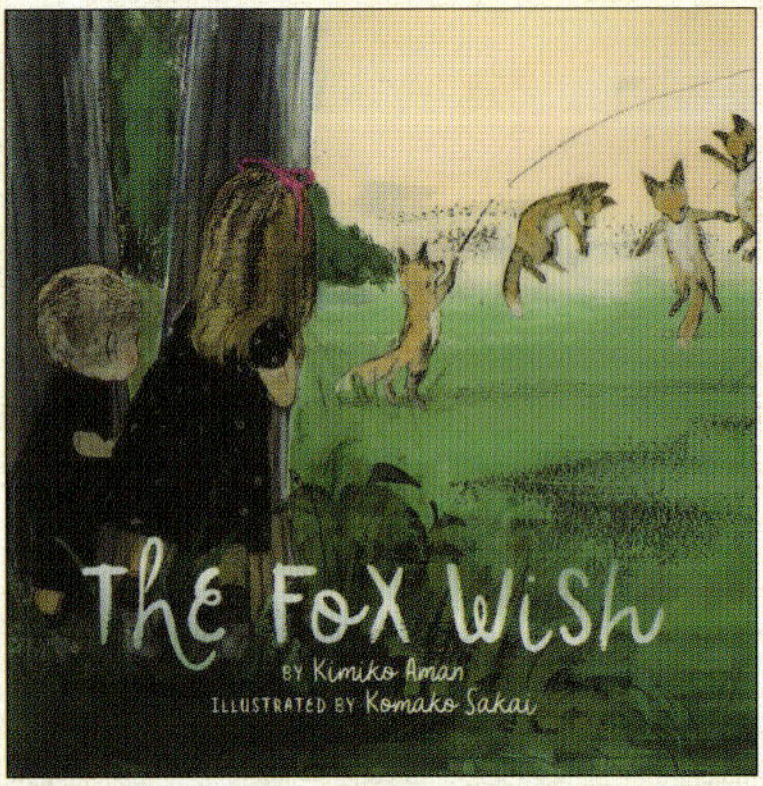

『The Fox Wish』(絵・酒井駒子、©Chronicle Books、2017年)☛166ページ

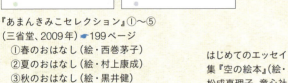

編著 あまんきみこ研究会
（代表＝宮川健郎）

あまんきみこ ハンドブック

三省堂

｜装丁・本文レイアウト｜
臼井弘志（公和図書デザイン室）

はじめに

あまんきみこは、一九三一年に旧満州で生まれ、一九六八年に連作短編集『車のいろは空のいろ』（ポプラ社）でデビューした作家です。その作家生活は五〇年をこえ、子ども／大人の読者たちを魅了してきました。

小川未明や宮沢賢治のような詩的で象徴的なことばで心象風景を描く「童話」が、もっと散文的なことばで、心のなかの景色ではなく、子どもという存在の外側に広がっている状況（社会といってもよい）や状況と子どもの関係を描く「現代児童文学」に転換する――これが日本の子どもの文学の歴史です。「現代児童文学」の成立は一九六〇年前後と考えられますが、長い戦争のあとの日本の子どもの文学は、「戦争」や戦争を引き起こすこともある「社会」を描かないわけにはいかなくなって、そのすがたを大きく変えました。

あまんきみこは、もうすっかり「現代児童文学」の時代になってからデビューした作家ですが、詩的、象徴的なことばで心象風景を描く、現代の「童話」の書き手として独自な世界をつくっていきます。あまんにとっての「戦争」は、「現代児童文学」とはまた別のかたちをとって描かれます。

散文的なことばで書かれる「現代児童文学」は長編化していきますけれども、詩的、象徴的なことばで書かれる、あまんきみこの作品のほとんどは、短編として結晶することになります。あまんの優れた短編は、デビュー間もない時期から教材化され、一九九〇年代以降は、各社の小学校の国語科教科書に最も多く作品が掲載されている作家になりました。子どもたちは、あまんきみこに教室でも出会います。

あまんきみこ研究会の設立準備総会と第一回研究会を開催したのは、二〇一六年二月二八日、武蔵野大学武蔵野キャンパスにおいてです。第一回研究会の研究発表は二題、宮川健郎「あまんきみことは誰か」と成田信子「「おにたのぼうし」教材化試論」でした。

年に二回の研究会は、その後、東京圏だけでなく、大阪や太宰府でも開催されました。あまんきみこ研究会は、あまんの作品の読まれ方にふさわしく、文学・児童文学の研究者と国語科教育の研究者／実践者がいっしょに議論をする稀有な場として成長しつつあります。現在の会員は四〇名ほどです。

『あまんきみこハンドブック』は、あまんきみこ研究会の最初の出版物として企画された、いわば、「あまんきみこ研究事始め」です。研究会の中に編集委員会を設けて、二〇一八年の春から、その内容や体裁について議論を重ねました。編集と刊行を引き受けてくれたのは、二〇〇九年に『あまんきみこセレクション』全五巻を刊行した三省堂です。

『あまんきみこハンドブック』は、「あまんきみこの人と作品」「あまんきみこの作品を読む」「キーワードからみるあまんきみこの作品」「あまんきみこの周辺から」「あまんきみこをもっと知る」の五つの章で構成しました。Ⅱ章の「作品を読む」に「シリーズを読む」と「一つずつ読む」の二つのパートを設けたり、Ⅲ章では二〇のキーワードを掲げたり、あまんきみこのテクストにアプローチする、いろいろなルートをひらくことを試みました。児童文学史の中のあまんきみこ、国語科教材としてのあまんの作品、授業の中のあまんの作品など、さまざまを考慮しながら、編集と執筆をすすめてきました。あまんきみこという現役で仕事をつづけている作家の作品をどのようにして相対化することができるか——それも、私たちが考えたことです。

『あまんきみこハンドブック』が、子ども／文学／教育の歴史と現在に関心をもつ方たちのお手もとに届き、あまんきみこの広く深く豊かな作品研究／教材研究があらためて始まることを願ってやみません。

二〇一九年八月

あまんきみこ研究会　代表　宮川健郎

●執筆者一覧（敬称略・五十音順）

＊印はハンドブック編集委員

阿部　藤子　東京家政大学
遠藤　純　武庫川女子大学
大島　丈志　文教大学
木下ひさし＊　聖心女子大学
熊谷　芳郎　聖学院大学
黒井　健　絵本画家
幸田　国広　早稲田大学
児玉　忠　宮城教育大学
佐藤多佳子　上越教育大学
佐野　正俊＊　拓殖大学
萱野　菜月　北海道浦河高等学校
住田　勝　大阪教育大学
髙野　光男　東京都立産業技術高等専門学校
丹藤　博文　愛知教育大学
土居　安子　大阪国際児童文学振興財団
富安　陽子　児童文学作家
中地　文　宮城教育大学
中村　哲也　岐阜聖徳学園大学
成田　信子＊　國學院大學
西田谷　洋　富山大学
西山　利佳　青山学院女子短期大学
畠山　兆子　梅花女子大学
早川　香世　東京都立深川高等学校
林　昂平　武蔵野大学附属千代田高等学院
福村もえこ　語り合う文学教育の会
藤田のぼる　日本児童文学者協会
藤本　恵＊　武蔵野大学
松永　緑　ポプラ社
松本　修　玉川大学
三浦　和尚　愛媛大学
宮川　健郎＊　大阪国際児童文学振興財団
宮田　航平＊　東京都立産業技術高等専門学校
三輪　民子　児童言語研究会
武藤　清吾　琉球大学
村上　呂里　琉球大学
目黒　強　神戸大学
矢崎　節夫　童謡詩人
矢部　玲子　北海道文教大学
山元　隆春　広島大学
吉井　美香　郡山市立橘小学校

目次

2　一つずつ読む

III章　キーワードからみるあまんきみこの作品

IV章 あまんきみこの周辺から

Ⅴ章 あまんきみこをもっと知る

◉凡　例

○あまんきみこの作品の引用は、『あまんきみこセレクション』①～⑤（三省堂、二〇〇九年）によりました。

○『あまんきみこセレクション』からの引用については、原則として、それぞれの本文部分には出典を示していません。「著作目録」及び「索引」をご参照ください。なお、『あまんきみこセレクション』に収録されていない作品については、そのつど出典を示しています。

○あまんきみこの作品の画家名については、「著作目録」に一括して示しています。

○原則として、作品名や引用は「　」（一重カギ）、書名や雑誌名には『　』（二重カギ）を用いました。

○各項目の掲載順は、第Ⅱ章は単行本の刊行年月順、第Ⅲ章、第Ⅳ章は五十音順としました。

○第Ⅱ章の「書誌情報」は、初出と初収（最初の単行本）を中心に、簡潔に示しました。

図版・写真協力（敬称略）

あかね書房、あまんきみこ、遠藤純、大阪国際児童文学振興財団、学校図書、童心社、美術著作権センター、フレーベル館、文研出版、ポプラ社、森井弘子

I章

あまんきみこの人と作品

1 人と作品

① はじめに

あまんきみこは、子ども時代のことを鮮明に記憶しており、今もなお、あまんの中に息づく「子ども」の視点で、主人公の気持ちも風景も描かれていると感じられる。

あまんは、神宮輝夫《じんぐうてるお》との対談[*1]やエッセイ集『空の絵本』[*2]等で、子ども時代から作家になるまでをかなり丁寧に語っている。そこで、本稿では、あまんのこれまでの人生を、作品を関わらせながら紹介していくこととする。

② 物語との出会い

筆者が聞き手となった講演会[*3]や、その他のインタビュー記事で、あまんは次のように述べている。

あまん（本名阿萬紀美子）は一九三一年八月十三日、旧満州（現中国東北部）撫順《ぶじゅん》に生まれ、満鉄社員の父の転勤により、新京《しんきょう》を経て大連《だいれん》で育つ。

両親の出身地は宮崎で、あまんは子どもの頃、一年か二年に一度は母と宮崎へ帰っていた。そこで、あまんにとってのふるさとは宮崎で、原風景は母と遊んだ桃色のれんげ畑だと語っている。「ふうたの花まつり」「くもんこの話」など、あまん作品には、れんげ畑がよく登場する。

紀美子と名づけられたが、「あやこ」という案もあったそうで、あまんはそのことを知って不安な気持ちになったと語っている。「名前を見てちょうだい」のように名前と存在の不安に関わる作品の背景が読み取れる。

一人っ子で病弱だったあまんは、祖父母、両親、父の妹二人に愛されて育ち、「親は生きていればいいよと思ってくれていたのだと思っています。ですから、みんなで私を陽《ひ》の当たる場所に置いてくれたという気がします」と語っている。

そして、父以外の五人の大人に毎晩順番にお話を語ってもらいながら眠りについた体験が、あまんの作家生活に大きな影響を与えている。祖父は、乃木《のぎ》大将や東郷元帥《とうごうげんすい》、中《なか》江《え》藤樹《とうじゅ》などの偉人伝、祖母は、出身地である宮崎の昔話で、「狸や狐や龍の話や、「ひこたけさん」というちょっと抜けた感じの人の話をしてくれ」て、結婚前に学校の先生をしていた「母は、「よい子」の話です。（中略）泣き虫の太郎さんが泣くのを我慢した話や、にんじん嫌いの花子さんがにんじんが好きになって元気になった話など、やがてよい子になる話をしてくれました」。

「上の叔母は二十歳過ぎだったと思いますが、お姫様と王子様が出てくるお話、後で考えたらアンデルセンなどからもらってきたお話をよくしてくれました。下の叔母は七つしか年齢が変わらず姉妹といってもいいくらいの人でした。けれど、叔母は叔母として威張っていました。（中略）お化け、幽霊専門でした」と、バラエティに富む話を聞いており、耳から聞く物語の楽しさと、語る人の思いが話を形づくっていることを子どもの頃に体験していた。

龍と人間が結婚する『海からきたむすめ』は、祖母が語った宮崎の昔話をもとに再話された絵本であり、あまんの作品にきつねの登場する話が多いのも祖母の語りとの関連性がうかがえる。

「青葉の笛」は母の語りが発端だと語っているが、直接的でなくても、あまん作品には、誰かが語るという入れ子型構造の作品や、作品全体が語り文体になっている作品が多いことと、豊かな語りが原点にあることは強く関連していると思われる。

❸ きつねへの親しみ

あまんは「私が子どものころの電灯は障子に影がはっきり映るので、指遊びをよくしました。（中略）一人遊びをわりにする子だったので、指できつねやうさぎを作ってよく遊んでいました。それで、きつねの出てくるお話が多いんだと思います」[*4]と子ども時代の遊びと作品の関連性を述べている。きつねは、加えて、「きつねの嫁入り」のイメージでもあり、「キツネノボタン」という花は、きつねの洋服のボタンだと長い間信じていたというイメージとも重なると述べている。これらの重層的なきつねのイメージを、《ふうた》シリーズや「きつねの写真」などの作品から読み取ることができる。また、あまんは、幼い頃、空想の友達がいたとのことで、その名前である「えっちゃん」が主人公のシリーズも書かれている。

4 「空」に関わる三つのできごと

『車のいろは空のいろ』「ひつじぐものむこうに」「ちいちゃんのかげおくり」をはじめとして、あまん作品は空が重要なテーマをもっていることは周知の事実であるが、あまんには空に関する三つの重要なエピソードがある。

一つ目は、病床で見ていた「空」であり、それを「空の絵本」と呼んでいる。幼い頃、空があまんの空想の舞台であり、物語が紡ぎ出される場所であったことが、空に関わる多くの作品を生み出すことにつながっているといえる。

また、あまんの作品には、「うんのいい話」や「海のピアノ」のように、空と海のイメージが重なる作品がある。そのイメージは、子どもの頃に読んだ『キンダーブック』十二巻四号（一九三九年七月）の「ソラノオハナシ」という作品に起因するとあまんは語っている。「私は、小さいころに、両親に手を引かれてお祭りから帰る夜とか、おけいこごとで母が迎えに来てくれる夜とか、月の夜に歩くと、そこは海の底だって、ずっと思っていました。／二十歳を過ぎてもまだ、月の夜は海の底って感じていて、どうしてかなと思っていました[*5]」。そして、あまんは、四十歳で『キンダーブック』に再会する。つまり、それまで、無意識のうちに、空と海を結びつけて作品を描いていたのである。

そして、三つ目は、少し時間が飛ぶが、『もうひとつの空』（福音館書店、一九八三年）に描かれる母とのエピソードである。本書の「あとがき」に、「わたしは母に尋ねたことがありました。海と川と、湖と、沼と、池との中で、どれがすきかと」。すると、「湖、といっても、とっても小さいもの。池もいいわねえ」と言われて驚いたとある。そして、「二人で見おろした池に、夕焼雲がうつっていたこと」を思い出しながら、「母はあのとき、もうひとつの空を見ていたのかもしれない」と書いている。つまり、池に映る空は死の世界と結びついた世界であり、あまん作品に空が描かれる時は、あの世との結びつきが読み取れる作品が多いのも特徴であるといえる。

5 引っ込み思案な子ども

あまんには、小学一年生の時に、隣に住んでいたなおこちゃんとすみれを摘んで、学校へ行くのを忘れて遅刻したエピソードがある[*6]。

二人は違うクラスで、なおこちゃんは「すっとドアの中に入」るが、あまんは授業が終わるまで廊下に立っていたという。あまんが「ふうたですね」と言うように、あまんの主人公には、躊躇《ちゅうちょ》したり、もじもじしたりする子どもが多く登場するのは、あまんの投影であると考えられる。

また、バレエは習っていたものの、好きではなかったといい、運動が苦手だったと述べている。「海うさぎのきた日」には、なわとびがとべない子どもの孤独とそれに対する空想豊かでユーモラスな解決が描かれている。

❻ 十歳の大病

あまんにとって、十歳はとても大きな意味をもっている。まず、盲腸炎から長期に学校を休み、そこから小児神経衰弱になってしまう。そして、宮沢賢治《みやざわけんじ》作品集『風の又三郎』（羽田書店、一九三九年）に出会う。「セロひきのゴーシュ」の登場人物を人形で作って遊んでいたというエピソードもあり、賢治作品に夢中になっていたさまがうかがえる。あまんの風景描写に賢治の影響がみられるのもこの時期から愛読していたことが一因であると考えられる。

そして、神宮輝夫との対談で、あまんは、「私は小学校四年生のとき〈いま〉がとっても気になってたんです。いま、だれかが生まれ、いま、だれかが笑い、いま、だれかが死に、だれかが泣き……、そんなさまざまな〈いま〉が自分をおしあいへしあいしながら取りまいている感じがしました」[*7]と述べている。

ここには、あまんが、家族の庇護《ひご》のもと、「陽の当たる場所」にいることに何の疑問も抱かずに幸せにいられた時代から、自我が芽生え、「自分とは違う世界がある」こと、「日陰の場所」があることに気づき、論理的な思考を始めた時期であると読み取ることができる。

そういう視点であまん作品の人物像をみると、ほぼ十歳を境にして、描き分けられているように思われる。十歳未満の子どもは、空想と現実の世界を自由に行き来し、十歳を越えると理性で物事を判断して行動できる存在として描かれている。そして、十歳までの子どもは戦争に対しては無力な存在として描かれているため、「ちいちゃんのかげおくり」のちいちゃんも「おはじきの木」のかなこも「雲」に出てくる満州に住む九歳の日本人の少女ユキも命を落とすと考えられる。

また、あまんは、エッセイ「思いだすままに―言葉あれこれ―」[*8]には、五、六年生の頃に辞書で言葉を引いて一人で遊んだことを書いており、言葉への強い興味をもっていたことがわかる。

7 あまんにとっての満州

あまんは、大連で小学校を卒業し、神明《しんめい》女学校在学中の十四歳で敗戦を迎える。敗戦は、当時誰もが経験したように、「軍国少女」だったあまんの価値観が根底から覆されるできごとであった。大連にソ連軍が進駐し、住んでいた家は立ち退きを迫られるが、家族でとどまり、窓を板で打った部屋にじっとして閉じこもる生活が続く。その時には身の周りにある本を手あたりしだいに読み、ダンテの『神曲』等を読んだ。謡曲の本は、声に出して読み、「声を出すことで、わらわらとわき上ってきた感覚を忘れることはできない」(「声を出して読む」)と述べている。また、家族内で回覧する新聞を作って「箒を持ったおかしな、てるてる坊主を主人公にした幼い童話」[*9]などを連載していた。

しばらくして中学校へ通うようになると先生が戦前と正反対のことを言っていることに違和感を抱く。しかし、若い杉田政子《すぎたまさこ》先生がウィリアム・ブレイクの詩を紹介してくれたことは「少女期にくださった最高の贈り物」と述べている。その詩は、「無垢《むく》の予兆」の冒頭部分にあたり、「一粒の砂に　世界を見／一輪の野の花に　天国を見る／掌《たなごころ》のうちに　無限を摑《つか》み／一瞬に　永遠を知る」という詩であった。時間や空間の捉え方、事実と真実の間に想像力があるという物事の捉え方は、あまんの作家姿勢につながるということができる。

そして、一九四七年、十六歳の時、引き揚げ船に乗って佐世保港に着き、父親の仕事の都合で大阪に住むこととなる。船内では、中耳炎のため病床にあり、帰国後入院して手術を受ける。

このように、あまんの満州での生活空間は、ほぼ日本人社会に限られており、中国の人たちとの交わりはほとんどなかった。あまんが満州について知るのは、結婚後、東京にいる時に国会図書館に通いつめて読んだ資料による。

旧満州は、日本の傀儡《かいらい》国家であったことを知らずに楽しい子ども時代を過ごしていたことに対して、あまんは常に「恥ずかしい」と語っており、これはあまん作品を読み解くにあたって欠かせない視点である。あまんはよく、「光の中にいながらほんの少しでいいから、影のことを思って欲しいと思っています」[*10]と言う。これは、あまんの子ども時代に対する後悔の念がにじみ出た言葉だと思われる。あまんが幼い子どもに向けて戦争をテーマにした作品を描き続けるのには、子どもに影の部分を伝えたいというあまんの思いが読み取れる。そしてその思いは、「すずかけ通り三丁目」(一九六七年)から『鳥よめ』(二〇一四年)まであまん作品の一つの基軸となっている。

❽ 母の死

帰国したあまんは、中耳炎で三か月をこえる入院を余儀なくされる。その時に看護師さんから立原道造《たちはらみちぞう》の詩集を借り、愛読する。その詩を母親になって台所で詠《うた》っていたら、娘が「お母さんの顔じゃなくなった」(「うつむきながら」)と言ったというエピソードがあり、死の不安を感じながら立原の繊細な詩を愛唱したあまんの姿が浮かび上がる。

退院後、あまんは、大阪府立豊中《とよなか》高等女学校(後に大阪府立桜塚《さくらづか》高等学校となる)四年に転入する。ロマン・ロラン、太宰治《だざいおさむ》、坂口安吾《さかぐちあんご》、カフカ、サルトル、宮本百合子《みやもとゆりこ》、キルケゴールなどを読み、文学、哲学の世界に誘《いざな》われる。女学校では文芸創作部に入り、「引き揚げ船」「独楽《こま》」などの作品を書くが、絵を描くことも好きで、画家を夢みることもあったという。あまんの作品内に画家が多く登場することとの関わりを感じる。

また、あまんの退院と入れ替わるようにして、母が胃がんで入院する。あまんの青春は母の看病とともにあり、母に請われるままに、宮沢賢治を含むさまざまな文学作品を枕もとで読み聞かせた。高校卒業後もあまんは母の看病を続けるが、一九五〇年、十九歳の時に母が四十三歳で亡くなる。亡くなる前日に母の願いによって婚約をしており、一九五二年、二十一歳で結婚する。

あまんの作品の中には、病気の母親(「おにたのぼうし」「どんぐりふたつ」「もういいよう」)や母の死(「北風を見た子」「ぽんぽん山の月」「天の町やなぎ通り」)を描いた作品があり、母の死との直接的な関わりが読み取れる。また、「おかあさんの目」のように母への愛情にあふれた作品にもあまんの母への思いを感じることができる。

加えて、「もうひとつの空」や「すずかけ写真館」、「こがねの舟」、「青葉の笛」のような死を描いた作品には、母の死に対する悲しみと祈りの気持ち(鎮魂)が感じられる。「死」のテーマは、母の死のみでなく、あまんが子ども時代に病弱でいつも死への不安を抱えていたこと、戦争との関わりもあることはいうまでもない。

❾『車のいろは空のいろ』出版まで

あまんは結婚後、二十三歳の時に長女を、翌年長男を出産する。長女の出産後、東京に転居する。一九五九年、二十八歳には、子どもが幼稚園に通いだしたため、日本女子大学家政学部児童学科（通信）に入学し、四年間で卒業する。在学中、レポートで「あかいぼうし」という童話を書き、自らの子どもを含む五人の子どもの反応とともに提出した。それを見た指導教授が、あまんを与田準一《よだじゅんいち》に紹介し、あまんは与田の家に通うようになり、作品指導というより、宮沢賢治についてや国内外の児童文学について教えを受ける。あまんは与田に『びわの実学校』を渡され、二号から購読し始めるが、投稿欄があると言われたことを投稿を促されていると理解し、「くましんし」を送り、『びわの実学校』十三号（一九六五年十月）に掲載された。

あまんは、また、一九六五年一月から三か月間行われた日本児童文学者協会主催「新日本童話教室」にも参加している。これも、与田があまんに『日本児童文学』を手渡したことがきっかけになっている。そして、そこに提出した童話「ぼくらのたから」が一九六五年八月の『日本児童文学』十一巻八号に掲載された。

新日本童話教室は、坪田譲治《つぼたじょうじ》の自宅で開催され、あまんが参加した一期生から三期生まで続いた。卒業生には、親友となる宮川《みやかわ》ひろのほか、高井節子《たかいせつこ》、城戸典子《きどのりこ》等もおり、土曜会を作って合評会をすると同時に、『どうわ教室』という同人誌を作る。二編のデビュー作品には、あまん作品の基軸となるファンタジーと戦争という二つのテーマが描かれている。

そして、「くましんし」を読んだ与田が「この運転手はもっとお客さん乗せられるね」と言ったことで、続編が書かれることになった。

その後、あまんは『びわの実学校』に作品を投稿し続け、松井さんのシリーズがある程度まとまったところで『びわの実学校』主宰の坪田譲治がポプラ社の編集者に話をつけて『車のいろは空のいろ』の出版が決まる。あまんに連絡したのは坪田に依頼された今西祐行《いまにしすけゆき》（『びわの実学校』同人であった）で、タイトルも相談にのった。新たに三編を加えると、各季節に作品があることがわかり、時系列に並べて構成した。

また、『びわの実学校』掲載時は、車は黒であったが、単行本では空色に変更した。あまんは、この作品で、日本児童文学者協会新人賞、野間児童文芸賞推奨作品賞を受賞する。そして、一九七一年から「白いぼうし」「小さなお客さん」などの作品が教科書に掲載されるようになる。また、『車のいろは空のいろ』は、書き続けられ、二〇〇一年には『新装版　車のいろは空のいろ1・2・3』の三冊シリーズを対象に赤い鳥文学賞特別賞を受賞している。

畠山兆子《はたけやまちょうこ》は、あまんの生い立ちを端的に記し、作品の影響を六つの観点にまとめているが、その中で、与田準一との出会いがあまん作品の童話という形態に影響を与えていると指摘している。[*11]

『車のいろは空のいろ』が出版された一九六八年を神宮は、「子どもの本の出版が非常に盛んになった時期」と位置づけ、上野瞭《うえのりょう》『ちょんまげ手まり歌』（理論社、一九六八年）などを挙げて「六〇年安保を境に、真に戦後的な作品を生み出して」いるとし、松谷《まつたに》みよ子『龍の子太郎』（講談社、一九六〇年）を挙げたあとに、「戦後的な作品の出版がひととおり終わって、子どもの本が少し変わる時期に、あまんさんの『車のいろは空のいろ』が出たんですね」と述べている。[*12]

⑩ 子育てと引っ越しの間の執筆活動

一九七六年に現在住の京都府長岡京市に引っ越すまで、あまんは東京から仙台（一九六八年）、福岡（一九七一年）と居を転々とし、子育てをしながら『びわの実学校』に投稿を続け、『子どもの館』（福音館書店）、『〇年の学習』（学習研究社）などの雑誌にも執筆すると同時に、単行本も一年に二、三冊ずつ発行していく。初めての絵本作品は『おにたのぼうし』（絵・岩崎ちひろ、ポプラ社、一九六九年）で、青少年読書感想文全国コンクール課題図書に選定され、ロングセラー作品となる。

自らの子どもにもお話を語り続けたが、それがそのまま作品になったのは、「秋のちょう」だけであると述べている。[*13]男の子のかごから逃げてきた死にかけたちょうは、やはり死にかけたきりぎりすと身を寄せ合い、蟻《あり》に食べられることを予測する。そこへ、人間の姉弟がやってきて、庭にお墓を作ろうと、ちょうときりぎりすをハンカチの中に入れる。短編ながら、公園などで日常的に見る、死にかけている虫のつぶやきが、イソップと賢治を織り交ぜたような世界で語られ、人間の子どもによって安らかな死の床が与えられる。あまんが母として、子どもに虫の命のはかなさと命の循環を伝えていると同時に、イソップの「アリとキリギリス」への反発が読み取れる点が興味深い。

このような直接的な作品はないとはいうものの、子どもに語った物語の中には、「えっちゃん」も「ミュウ」という猫も登場したといい、「ミュウ」は、両親が拾ってきた猫が「自由自在にかけ廻《めぐ》」ったと述べている（「ねこ、ねこ、ねこ」）ところから、自らの子どもに語ることと創作は並行して行われ、互いに影響し合っていたということはできよう。ただし、本人は、作品の創作は、実際の子どものために書いているというよりは、「自分自身の年輪の子どもの部分におりて書いているような気がする」[14]と述べている点に、創作姿勢が読み取れる。

　また、「自分が子育てをしたとき、その時期（筆者注：子ども時代）の記憶の修正に努めたことがあります」[15]と述べており、子育てをしながら、自らが子どもとして記憶していることを視点を変えて見ようとしたことがうかがわれる。それゆえ、あまん作品には、ときに、不思議をあたりまえとして受け入れる人物と同時に、それを相対化したり、見守ったりする人物（ときに風などの自然）が登場する。また、「夕日のしずく」のように異なる視点を互いが理解することが描かれると考えられる。

　仙台でのかまくらの体験は、後に「ふうたの雪まつり」に、福岡での体験は、「ねこん正月騒動記」にとり入れられており、この時期に書いた「きつねのお客さま」は、京都に引っ越してから「むかしむかし、あったとさ」という冒頭と「とっぴんぱらりのぷう」という結語が思いついて完成できたと述べている。[16]

⑪ 身の周りの自然を感じながら

　あまんのエッセイ「長岡公園と天満宮」に、買い物に行く時、住居から二分ほどのところにある長岡公園と、公園に隣接している天満宮の池のほとりを通ることがあると書かれており、「このみちすじの竹林、木立、樹々《きぎ》、花や草花、野鳥の声などに、私は、今まで暮らしたどの地よりも濃《こま》やかに、四季の移り変わりを教えてもらっています」とある。

　あまん作品には、身の周りにある自然が多く描かれており、私たちが四季の流れの中で、自然の中で生きていることを強く感じさせる。その描写は、落ち葉が風に舞う姿を「金の小鳥」と表現したり、きりんと蟻が夕日を見た後に赤い花を見て「夕日のしずく」だと言ったりするなど、自然の美しさを新たな視点で捉えることができる巧みな描写であふれている。そして、「くましんし」や「口笛をふく子」にみられるように、自然破壊についての危機感を読み取ることができる。

⑫ 多くの受賞、そして現在

　時期が前後するが、一九七四年には、『びわの実学校』の同人となり、松谷みよ子との交流を深めると同時に、作品は教科書に載り続ける。そのことで、子どもとの手紙のやりとりや、西郷竹彦《さいごうたけひこ》との交流があった。また、金子《かねこ》みすゞを愛し、矢崎節夫《やざきせつお》と知り合い、一九八四年の没後六十年の詩碑「露」の除幕式以来、みすゞ関係の行事に参加している。

そして、『ひつじぐものむこうに』（文研出版、一九七八年）でのサンケイ児童出版文化賞受賞（一九七九年）をはじめ、多くの作品でさまざまな賞を受賞し、青少年読書感想文全国コンクール課題図書にも何度も選定されている。加えて、これまでの作家活動に対し、二〇〇七年には、旭《きょく》日小綬章《じつしょうじゅしょう》受章、二〇一六年には、第五十一回東燃ゼネラル児童文化賞を受賞している。

あまんは、この間、一九七一年に父、一九八五年に祖母、一九九八年に夫を亡くしており、二〇一九年現在は一人暮らしをして童話を執筆し続けている。これまでに、『あまんきみこ童話集』全五巻、『あまんきみこセレクション』全五巻が刊行されているが、あまんは、推敲《すいこう》を重ね続けるという執筆姿勢を貫いており、雑誌掲載から単行本、そして文庫本にいたるまで、少しずつ異なっているというのも特徴である。

⑬ おわりに

以上のように、あまんは子ども時代の鮮やかな記憶をもとにしながら、自らが戦争時代に生きながら戦争をある意味で知らずに育ったことを強く意識し、戦後、多くの長編児童文学作品が書かれた中で、「童話」という形式を使って作品を紡ぎ続けてきた。そして、それは、教科書に掲載され続け、『車のいろは空のいろ』は五十周年を迎えても、今なお、子どもたちに読まれ続けている。あまん作品は、これからもずっと読まれ続けていくであろう。

（土居安子）

*1 神宮輝夫『現代児童文学作家対談9』（偕成社、一九九二年）
*2 『空の絵本』（童心社、二〇〇八年）
*3 講演「今、子どもたちに伝えたいこと」（聞き手・土居安子、『大阪子ども読書活動推進ネットワークフォーラム事業成果報告書』二〇一六年三月）
*4・*5・*6 『二〇一八年度　講演会報告集「ふしぎの描き方—あまんきみこ&富安陽子の世界」』二〇一九年三月）
*7 *1に同じ。
*8 あまんきみこ「思いだすままに—言葉あれこれ—」（『日本語の現在』勉誠出版、二〇〇六年）
*9 あまんきみこ「『車のいろは空のいろ』のあまんきみこさん（談）(2)」（『日本児童文学』一九九八年二月）
*10 *3に同じ。
*11 畠山兆子「あまんきみこ初期作品研究——『車のいろは空のいろ』収録作品を中心に——」（『梅花児童文学』二〇〇三年六月）
*12・*13・*14・*15 *1に同じ。
*16 「対談　あまんきみこの世界」（聞き手・畠山兆子、『大阪国際児童文学館を育てる会　会報』二〇〇六年四月）

2 教科書に載ったあまん作品

1 はじめに

あまんきみこの作品が教科書教材として多く掲載されていることは周知のとおりである。

二〇一九（令元）年度まで使用される検定小学校国語科教科書は五社から発行されているが、その全ての社であまん作品が教材化されている。掲載学年は一年生から四年生まで、掲載数は八作品である。また、二〇二〇（令二）年度以降も六作品が掲載される。このように多くの作品が教科書に掲載されている作家は他にみられない。

「文学作品教材」は、広義に捉えるならば、国語科の教科書に掲載されているものに限定されるものではない。教育の場において何かを教えることや学ぶことのために用いられたのならば、その文学作品はみな教材である。だが、公刊された作品が、教育の場のどこでどのように使用されたのかを知ることは困難である。

一方、学習指導要領による検定を経た教科書の使用が義務づけられている日本においては、教科書以外を授業で使用することはたやすいことではない（法律的に禁じられているわけではないが）。よって、文学作品が教室の教材となる場合は、ほとんどが教科書においてである。教科書によって子どもたちは文学作品やその作家に出会ってきたのである。

そこで、本稿においては、教科書教材に限定して、あまん作品の教材としての歴史をたどりたい。

検定教科書は、学習指導要領の改訂に合わせて内容が改訂されるが、教材そのものが全面的に置きかわることはない。教科書を採択する側の支持があり、編集する側でも「教材性」が継続的にあると判断されれば、そのまま教材として掲載されることとなる。そのため、特に文学作品の場合は長期にわたって教科書教材として掲載されるものが存在するのである。

なお、学習指導要領の改訂は、約十年ごとに行われてきているが、教科書はその途中年次でも改訂が行われている。改訂ごとの区切りを本稿では「期」で示す。一期が二年のこともあれば、六年にわたったときもある。

また、教材としての取り上げられ方だが、学習の単元として目標や手引きが付され一定の時間配分がなされる場合と、読書教材等として巻末に資料的に掲載される場合があるが、本稿では一括して教科書掲載作品とした（29ページ、202〜203ページの一覧表参照）。なお、略称等は以下の通り。

※教科書発行社は、次のように略記した。

大阪書籍→「大書」
学校図書→「学図」
教育出版→「教出」
三省堂→「三省」
東京書籍→「東書」
日本書籍→「日書」
光村図書→「光村」

※掲載学年（例）五年の上巻→「五上」
※教科書の掲載年度は最初の発行年を示す。
※本ハンドブックの第二章「2　一つずつ読む」で取り上げている作品については、（H）を記した。
※教科書掲載作品名は、当該教科書の表記によった。

❷ 最初の掲載作品

最初に教科書の教材として掲載されたあまん作品は、一九七一（昭四六）年の**「白いぼうし」**（H）と**「小さなお客さん」**の二作品である。「白いぼうし」は、学図四上と光村五上に、「小さなお客さん」は、教出三上にそれぞれ掲載された。両作とも一九六八（昭四三）年にポプラ社より刊行された最初の単行本『車のいろは空のいろ』に収録された作品である。

特に「白いぼうし」は現在に至るまで半世紀近く掲載され続けており、発行社も他の作品に比して多い。最初の三年間のみ光村が五年生に掲載しているが、次期からは四年生となり、以降上下巻は別として四年生の教材として定着している。

この最初の「白いぼうし」だが、漢字表記を別として現行の教科書掲載のものとは表現が異なっている箇所がある。

例えば、運転手の松井さんが路上の白いぼうしに初めて気がつく場面。学図版では松井さんは、「百八十円」と料金表に書き込んでから、「アクセルをふもうとし」ている。タクシー運転手としての的確な動作表現ではあるが、時代を感じさせる。一九七七（昭五二）年版では料金は「二百八〇円」に値上がりしている。なお、単行本の『車のいろは空のいろ』では、この箇所は最初から書かれていない。また、光村五上でも既に削除されている。

もう一か所大きく異なるのは最終場面である。学図版では「よかったね。」「よかったね。」と二回繰り返された声を、松井さんは「聞こえるような、聞こえたような」と受け取るのである。光村版では現在と同じく「よかったね。」「よかったよ。」がそれぞれ二回ずつ繰り返された声が松井さんに聞こえてきている。

この教科書本体とは別に教員向けに発行される「教師用指導書」がある。学図版の指導書には、本教材が初めて掲載された雑誌『びわの実学校』(一九六七年八月)の文章に若干手を加えたという記述がある。また光村版の指導書には、『びわの実学校』と『車のいろは空のいろ』の二つをあわせて教材化した旨の記述がある。

検定教科書という制約から、原文そのままを掲載することは難しいので、長く掲載される作品はこのような異同がみられることが多い。作家によっては、本文の変更を受け付けないこともあるようだが、あまんは、発行者側の意向にそって書きかえていることも多い。[*1]

なお、本教材の学習目標として学図版では「場面やようすを思いうかべながら読む」が、光村版では、「様子を想像しながら声に出して読もう」が冒頭に掲げられている。いずれにせよ良質のファンタジーとしての教材の地位はこのときから変わっていないわけである。

参考までに、学図版の指導書用参考資料として書かれた、あまんの文章(「白いぼうし」雑感)を一部引用しておく。

こどもの、ジャンプボードになるような作品を書きたいものだと思うことがあります。

こどもが、単に「あった」として通りすぎるのではなくて、どんな形でもいいから、その心の中にくぐらせて、「そういえば」とか、「ひょっとしたら」とか、「やっぱり」とか感じるような、思うような、考えるような、そんな作品を書きたいのです。

もう一つの初教材化作品「小さなお客さん」は、二期六年で掲載を終えている。「白いぼうし」が現在まで掲載されて続けているのとは対照的である。

単純な比較は難しいのだが、人間ではない生き物が人間の姿になってタクシーに乗るという部分は共通している。けれども、「小さなお客さん」の松井さんには、「白いぼうし」にある朗らかさがない。車のパンクに「ちっ。」と舌打ちしたり、動かないジャッキのため、「ゆでたかに」のように顔の赤みを増したりする。さらに松井さんの喫煙場面もある。また、お客さんも、「白いぼうし」冒頭の紳士とは対照的に、きつねの毛がシートについていると「どなっ」てさっさと別の車に乗り換える。このあたりが、不思議さの深みもさることながら、教科書教材として短命に終わってしまった要因であろうと考えられる。（その後、単行本に収録されるにあたっては改稿されている。）

❸ 長期掲載作品

「白いぼうし」以降、多くのあまん作品が教材化されてきた。その中で「白いぼうし」に次いで長く掲載されてきた作品をみていきたい。これらは、長く子どもたちに読まれてきた作品ともいえよう。

まず、**「名前を見てちょうだい」**である。掲載教科書は東書のみであるが、一九七七（昭五二）年以降現在まで連続して二年生教材として掲載している。最初は上巻掲載であったが、一九九二（平四）年以降は下巻である（二〇二〇年度からは二上）。「えっちゃん」が登場する一連の作品の一つであるが、他の作品にコンビとして登場してくる「こねこのミュウ」は出てこない。風にぼうしをさらわれたえっちゃんが、ぼうしを追って動物や大男に出会っていくのだが、ものおじせず自己主張するえっちゃんが心地よい。テンポよく進む展開も低学年向きである。

次に、一九八六（昭六一）年以来、現在まで掲載され続けているのが、教出三下の**「おにたのぼうし」**（H）と光村三下の**「ちいちゃんのかげおくり」**（H）の二作品である。「ちいちゃんのかげおくり」は連続して光村一社の掲載だが、「おにたのぼうし」は、二〇〇五（平一七）年に教出三下と大書三下、二〇一一（平二三）年からは、教出三下と三省三（上・下別がない）の二社掲載である。教出は、二〇〇二（平一四）年版のみ上巻掲載としているが、その後すぐに下巻に戻している。背景が節分なので、おそらく上巻には合わなかったのだろう。

「おにたのぼうし」は、鬼と人との思いのすれ違いを描く。対して「ちいちゃんのかげおくり」は戦争の悲劇を伝えるリアリティある作品。描かれる世界は異なるが、人と人の出会いと別れ、命といった重い内容の読みが求められる作品である。

この二作品に限ったことではないが、教材のあり方として対象学年の発達段階に対する適正さは問われる。ある作品がある学年に掲載される絶対的な必然性はないのである。掲載期間の長さが適性さを示すといった短絡的なとらえはできないが、定着してきているという事実は、この二作品が三年生の子どもたちにとって決して難解な作品ではなく、出会わせたい作品になっているともいえるのではないか。

また、「ちいちゃんのかげおくり」をはじめとする平和教材（戦争が背景となる作品）に対しては、既に戦争そのもののリアルな体験がないことから、教材として読むことへの懸念が示されることがある。だが、読み手の体験だけが文学作品の読みを左右するものではないだろう。「おにだっていろいろあるのに」と体をふるわせ消えていくおにたと、一人で幼い命を落とすちいちゃん。登場人物に心を寄せていくことは、三年生にできないことではない。

この二作品から六年ほどあとに、二年生教材として掲載されたのが教出二上の**「きつねのおきゃくさま」**（H）である。その後、一九九六（平成八）年から二下となり、二〇〇五（平一七）年より再び上巻に戻っている。二〇一一（平二三）年からは三省二で、二〇一五（平二七）年からは学図二上（二〇二〇年度からは二下）で掲載されている。

この作品は、きつねとひよこを中心とした動物世界のお話である。「むかしむかしあったとさ」で始まり「とっぴんぱらりのぷう」で終わる民話風の軽快な語りによって語られる話はけっして「軽く」はない。

④ 多様な教材化作品群

長期ではないが、三期にわたって掲載された作品に、**「すずおばあさんのハーモニカ」**と**「おはじきの木」**（H）の二作品がある。

「すずおばあさんのハーモニカ」は、日書二上で一九九二（平四）年から、「おはじきの木」は、教出五上で一九九六（平八）年からの三期である。

「すずおばあさんのハーモニカ」は、ひとりぐらしのすずおばあさんが、ハーモニカを通じて子ぎつねと間接的に交流するお話。子ぎつねもまたハーモニカを吹いていたのである。

「おはじきの木」は、戦後に残る戦争の傷跡を描く。「ちいちゃんのかげおくり」のちいちゃんの父親がもし生き残って帰ってきていたら、といった設定である。木の下でおはじきをしながら死んだという娘を幻視する父親の姿がせつなくせまる。

連続掲載ではないが、**「きつねの写真」**（H）は、一九八〇（昭五五）年から教出三下で二期、二期間をおいて一九九二（平四）年から東書五上で一期掲載されている。間を開けて、かつ学年が異なっての掲載という珍しい経緯をたどっている。山に狐の写真を撮りにきた新聞記者が木こりのじいさんと孫に出会う。山にはもう狐はいないということであったが、東京に戻った記者が二人の写真を現像すると、そこには二匹の狐が写っていたのである。

以下、一期ないし二期掲載の作品を紹介する。

▽**「くもんこの話」**(H)は、一九七七(昭五二)年から教出四上で一期の掲載。サヨが見つけた小さな白い花をきっかけにサヨのひいばあちゃんは、小さい頃に出会った不思議な女の子「くもんこ」の話をサヨにする。仲よくしていたのだが、ちょっとしたわがままからくもんこは消えてしまう。しかし、サヨは居眠りをするひいおばあちゃんのそばにくもんこの姿を認める。

▽**「すずかけ写真館」**(H)は一九八六(昭六一)年から東書四上で一期の掲載。子どもたちに父さんが語る不思議な写真館のお話。写真を撮る写真館ではなく、その土地の過ぎ去った過去を見せてくれる写真館に、父さんはブラジルからやってきたグレーコート氏とともにいつしか迷い込み、今は小学校の運動場になっている池の写真を見る。写真の時代は進み、そして最後は運動場に立っている自分たち二人の写真が。

▽**「おかあさんの目」**は一九八九(平一)年から大書三上で二期掲載された。かつてわたしはお母さんの瞳の中に小さなわたしがいるのに気がつく。わたしだけではなく、いろいろなものがお母さんの目の中には入っている。なぜ? どうして? と問うわたしにお母さんは話し始める。

▽**「青いかきのみ」**は、一九九六(平八)年から大書一下で二期の掲載。かごから転げ落ちてしまった青い柿の実。野原に落ちて泣いていた柿の実が、やがて熟れて赤くなり野うさぎの親子に拾われていく。

▽**「うさぎが空をなめました」**は、一九九六(平八)年から学図一下で二期掲載。えりこが野原に忘れてきたハンカチを、子うさぎたちが落ちてきた空だと思い、どんな味かとなめてみようとする。それを見ていてえりこは笑い出してしまい、驚いた子うさぎたちはどこかへ消えてしまう。宮沢賢治の「鹿《しし》踊りのはじまり」を思い出させる。

▽**「ひつじ雲のむこうに」**は、二〇〇二(平一四)年から学図二上で一期のみの掲載。仲よしのたけしくんが引っ越してしまい、泣いていたわたしに声をかけてくれたのは、空のひつじ雲から降りてきた子ひつじ。子ひつじは空を飛び、わたしを雲の上に連れていき、そこにいたたけしくんと一緒に遊ぶ。なぜわたしのところに子ひつじが来たのだろう。

▽**「夕日のしずく」**(H)は、二〇一一(平二三)から三省

一下と学図二下で三省は二期、学図は一期の掲載。きりんとありという大きさの対照的な生き物が海辺で出会いふれ合うことでそれぞれの世界を認識していく。あまん作品には珍しい登場人物である。

▽**「わたしのかさはそらのいろ」**は、二〇一五（平二七）年から東書一上で掲載されたが、二〇二〇（令二）年からの版では掲載されなかった。一年生の上巻に掲載された唯一のあまん作品である。晴れの日に傘をさしながら野原に行くといろいろな動物たちが「入れて」とやってくる楽しい世界が広がっている。

▽**「山ねこ、おことわり」**は、付録として二〇一五（平二七）年から光村四上で掲載されている。最初の単行本『車のいろは空のいろ』の中の一編で、松井さんのタクシーに乗ってきた山ねことの出会いの話である。「白いぼうし」の発展的読書教材として位置づけられているのだろう。

なお、中学校国語教科書で唯一掲載されたのが**「雲」**（H）である。二〇〇二（平四）年から三省中一で二期掲載された。日中戦争下の満州を舞台に日本軍による「虐殺」が描かれる「重い」作品である。その重さゆえなのか二期で姿を消すことになるのだが、この作品が教材化されたことは画期的であったともいえよう。

5 教材化の難しさ、功罪

文学作品は初めから読者対象年齢を想定して書かれるものではないだろう。けれども、教科書教材となると読む層は限定されることになる。つまり作品の読者が限定されてしまうという事態がそこにある。出会いは保証されるのだが、文学作品として自由に読むという体験ではなく、「教育的」に読むことが優先されがちになる。読みそのものが矮小化されてしまう懸念といってもよい。また、絵本が教材化されると絵とともに広がる世界が失われてしまうということもある。

あまん作品が多く教材化されてきた事実は、子どもたちに対する作品の普遍性や思想性を示す。いわゆる教育性といえるかもしれない。しかし、その一方で「教科書」という枠にとらわれない読みの可能性も多くあることを忘れてはならない。とりわけ直接教材として扱う現場の教師にとっては。

＊1 「白いぼうし」の単行本における時代ごとの変遷については、菅野菜月・佐野比呂己「あまんきみこ「白いぼうし」テキスト異同について」（『釧路論集―北海道教育大学釧路校研究紀要』二〇一六年十二月）にて詳しく分析されている。

※「わたしのかさはそらのいろ」以外の教科書掲載作品は、『あまんきみこセレクション』に収録されている。

（木下ひさし）

◉あまん作品の教科書掲載の概要（詳細は、p.202～203 参照）

掲載年度＼掲載作品名	白いぼうし	小さなお客さん	名前を見てちょうだい	くもんこの話	きつねの写真	おにたのぼうし	ちいちゃんのかげおくり	すずかけ写真館	おかあさんの目	すずおばあさんのハーモニカ	きつねのお客さま	おはじきの木	青い柿の実	うさぎが空をなめました	ひつじ雲のむこうに	雲	夕日のしずく	わたしのかさはそらのいろ	山ねこ、おことわり
1971（昭46）	■	■																	
1974（昭49）	■	■																	
1977（昭52）	■		■	■															
1980（昭55）	■		■		■														
1983（昭58）	■		■		■														
1986（昭61）	■		■			■	■	■											
1989（平01）	■		■			■	■		■										
1992（平04）	■		■		■	■	■		■	■	■								
1996（平08）	■		■			■	■			■	■	■	■	■					
2000（平12）	■		■			■	■			■	■	■	■	■					
2002（平14）	■		■			■	■				■	■			■	■			
2005（平17）	■		■			■	■				■					■			
2011（平23）	■		■			■	■				■						■		
2015（平27）	■		■			■	■				■						■	■	■
2020（令02）	■		■			■	■				■								■

寄稿

あまんきみこさんの叱り方

矢崎節夫（童謡詩人）

あまんさんに、おかあさまについて伺ったことがあります。

「母は、のんきというか、明るい人で、ちょっと不思議なところを持っている人でした。

キツネノボタンという花の名を教えてくれて、『キツネさんのボタンなの』ときくと、『そうねえ』と答えたり、節分で追い出された鬼はどこに行くのか気になって尋ねると、『鬼はどんどんどんどん走って、おいおい泣きながらオニオコゼになるのよ』って。

それを私ずっと信じていて、後で、『あれっ』と思うことがいくつもありました。

私は動作が遅くて、でも一度も早く早くといわれたことがなくて、『することをきちんとすれば遅くてもいいのよ』ときいていたので、遅いことを否定的に思っていませんでした。

幼い頃、読んでもらった絵本の復刻版がでたとき、懐かしく読んでいたら、母の声がしたのです、それも後から。母の暖かい息が耳たぶにあたっていたことが感覚として甦《よみがえ》ったんです。その時、母の膝にうしろ向きに腰かけて、手を重ねるようにして、一緒にページをめくった喜びまで甦りました。」

あまんさんの登場人物はどれも魅力的ですが、『おしゃべりくらげ』の親子のくらげは大好きです。二人の会話が、とびきり好きです。

つり好きのよし平さんにつられたくらげの子を、満月の夜、おかあさんくらげが迎えにきます。

「かあちゃん、そんなに心配したの。」

「あたりまいだよ、おまえ。いつのまにかいなくなっちまって……」

だって、みんなが骨なしって笑うんだもの。骨なしじゃないのに、わけもなく笑われるんだよ。それがつらいんだと、くらげの子。

「おまえは、いつのまに、あたりをうかがいながら、自分をきめるようになったんだい？」

「だって。」

「だっては、ないだろ。おまえは、ほんとのほねなしじゃない。わらうのは、おまえじゃない。これで、りっぱ。うちどころなし。さあ、おかえり。ほんとうにしょうがない子だ。」

なんと心地良い叱り方なのでしょう！こんな叱られ方をしたくらげの子は倖《しあわ》せでいっぱいでしょう。

あまんさんのおかあさまも、あまんさん自身も、きっと凛《りん》とした叱り方のおかあさんなのでしょう。くらげの子がうらやましいです。

Ⅱ章

あまんきみこの作品を読む

1　シリーズを読む

《松井さん》を読む

書誌情報▼『車のいろは空のいろ』(ポプラ社、一九六八年)、ポプラ社文庫版(一九七七年)、講談社文庫版(一九七八年)。『続　車のいろは空のいろ』(ポプラ社、一九八二年)、ポプラ社文庫版(一九八六年)。『新装版　車のいろは空のいろ1・2・3』(ポプラ社、二〇〇〇年)、ポプラ社文庫版(二〇〇五年)。

❶ 連作短編集としての『車のいろは空のいろ』

書誌情報にも示したように、《松井さん》シリーズは、二〇〇〇年に『新装版　車のいろは空のいろ』として、三冊組で刊行された。そのうち『1　白いぼうし』は一九六八年刊行の『車のいろは空のいろ』を、『2　春のお客さん』は一九八二年刊行の『続　車のいろは空のいろ』を底本としている。『3　星のタクシー』は、新たに加えられたものである。この新装版の刊行で、まとまりのあるシリーズとして読者の目に入りやすくなった。

とはいえ、これまで、新装版1、つまり《松井さん》シリーズ最初の一冊『車のいろは空のいろ』は、長い歴史をもつにもかかわらず、連作短編集として読まれることが少なかったように思われる。その理由としては、まず、各話の独立性の強さがあげられるだろう。収録された八話中五話は、連作短編集としての刊行以前に、雑誌『びわの実学校』に発表されている。つけ加えれば、各話が、作家にとって重要な初期作品として、関心を集めやすかった。1には、最初に書かれた「くましんし」や、小学校国語教科書に採られた「白いぼうし」が収録されている。さらに、作家歴を貫くテーマの一つ、戦争に関わる「すずかけ通り三丁目」も含まれるからである。

しかし、機会は少ないものの、1の全話が論じられる場合には、早くから、「全体として収斂」する世界があると、指摘されてきた。[*1] 作品の配列を分析した畠山兆子《はたけやまちょうこ》は、次のようにまとめている。

舞台は、春から冬へ移り変わり、この一年間で主人公が、お客の信頼を勝ち得て、本物の空色のタクシーの運転手になっていく様子が、収録作品の効果的な配列によって示されていた。[*2]

畠山は、1を、松井さんの成長物語として読んでいるようである。

たしかに、収録作品は発表順に並んでいるのではない。既発表の五話に書き下ろし三話を加え、さらに順序を入れかえて、「春から冬」という一方向的な時の流れを生み出している。また、1の第一話「小さなお客さん」で、「三年」前に「いなかから、この町に、はじめてでてきた」という松井さんの履歴が紹介される。このことも、1は松井さんの成長物語だという解釈を促すだろう。

一方で、一九六八年の『車のいろは空のいろ』刊行当初に、古田足日《ふるたたるひ》は「あの本の作品はすべて長編の出だしだ」と感じたという。そして、接した子ども読者は、「みんな、いいところにきたと思うと、おわるみたい」という感想を聞きとっている。大人でかつ児童文学の評論家である古田は、自分の感想の理由を、「人生の一断面をのぞかせる」「過去の童話の方法」を1がとっているためと分析した。そのうえで、現代の「空想的物語」は、「そこから「何か事件がはじまるべき」なのである」と、批判もしている(「現代のファンタジィを(1)」『学校図書館』一九六八年七月)。では、子どもたちが感じとった不全感は、何によるものなのか。子どもたちはもちろん、古田の依拠する近現代児童文学史のコンテクストをふまえているわけではない。

各話を切り離さず、全話を通して再読することで、1のもつ矛盾した特徴—構成の統一感と、不安定な読後感—に分け入ってみたい。あわせて、2と3を見わたして、《松井さん》シリーズの変化も捉えていく。

2 曖昧な世界の松井さん

『1 白いぼうし』の第一話「小さなお客さん」では「きつね」、第二話「うんのいい話」では「さかな」、第三話「白いぼうし」では「モンシロチョウ」。最初の三話で、松井さんはさっそく、人間ではない生きものが、人間の姿や感情をもつという現象に出くわす。とはいえ、それは、偶然もたらされたもので、松井さん自身は、それらとの出会いや関わりに消極的である。それでも、物語の最後に残された「きつねの毛」、「ふるえる手」、「夏みかんのにおい」は、非現実的なできごとが現実に起きたことを証明している。

それが変化するのは、第四話「すずかけ通り三丁目」である。松井さんは、乗客とともに、「むかしのうち」を訪れ、空襲で亡くなった子どもたちの「わらい声」を聞く。乗せたときには「四十ぐらい」に見えた客が、降りるときには「おばあさん」になっているが、松井さんは恐れを感じない。かえって「なにか、ひとこと」声をかけたいと、「駅の長い長いかいだんを、かけあがって」後を追う。

第五話「山ねこ、おことわり」の松井さんも、客に積極的な対応をしている。第一・三話のときとは違い、松井さんは運転中に、客が人間――「わかい男の人」ではなく、動物――「山ねこ」だと気づく。恐れ「ふるえ」て、いったんは乗車を拒否するが、山ねこが病気の母のもとに駆けつけるところだと聞くと、「おくるべきだ」と決心する。松井さんは、はじめて、人間の姿をした動物を、それと意識したうえで受け入れた。最後には、去っていく山ねこを「よびとめ」、「また、いつでも、どうぞ。」と「大声で」言う。

時を超える人間や、人間の姿をした動物という非現実的な存在を意識的に受け入れ、積極的に関わるようになった松井さんは、第六話「シャボン玉の森」で画期的な経験をする。「道路のまんなか」でシャボン玉をふく「女の子」を注意し、泣かせたことをきっかけにして、自分の体が縮むのである。ここではじめて、松井さんは、客ではなく自分自身の体が、現実とは違うものになるという経験をする。当然、驚き悲しみ、「女の子」と同じく涙を流すことで、「あたりまえの大きさ」を取り戻す。それから「あわてて」、「いきおいよく」その場から逃げ出した。

第七話「くましんし」では、人間の姿で暮らす「くま」を、松井さんは最初から「あたりまえ」と受け入れている。それだけではなく、「くましんし」とその仲間たちの来歴を聞くと、同情の涙で目をくもらせながら、ともに歌う。

人の世界に　くまがすむ／くまの世界に　人がすむ／こたたん　こたたん／／
どちらがどうか　わからない／どちらがどうでも　かまわない／こたたん　こたたん

雑誌『びわの実学校』（一九六五年十月）初出時には、松井さんは歌いながら眠りにおちるという結末になっていた。「くましんし」宅で経験したできごとは、眠りの夢という非現実に閉ざされていたのである。しかし、改稿後の松井さんは眠っていない。「はっと目がさめたように」、依然として「しんしの家の門の前で、ひとりぼんやりと立ってい」ることに気づく。そして、「くましんし」宅でのできごとのはじまりと同じ行動を繰り返す。すなわち表札の下の「ベル」を「おしました」。すると「足音が近づき、かんぬきをはずす音が、おもたそうにひび」いて、「鉄の門が、ずずずずっ、と」開き出す。はじまりの行動と、それを表現する語句まで同じで、読者は、はじまりに引き戻されたようなとまどいを感じるのではないか。

　あまんきみこは他の童話でも、この〈引き戻し〉の方法を用いている。例えば、『2　春のお客さん』収録の「草木もねむるうしみつどき」では、「おばあさん」が、夢のなかで幼児にかえって松井さんと遊ぶ。それから「目がさめて……もとのとういすの上」。しかし話は、「おばあさん」が「もと」に戻っただけでは終わらない。「おばあさん」は、夢で経験したできごとが「ほんとうのこと」だと、松井さんの存在と言葉で確かめる。*3 つまり登場人物と読者は、〈引き戻し〉の後、非現実的なできごとが現実に起きたと確認させられる、あるいは起きたのかもしれないと再考させられるのである。

　さて、「くましんし」では、引き戻されたおわりに付け加えられたことが、一つだけある。それは、「松井さんの心臓が、どきどきどきとはげしく鳴」っている描写である。松井さんは「くましんし」を受け入れ、彼らの境遇に同情の涙を流してもなお、おびえている。人間として暮らす「くま」と語り合うというできごとが現実に起きる予感に、あるいは、起きたのかもしれない不安に。

　この第七話までの経験を総括するのが、最終話「本日は雪天なり」だろう。松井さんは、まず、きつねたちの「雪まつり」に巻き込まれる。祭りの出しもの「キツネコンクール」では、出場者として扱われ、とまどって叫ぶ。

　「わたしは、ばけておりません！　わたしは、に、ん、げ、ん、の、ま、つ、い、です!!」

　これは、自分を人間だと思っている松井さんにとっては、「ばけて」いないという動かしがたい事実の宣言である。一方、松井さんをきつねだと思っているものたちにとっては、仲間にも本当の姿を見せないほど、あるいは自分が人間だと思いこむほど、上手に「ばけて」いるという証言になる。決定的なすれちがいがあるにもかかわらず、きつねたちからは称賛の「拍手」が生まれて、二者の関わりは続く。「コンクール」の後、松井さんはきつねたちをタクシーに乗せて喜ばせ、人間の運転手としての矜持《きょうじ》を取り戻してもいる。とはいえ、それは一時のこと。最後には、「おしりがむじむじ」して、自分の「しっぽのことが気になりだした」。つまり、人間であるはずの自分が、きつねという動物でもある可能性を、身体感覚として受け止めている。

　以上から、1の連作としてのまとまりが見えてきたと思う。松井さんは、人間のような動物たちや、現在にいながら過去をも生きている人間に出会い、とまどいつつ関わり、やがては、人間だと思っている自分自身の体の変化も感じとる。1は、「あたりまえの」人間である松井さんが、人間と動物、過去と現在、現実と非現実の「どちらがどうか　わからない／どちらがどうでも　かまわない」世界、言いかえれば、二項対立的な区別が曖昧な世界に浸潤されていく過程を描いている。

3「ふるえ」る松井さんのゆくえ

こうした世界と松井さんのありようを、現代社会の価値観にそった言葉を用いて、「自然との共生」（砂田弘《すなだひろし》「解説」『2　春のお客さん』に収録）とか、人間と動物の「共存」[*4]と評価することはできるだろう。ただ、松井さんが曖昧な世界や存在に出会ったとき、しばしば「ふるえ」ていることも無視できない。松井さんはこの恐れ以外にも、とまどいや拒否を示す。自分自身も、その世界に属する曖昧な存在だと気づくのは、最終話の結末でしかない。松井さんの反応は、少なくとも『1　白いぼうし』のなかでは、「共生」「共存」という言葉のもつ、自立的かつ協調的で安定したニュアンスとなじまない。

あまんきみこは『よもぎのはらの　たんじょうかい』（金の星社、一九七三年）の「あとがき」で、幼い頃次のように自他の関係を捉えていたと語っている。

「なぜ鳥は鳥で、花は花で、ねこはねこで、わたしはわたしだろ。」

遠い昔、そんな素朴な問いをくり返したとき、かすかな畏怖の念がありました。（中略）

幼いわたしは捨てられた子ねこの中の「私」や、馬車ひきの馬の中の「私」や、やぶれた羽根の蝶の中の「私」になろうとし、じきにはじき出され、混乱し怯《おび》えて泣きつづけ、その度に、まだ若い母をひどく困らせたのでした。

あまんにとって、自他の区別の曖昧な世界は、安定どころか、根源的な恐れや不安を感じさせるものだったようである。清水真砂子《しみずまさこ》は、あまんの「作品を成り立たせている最大のもの」として、「人間のこの世のありように対するこの作家の不安」（「あまんきみこ論」『国語の授業』一九八六年二月）を指摘した。この不安や恐れは、松井さんの「ふるえ」に素朴に反映されているのではないか。

古田足日の接した子ども読者が表した「みんな、いいところにきたと思うと、おわるみたい」という不全感も、少なくとも、各話の未熟な構成のせいではないと考える。[*5]そうではなく、松井さんが1の世界に浸潤されて感じたとまどい、不安、恐れが、世界内の存在との「共存」や「共生」として着地しないまま漂っているせいではないか。1の終わった時点で、松井さんは、畠山のいうような、この世界の「本物の」運転手にはなっていない。より正確には、「本物」になりかけた存在である。

『2　春のお客さん』と『3　星のタクシー』の松井さんも、駆け足で追っておこう。

2でも、松井さんは、曖昧な世界の曖昧な存在に出会い続ける。最終話「まよなかのお客さん」では、生きて動くはずのない人形の「おまつり」に、人形たちとともに参加する。そして「にんぎょうでもいい、人間でもいい、とおもえて」くる。これは、1で「どちらがどうでも　かまわない」と表現されたのと同じ感覚だろう。

3では、1・2で繰り返し示されたこの感覚は、どこにも表さない。繰り返す必要がないほど、当然の前提になっているからである。松井さんは、第一話「ぼうしねこはほんとねこ」から、1では拒否した「ねこ」の乗車を、「もちろんですとも」と請けあう。松井さんは、この世界の自他を受容できる「本物」だという了解のもとに、話が進んでいく。だからこそ、読者に不安定な読後感を残さない。

松谷《まつたに》みよ子が解説したように「安らぎと、あたたかさ」に満ちた「いやしの文学」になったのである。

松谷は、3の読者となる「現代のこどもたち」は、「傷ついた心、痛み、つかれた心」を抱えていると推測した。それは、現代の子ども読者に、「ふるえ」続ける登場人物を受け入れる余裕がなくなったということにもなるだろうか。そうだとすれば、松井さんの変化は、話中での経験が積み重なった末の自然な成長というより、現代社会という外側からの要請による必然だったのかもしれない。

*1　酒井角三郎「魔法としての言葉」（『子どもの館』一九七三年一一月）

*2　畠山兆子「あまんきみこ初期作品研究―『車のいろは空のいろ』収録作品を中心に―」（『梅花児童文学』二〇〇三年六月）

*3　《えっちゃん》シリーズの「あたしもいれて」にも、〈引き戻し〉が用いられている。〈引き戻し〉の後、えっちゃんが「夢」だと思っているできごとに対し、「かれ葉たち」が「夢かな。」と疑問を投げかけ、読者の認識が揺さぶられる。

*4　*2論文

*5　特に第三話「白いぼうし」については、古田が示唆したような長編ファンタジーとは異なるものの、短編として優れた構成があることを、多くの論者が指摘している。例えば、住田勝「あまんきみこ「白いぼうし」の授業実践史」（『文学の授業づくりハンドブック　第2巻』溪水社、二〇一〇年）を参照されたい。

（藤本　恵）

1　シリーズを読む

《ふうた》を読む

書誌情報▼『ふうたのゆきまつり』（あかね書房、一九七一年）、『ふうたのはなまつり』（あかね書房、一九七六年）、『ふうたのほしまつり』（あかね書房、一九九六年）、『ふうたのかぜまつり』（あかね書房、二〇〇三年）。

1 はじまりは「空色のタクシー」

無邪気で好奇心旺盛な「子ぎつねのふうた」の物語は、冬を舞台とする「ふうたの雪まつり」を第一作とし、春を描いた「ふうたの花まつり」、夏のできごとを語る「ふうたの星まつり」、落葉舞う秋の話「ふうたの風まつり」の全四作品から成る。どの作品も題名に「まつり」とあるが、集団の儀式・行事としての祭りを指しているわけではない。一作目は、作者が仙台在住時に「横手市のかまくらを見に」行き、「光と闇、白と黒、温かいものと冷たいもの、喜びや祈り、そんなたくさんのものをもったこの美しくかわいい行事に、心をゆさぶられ」（「「まつり」の作品について」）た経験をもとに執筆したというが、題名については初版の「あとがき」に次のように記されている。

（前略）かまくらという行事は、ゆきまつりとはいわないようです。でも、あの晩は、ふうたにとって、とてもすてきな雪のまつりになりました。だから、この題をえらびました。

「まつり」の語は、「ふうたにとって」の特別な時空間を表しているということであろう。これは二作目以降にもあてはまると考えられる。四作品に共通しているのは、季節を代表する自然が殊更に美しく輝く時、ふうたが人間あるいは人間の文化と関わる特別な体験をするという展開である。ふうたの物語群は、題名の面でも内容の面でも、シリーズとしての形が整っている。

とはいえ、一作目と二作目以降との違いも見過ごせない。このシリーズの成立を考える場合、特に気になるのは、一作目だけ視点人物が「空色のタクシー」の「運転手の松井さん」になっている点である。一作目は、もともと「空色のタクシー」の物語群の一つとして生み出されたとみるのが妥当ではないか。実際、「ふうたの雪まつり」と『車のいろは空のいろ』（一九六八年）収録の短編との類似点は少なからずある。松井さんのタクシーに非日常的な存在が乗り込むという設定もさることながら、生まれて初めて車に乗って興奮するふうたの反応は「小さなお客さん」の兄弟と同じであり、「雪まつり」を描いていること、松井さんが人間に化けた狐に違いないと狐から言われること等は「ほん日は雪天なり」と同じである。狐の「雪まつり」に松井さんが招かれる物語「ほん日は雪天なり」を意識しつつ、それとは逆に松井さんが狐を人間の雪祭りに案内する物語として発想されたのが「ふうたの雪まつり」だったのではないか。

作者は、当初「ふうたを書き続けるつもりなかった」（「対談　冬のお客さま　宮川ひろさん」）と述べている。ふうたの物語がシリーズとして作者に意識されたのは、やはり二作目以降、ふうたが視点人物となってからであると考えるべきであろう。

❷ 異文化への憧れ、異種交流の夢

シリーズ第一作「ふうたの雪まつり」は、「空色のタクシー」が雪道で小さな狐とぶつかりそうになるところから始まる。かまくら行事に行くと言って人間の男の子に化けた「子ぎつねのふうた」を、「運転手の松井さん」は車で送った。その後、仕事で同じ場所を何度も通った松井さんは、ふうたがかまくらに入りたくても入れないでいることに気づき、一緒にかまくらに入ることにする。かまくらの中で、ふうたは甘酒をおかわりして楽しんだ。帰り道、後ろ足が痛いというふうたを松井さんが抱き上げると、ふうたは「おじちゃんもほんとうは、きつねでしょう」と言う。眠そうなふうたに、松井さんが「いい夜だった」と語るところで物語は閉じられる。

以上のように、松井さんに寄り添う語りの視点にそって物語の概要をまとめるならば、この作品は種を越え常識を越えて純真な子狐を受け入れいとおしむ松井さんの優しさを描いたものと受け取れる。松井さんを主人公として異種交流の理想を描いた心温まる物語ともいえるだろう。「友だち」と明言する松井さんの言葉にふうたが喜ぶ場面もある。

「そうかあ。もう、ぼくたち友だちなんだね。」

「そうとも、友だちだ。」

しかし、シリーズのその後の展開を視野に入れ、ふうたの物語として読むならば、「ふうたの雪まつり」は狐が人間の文化に憧れる様子を描きつつ、異種交流の難しさを示したものと解釈することもできる。ふうたは、狐の姿のま

までは かまくら行事に行かれないうえ、人間に化けても一人でかまくらに入ることはできなかった。さらに、ふうたは、「友だち」になった松井さんを自分と同種の狐だろうと考える。結局、ふうたの側からいえば、この作品は異文化を体験する物語ではありえても、異種交流の物語とはなっていないのである。この点は、二作目も同様である。

二作目「ふうたの花まつり」では、ふうたの住む森の近辺を舞台として、人間の手でなければ編めない「れんげの花かんむり」に対する子狐の憧れが描かれる。春のある日、ふうたは、れんげ畑で花の冠を作っている七、八人の「人間の子ども」の存在と、木の陰からそれを見ている「小さな女の子」に気づく。次の日も、女の子は木の陰にいた。その晩、ふうたが母狐に花の冠を作ってと頼むと、母は人間に化けて編んでくれる。翌日、子どもの集団がれんげ畑から帰ったあと、一人残った女の子が花の冠を作れずに涙を流すのを見て、ふうたは飛び出して行き、冠をあげた。女の子は喜び、冠を頭にのせる間は後ろを向いていてと言う。声をかけられて振り向くと、そこにいたのは「花かんむりを頭にのせた、かわいい女の子ぎつね」だった。

夕焼けのれんげ畑の中を、ふうたたちは、うれしそうにかけまわりました。

それは、小さな金色の風のように見えました。

二匹の子狐がれんげ畑を嬉《うれ》しそうに駆け回る最終場面は、天も地も明るく幸福感に満ちている。物語の冒頭が「ある日、森の中で、子ぎつねのふうたが、〝ひとり石けり〟をしてあそんでいました」だったことを考えると、この作品は、一人で遊んでいたふうたに同種の友達ができる物語であるとまずは捉えられるだろう。その枠組みの中で、人間の子どもの遊びに対する子狐の憧れが描かれていく。では なぜ、異文化への憧れを話題としながら、子狐が人間の子どもの遊びの輪に入る異種交流の物語ではなく、同種交流に帰着する物語が構想されたのか。

女の子狐は、人間の文化に憧れている点、および人間に化けても人間の集団に加われなかった点で一作目のふうたの相似形である。望むところに到達することが困難な者同士のつながりをこの作品は描いていると考えられよう。つながる喜びの大きさは、困難の大きさと比例している。物語が同種のつながりの喜びを描いて終わったことの背後には、異種交流は夢に過ぎないとする作者の認識があったのではないか。その認識はシリーズ三作目で前面に出てくる。

3 固定概念の壁、伝わらない善意

「ふうたの星まつり」の舞台は夏の山である。夕暮れ時、ふうたは「人間の子どもの声」を聞き、隠れながら近づいた。それは蟬《せみ》取りに来て迷った兄妹で、男の子は足を痛めていた。女の子が涙をこぼすのを見たふうたは、助けを呼ぼうと麓の町に向かう。途中で、兄妹を探しに来た大人たちに気づいたふうたは、夜空に輝く星にどうすべきかと問いかけ、迷子の女の子に化けた。そして、手を振って呼ぶことで母親たちを兄妹のもとに導いた。兄妹を救助した帰り道で、大人たちは、不思議な導き手について語り合う。

「かみさまが、われわれを案内してくださったのか。」

だれかが、ぽつんといいました。

（ひゃっ、ぼく、かみさまだって。）

人間の解釈にふうたは驚くものの、星に向って「ぼく、ちゃんとできましたよ」とつぶやいた。すると「空いっぱいの星の拍手」が聞こえてきた。

三作目で展開するのは、子狐ふうたが人間の子どもを助ける物語である。しかし、ふうたの善行は人間には気づかれなかった。ふうたは狐の姿のままで人間と関わらなかったからである。人間の言葉がわかると設定されているのに、ふうたが人間と交流しないのは、人間は狐が人を化かすと考えているという設定も、同時に存在するためであろう。迷子になった女の子の発する「きつねばかしはぐるぐるまわりって、おばあちゃんがいってた」という言葉に、この物語世界の人間の狐観が表われている。また、ふうたの行為が「かみさま」の御業《みわざ》と解釈されるところには、不思議な力で人間に福をもたらすのは「かみさま」に違いないという固定概念の共有が認められる。このような人間の固定概念が異種交流を阻む様子を描く点において、「ふうたの星まつり」は「おにたのぼうし」と似ている。

しかし、「おにたのぼうし」とは異なって、「ふうたの星まつり」には救いがある。「おにたのぼうし」は、鬼を追い払いたいと考える人間の強固な固定概念に衝撃を受けたおにたが姿を消すという結末をもち、おにたの悲しみが読後に残る。それに対して、ふうたは、善意が人間に伝わらないとはいえ、星の拍手を受ける。読後に残るのは、「よかったあ」と安堵するふうたの気持ちなのである。加えて、「ふうたの星まつり」には、「きつねにばかされたのよ」という女の子の言葉に対して、「あのきつねは子どもだったし」「そんなことは、しないとおもう」という少年の言葉が書き込まれている。これは、固定概念を崩し、種を越えた交流の道を開く可能性を示す発言であるといえよう。実際、種の壁を越えた交流は、次作で実現することになる。

④種の壁を越え、個としての交流へ

四作目の「ふうたの風まつり」は、シリーズ最終作である。秋のある日、黄葉した銀杏《いちょう》の幹の陰にいたふうたは、学校帰りの女の子が転ぶのを見たあと、鍵を拾う。女の子が鍵を探しに戻ってきたので、投げてあげた。次の日、ふうたは、昨日の女の子が友達に、鍵を投げてくれたのは木の中に住む「きぼっこ」だと思うと語るのを聞く。数日後、銀杏の葉が散るのを見て、「きぼっこ」の安否が気になったふうたは、「きぼっこ」に化けてみた。そこに女の子が現れ、「きぼっこ」の姿のふうたに礼を言う。ふうたは、その姿のまま、黄葉を拾う女の子を手伝うことにしたが、知らぬ間にしっぽが出てしまった。それを見て、女の子は子狐に礼を言うべきだったと悟る。その時、風が吹いてきて、銀杏の葉が一斉に散り、ふたりは「きぼっこ」を見た。気がつくと、子狐の姿に戻ったふうたと女の子は手をつないでいた。女の子はふうたを祖母の家へと誘い、ふうたは喜んでそれに応じた。

以上が四作目の概要であるが、人間に対するふうたの善行が描かれている点は三作目と共通している。はじめは、前作と同様に、ふうたの厚意を相手は気づかなかった。

「そうかあ。あの子は、きぼっこに『ありがと』って、いったんだ。なあんだ、なあんだ。そうかあ。」

ふうたはおどけたように、とがった口をとがらせて、くくっとわらいました。

とたんに、つまらないような、おかしいごちゃごちゃの気もちになりました。

「ふうたの風まつり」には、感謝が自分に向けられないことに対するふうたの複雑な思いが前作よりも丁寧に書き込まれている。そのうえで、最終的にはふうたの厚意が相手に理解され、狐と人間が手をつなぐという結末が用意されているのである。シリーズ最終作は、種の壁を越えた交流が成立する物語となっているとみてよいだろう。

なお、もう一つ見逃せないことがある。物語の末尾でふうたが女の子に「ぼく、ふうた。森にすんでるから、もりふうた」と名のっていることである。ほぼ同じ自己紹介を、ふうたは第一作で松井さんにしていた。こうしてみると、このシリーズは、異種交流というよりも、種に対する固定概念の壁を越えて個人同士がつながることを当初から志向していたと考えるべきなのではないか。

思えば、「おにたのぼうし」でおにたは、鬼は悪くないとは言わずに、「おににも、いろいろある」と語っていた。作者は、種という枠組みにとらわれずに多様な個人同士が誠意によってつながり合える世界を理想としていたのであろう。エッセイ「私と「お話」」の中で「児童文学というのは「理想」の文学ではないか」と作者は述べているが、子ぎつねふうたのシリーズは、まさに理想に向けて展開していった。

❺ 子ぎつねふうたのシリーズの魅力

　子ぎつねふうたのシリーズの研究・評論はほとんどないが、増村王子《ますむらきみこ》はあまんを「自分が子どもになりきって、子どもの側からものを見ることのできる目をもった数少ない作家」、「また、その観点からファンタジーを広げていける作家」と捉えたうえで、「ふうたの雪まつり」について「雪の夜の自然が描き出す幻想の世界とともに、子ぎつねふうたの、新しい経験に立ち向かう張りつめた幼い心情を、共に鮮明に映し出している点がきわ立って感じられた」と述べている。*1 増村の注目したふうたの「幼い心情」は、確かにこのシリーズの大きな魅力になっているといえよう。

　話題・テーマの展開とは別に、このシリーズの全編を通じた特徴として挙げられるのは、第一に子どもの世界が描かれていることである。起こしてもらえなかったと母親に不満を言う場面（「ふうたの花まつり」）や、紙飛行機で遊ぶ様子（「ふうたの風まつり」）など、子どもの日常が鮮やかに浮かび上がってくる。また第二に、「ぼく、うれしいなあ」（「ふうたの雪まつり」）、「すごーい」（「ふうたの風まつり」）など、子どもらしい感情が率直に書き込まれていることも見落とせない。そして第三に、「もも色じゅうたんのようなれんげ畑」（「ふうたの花まつり」）や「金色の雨のように、いちょうの葉がまいちって」（「ふうたの風まつり」）など、四季の自然が色彩豊かに描かれていることである。ふうたのシリーズは、四季の自然の中で生き生きと動く子どもの感覚・感情によって読者を魅了する物語群なのである。

　なお、大人の読者は、ふうたの行為が「かみさま」によるものと解釈される「ふうたの星まつり」の一節を読んで、新美南吉「ごんぎつね」を思い浮かべるに違いない。また、「はあはあわらいだしました」（「ふうたの雪まつり」）、「風がどおっとふいて」（「ふうたの花まつり」）、「すきとおった風」（「ふうたの風まつり」）等の表現の背後に、宮沢賢治の童話へのオマージュを感じるだろう。そんな読み方ができることも、このシリーズの魅力となっている。

＊1　増村王子「幼年文学七一年」（『日本児童文学』一九七二年三月）

（中地　文）

1　シリーズを読む

《えっちゃん》を読む

書誌情報▼『ミュウのいるいえ』（一九七二年、フレーベル館）、『よもぎのはらの　たんじょうかい』（一九七三年、金の星社）、『えっちゃんの森』（一九七七年、フレーベル館）、『えっちゃんのあきまつり』（一九八一年、あかね書房）、『えっちゃんとふうせんばたけ』（一九八二年、フレーベル館）、『えっちゃんとミュウ』（二〇〇三年、フレーベル館）、『なまえをみてちょうだい』（二〇〇七年、フレーベル館）。

1 えっちゃんを慈しみ、つつみこむ家

『ミュウのいるいえ』（一九七二年）には、幼年の女の子えっちゃんとあめ色の子ねこミュウが登場する。十一編の物語が収められ、幼稚園に通っていたえっちゃんが小学校に入る年齢になる。えっちゃんとミュウは一緒に温かい家庭で育ち、人や動植物と命を通わせて考えや思いを膨らませていく。連作の中でえっちゃんとミュウの人物像が形づくられる。

あまんきみこは、「くましんし」発表後に松井さんが物語の登場人物として動き出したことについて次のように語っている。師であった与田準一《よだじゅんいち》に松井さんは元気かと尋ねられて、自分にできるのは「何日でも待ち続けることだけ」であり、「だいぶ時が過ぎて、クラクションが遠くに聞こえ」「車がやっと走りだした」のだと表現している（「松井さんのこと」）。このエピソードは、あまんの創作方法の一つの側面を物語っている。人物が動き出すのをじっと待つ姿勢である。えっちゃんとその物語の生まれ方にも通じるところがある。えっちゃんという人物が連作によってしだいに輪郭をはっきりさせていき、どのように感じ、どのように行動するのかが、いわば自然に浮き上がってくるような創作方法である。

「名前を見てちょうだい」のえっちゃんは、風に飛ばされた帽子を自分のものだとはっきり言って、大男から取り戻す。きつねや牛は自分の名前が書いてあると主張していたにもかかわらず、大男の舌なめずりを見てあとずさりして帰っていく。この様子に比して、「あたしのぼうしをか

えしなさい！」という姿には、自分の意思を真っ直ぐに伝える強さが出ている。えっちゃんが自らの意思をしっかり伝えられたのはなぜだろうか。それは物語の冒頭にしっかりと書き込まれている。

　えっちゃんは、おかあさんに赤いすてきなぼうしをもらいました。／「うらを見てごらん」／そういわれて、ぼうしのうらを見ると、青い糸で名前がししゅうしてあります。

　えっちゃんが意思を伝えられた理由は、飛んでいった帽子が、「う、め、だ、え、つ、こ」とお母さんが名前を刺しゅうしてくれた帽子だからである。あまん自身も、東京書籍の教科書の指導書に「おかあさんが縫いこんでくれた自分の名前の存在を信じているからこそ」帰らないと言えたと述べている。[*1] 先にあまんの創作方法について、人物が動き出すのをじっと待つ姿勢と述べた。えっちゃんにとって、お母さんが刺しゅうしてくれた帽子はかけがえのないものであり、いくら大男が大きかろうが舌なめずりをしていようが取り返さないわけにはいかない。お母さんとの関わりによって自然にえっちゃんが動き出し、えっちゃんの人物像が形づくられているといえるだろう。お母さんとの関わりに支えられ、意思をはっきり伝えられる女の子として描き出されている。

　お母さんがえっちゃんを温かく見守っている様子は、『ミュウのいるいえ』に収録された「あたしもいれて」によく描き出されている。えっちゃんは、ご飯のお迎えに来たお母さんのところまで、すべり台からすべりおりてそのままどーんとぶつかり、笑いながら手をつないで帰る。ここには体ごとぶつかっていけるお母さんがいる。

　えっちゃんをつつんでくれているのはお父さんも同様で、子ねこのミュウもときにその一員である。「春の夜《よ》のお客さん」では、えっちゃんは庭に現れた五人の男の子にこんな自己紹介をしている。

　「うちにはね、おとうさんと、おかあさんと、あたしと、それから、子ねこのミュウとすんでるの。お父さんは、いま、新聞をよんでる。おかあさんはね、あみもの。ミュウは、おかあさんのひざの上で、くうくうねてるわ。あたしは、おふろにはいったところ。」

　次の日の朝、えっちゃんは五人の男の子が五本のたけのこだったと知る。知らせてくれたのはお母さんで、「小さなお客さんが、お庭にきてるわよ」「おとうさんとミュウが、いま、あいさつしているところ」と言う。えっちゃんはお母さんとお父さんとミュウのいる家に温かくつつまれている。えっちゃんを支える揺るがない場所があって、確たる自分をもてるようになっていくといえよう。

「ストーブのまえで」には、えっちゃんが小さいとき着ていたセーターの糸で新しくセーターを編むお母さんと、毛糸にじゃれないで大人になったミュウ、ランドセルを買ってきてくれるお父さんが登場する。『ミュウのいるいえ』という本の題名はミュウという存在を際立たせるが、実は「家」にも力点がある。えっちゃんをつつみこみ、形づくる家である。

❷ あめ色の子ねこミュウとえっちゃんの自立

あまんきみこは、猫について、満州から引き揚げ、大阪で暮らしている頃に飼っていたと振り返っている。若くして亡くなったあまんの母が飼っていた猫がいなくなる話や、祖母が猫は嫌いと言っていたのに、のちに飼い猫の心配をするようになる話などを書いている（「ねこ、ねこ、ねこ、ねこ」）。同じエッセイで、結婚して社宅暮らしで猫は飼えなかったが、子どもたちへの手作りの話の中で、えっちゃんという女の子とえっちゃんが拾ってきたあめ色の子ねこミュウが出てくるようになり、ミュウは自由自在に駆け巡ったと言っている。

前項で、えっちゃんをつつみこみ、形づくる家について述べた。ミュウもその家の一員なのだが、えっちゃんとお母さんやお父さんとの関わりとミュウとの関わりには、大きな違いがある。ミュウはときにえっちゃんを跳ね返し、えっちゃんの思い通りにはならない。えっちゃんはミュウによって、自分とは違う存在に気づいていくのである。

「ミュウのいえ」には、えっちゃんがミュウの立場におかれることによって感じる思いが描かれている。ある日お母さんからもらった空き箱に「みゅうのいえ」と書いて、眠っているミュウの上からかぶせてしまう。このあとえっちゃんは小さくなって、いつのまにか「えっちゃんのいえ」と書かれた家が上からかぶさってくる。えっちゃんがしたのと同じことをミュウがするのである。様子も同じように描き出される。次に、上段にミュウが家の中にいるときの様子、下段にえっちゃんが家の中にいるときの様子を引用して比べてみる。


にゃにゃ――ん。

びっくりしたミュウのなき声。

ばりばり。がたがた。にゃにゃ――ん。

箱の中は、大さわぎ。


「やあだあ。」

まっくらです！

「やあだあ。」

えっちゃんは、はねたりとんだりぶつかったりころんだり

「しっ。しずかに。」
えっちゃんは、やさしい声で教えてやりました。
「これは、ミュウのいえなのよう。だから、あわてなくてもだいじょうぶう。」

しました。すると、
「しっ、しずかに。」
外から、やさしいミュウの声がきこえてきました。
「これは、えっちゃんのいえだよう。だから、あわてなくても、だいじょうぶう。」

「しっ、しずかに」と優しい声で言うところも同じ、次のセリフも「みゅうのいえ」と「えっちゃんのいえ」が入れ替わってミュウの言葉遣いにしてあることを除けばほぼ同じである。元の部屋でえっちゃんが気がつくとミュウが箱の家の中で震えている。「ミュウや」と呼びかけると風のように飛び出していってしまう。ミュウからの応答はないので、えっちゃんはミュウの立場を経験はしても、ミュウが感じたことを直接聞くことができたわけではない。えっちゃんは、家の中に自分とは違う命が息づいていることを知っていくのである。

「ふしぎなじょうろで水、かけろ」は、家からいなくなるミュウに、えっちゃんが「また、あそびにいったな」「あそびや！　あそびはかせ！」と悪口をいうところから始まる。思い立って花の絵を描くと花が起き上がり、花畑が広がる。そこにはミュウがおもしろいふしの歌を歌いながら、花に水をかけている。

♪　はたらかざるもの／くうべからず／おうおう！
　ふしぎなじょうろで／水、かけろ

えっちゃんとミュウのやりとりから、「あそびや」と言われたミュウが怒って、じょうろで花に水をやって「はたらいて」いるところをえっちゃんに見せようとしていることがわかる。えっちゃんは、ミュウが自分の知らないところに出ていくのが気に入らないのだが、ミュウにはミュウの行くところがあり、言い分もある。えっちゃんはそんなミュウと対話し暮らしながら、自立への道を歩いている。

ミュウの存在は、えっちゃんをつつんでくれる家と外の世界両方を体現するものである。「バクのなみだ」には、天井裏に住むバクが描かれるが、家の中でその存在を知っているのはミュウだけである。ミュウはバクが痩《や》せていくので心配になり、バクがえっちゃんたちが見る悪い夢だけを食べていることに気づく。バクは「いいんだよ、それで」と言って「かさとも音をたてずに」出て行ってしまう。天井裏に住む者が「かさとも音をたてずに」出て行ってしまうのは「おにたのぼうし」と重なるモチーフである。両作ともに、ふだん私たちには見えていないが確かにそこにあるものを描いている。

ミュウの存在は「バクのなみだ」では、えっちゃんのそばにいながらも、えっちゃんには見えない世界を読者に見せてくれる存在である。世界がそれぞれにどのように見えるかが伝わってくる。「おひさまひかれ」では、えっちゃんの冒険の間、ミュウは出かけていて留守、しかもてるてるぼうずのことを話すえっちゃんに「ねむそうに大きなあくび」で無関心である。ミュウが見えない世界を見ることができる特別な存在なのではなく、ミュウにはミュウの、えっちゃんにはえっちゃんの、その人にはその人の意味のある世界があり、そして見えない領域があることを示している。視点を自在に変えて人物を描き出すあまんきみこの手法の強みといえるだろう。

「名前を見てちょうだい」の物語の最後は「あっこちゃんのうちにあそびにいきました」とあり、なにごともなかったかのように外へ出ていく力強い姿が描かれる。《えっちゃん》シリーズには、子どもが幼年から児童期にかけて徐々に世界を広げ、自立する姿が描かれているといえるだろう。ミュウの存在は外の世界の現れを担っているのである。

3 世界の扉の開き方

えっちゃんを慈しみつつみこむ家の中で、えっちゃんが自然に動き出す創作方法、連作の中でミュウという視点がとられることで、えっちゃんの自立が描き出される創作方法について述べてきた。あまん自身は、創作にいきづまって蹲《うずくま》るたびに今西祐行《いまにしすけゆき》の言葉が甦《よみがえ》ると述懐している。それは、『車のいろは空のいろ』が世に出て、お金がもらえることにとまどっているあまんに今西が言った「血のでるような文字ではありませんか」という言葉である（「今西祐行先生のこと」）。人物が自然に動き出すのを待つ時間に加えて、文字にする苦しさをうかがわせるエピソードである。

あまんには、登場人物たちが見たり聞いたりするある世界を描き出す創作方法として、子ども読者とともに世界の扉を次々に開けていく手法が備わっている。《えっちゃん》シリーズにも随所にみられる、繰り返しの手法、大きさの魔法、ふだん起きないことが起きたときのえっちゃんの反応などである。あまんは小さい頃に寝物語に祖父、祖母、母、おばからお話を聴いたと語っている（「くちごもりつつ――なぜ書くか、私の児童文学」）。このとき聴いたお話は原型のようにあまんの中に残って、このような手法を自然に生み出したと考えられる。読んでいる子どもたちは、お話の続きの予想がついたり、裏切られたりして、わくわくし、惹《ひ》きつけられる。

繰り返しの手法は、「ちいちゃんのかげおくり」（一九八二年）の二回のかげおくり、「きつねのお客さま」（一九八四年）のきつねと動物のやりとりなどにもみられるが、《えっちゃん》シリーズでも使われている。「スキップ　スキップ」では、えっちゃんが幼稚園までスキップをしてゆくと道々三人の人物に出会う。しっぽをたらしてとぼとぼやってきたミュウ、クロスケが「スキップするから、うれしくなる」と言われて、同じようにえっちゃんのうしろをはねとびのスキップでついていく。三番目はじろくんである。子どもたちは、「次はこうなる、こうなる」と先を楽しみにしながら読むことができる。「はやすぎる　はやすぎる」では二晩続けて画用紙が狭くなって人魚が出てくる同じ夢を見たのに、三晩目に人魚がぶつからないように窓を開けることを思いついたとたん、えっちゃんはまだ寝ていないのに人魚が出てきてしまう。繰り返しの予想を裏切られる意外性である。「名前を見てちょうだい」では、三番目の大男だけが今までのきつねや牛と違って帽子を食べてしまう。伝統的な昔話の語り口に子どもたちは安心して読みながら、三番目に起きることの奇想天外さにわくわくするだろう。

新しい世界の扉を開くために、大きさの魔法も使われている。「ミュウのいえ」では、えっちゃんはだんだん小さくなってミュウの家の前に立ち、「名前を見てちょうだい」の大男の前では、ぐあーんと大きくなる。変幻自在に大きさを変えて、必要な世界に入っていくことができるのである。

えっちゃんは、ときに新しい世界へ違和感を感じ、とまどいもみせている。「おひさまひかれ」では、手の中がもじょっと動いたときに「（へんねえ。）」と感じている。「名前を見てちょうだい」でも、名前が変わって見えるときに「へんねえ」とつぶやく。大事なのは「（へんねえ。）」と感じながらもたじろいだりせずに、どんどん新しい世界に分け入っていくえっちゃんの態度だろう。人物像がどのように形づくられているかを考えるとえっちゃんの態度は必然である。

こうした手法によって私たちの前に新しい世界の扉は次々に開いて、私たちは自然にふだんと違う場所に分け入ることができる。あまんきみこにとっての必然が引き出す創作方法である。

（成田信子）

＊1　「新しい国語」二下・教師用指導書研究編（東京書籍、二〇一五年）

2　一つずつ読む

白いぼうし

書誌情報▼初出「白いぼうし」（『びわの実学校』一九六七年八月）、『車のいろは空のいろ』（ポプラ社、一九六八年）に収録。

❶ 現代の「昔話」とは？

「これは、レモンのにおいですか？」という有名な書き出しから始まる「白いぼうし」は、小学校国語教科書の定番教材として、大変多くの人に知られている。例えば勤務校の高専の授業で「あまんきみこ」という名前を挙げただけではあまり反応が返ってこないが、「白いぼうし」というタイトルやあらすじを紹介すると、教室中が「ああ！」という声で満たされていく。それはまるで、子どもの頃に聞かされてきた「昔話」を確かめ合うかのようだ。あらためて「教科書」というメディアの力を実感する瞬間でもある。

ただ、あたりまえのことではあるが、「白いぼうし」は教材として書かれたわけではない。宮川《みやかわ》健郎《たけお》は次のように言う。

> 特に小学校の場合、国語教科書の文学教材は、ほぼすべて、もともとは児童文学作品として書かれたものである。だとすれば、教材化された作品が児童文学史のなかでどのような位置にあるのかと考えることによって、作品を相対化し、評価する視点も必要なのではないか。*1

あまんきみこという書き手がいて、与田準一《よだじゅんいち》と出会い、童話雑誌『びわの実学校』に投稿・発表するという同時代の文脈がなければ、「白いぼうし」が生まれることはなかっただろう。そして時代ごとの国語科教育の状況ともシンクロし、長年教科書によって「語り継がれる」ことで、現代の「昔話」のような位置を占めるまでになった。

本稿では「児童文学／国語科教育」の双方の歴史から詳細に検討することはできないが、「昔話」として捉えたときに可視化される側面について考えてみたい。

❷「白いぼうし」のもつ時代性

「白いぼうし」について考えるときに、まず問題となるのが「異同」の扱いであろう。異同の種類にもいくつかあり、初出形から初収形への大幅な改稿による異同や、各教科書の編集方針の違いによる異同、またその二つが相互に影響しあって生まれた異同などがある。

これらの異同については、菅野菜月《すがのなつき》らによる整理・検討があるが、[*2] 作品解釈などと結びつけながら、より広い観点から分析する必要があるだろう。例えば、タクシー運転手の松井さんが「「百八十円」と料金表に書きこ」む部分（初収形では削除）の異同は、具体的な作業や金額を語らないことで、読者がテクストに「現実」の尺度を持ち込むことを阻むとともに、作品が読まれる時代の影響を受けにくくするだろう（それを逆手に取ったのが、「すずかけ通り三丁目」の仕組みである）。

ただ見方を変えれば、これは作品の成立において、同時代の文脈が深く関わっていた痕跡でもある。あまんが『びわの実学校』へ投稿するきっかけを作った与田準一は、次のように解説する。

> 『車のいろは空のいろ』が季節の移り変わりでつながれた異話の連珠体でありながら、松井さんをとおして現代のクルマ社会を表象していること、それからきつねやら山ねこやらくまやらのいわば人間の一種の擬動物化（あるいは民話の伝承による虚構の動物性）によっても、人間と動物とを同じ位相のなかで見ようとするいわば生物学的世界観と見合う要素が考えられたりして、現代に生まれるべくして生まれた優れた童話といえましょう。（中略）ファンタジーの世界に自来、遍歴的な要素があることをも思い起こさせてくれます。[*3]

与田は、「現代のクルマ社会を表象していること」を指摘したうえで、必ずしも明示的ではない部分も含め、あまんの童話がもつ「現代」（同時代）性を強調する。

では、与田の言うような「現代」性は、今日も有効であろうか。それは、クルマ社会があたりまえとなって久しい現在の社会状況から考えれば、「現実」との緊張関係とともに薄れているようにも思える。

実は、先に取り上げた異同は、「現実」に依拠しすぎない「昔話」となるためのプロセスだったのではないか。単行本に収められるときに生じた異同であることからも、より多くの人に読まれる段階で、「昔話」の口承文芸としての側面が強化されたとも考えられる。

そしてそれは、二人の子どもに読み聞かせる「お話」（「私と「お話」」）として作品を書き始めたあまんの童話に、当初から内包されていたものでもあった。「童話」が「昔話」とともに背負ってきた口承性は、「読み聞かせ」という具体的な場を伴うことで、こうして現代まで受け継がれている。

③「昔話」を超えて

あまんにとっての創作は、子どもに読み聞かせる「お話」と密接に関わりながらも、一方で「お話」の口承性から距離を取ることでもあった。あまんが与田との交流によって知ったのは、「「お話」ではない、「児童文学」の存在」（「私と「お話」」）だったのだ。だからこそ「昔話」としては不徹底であり、「昔話」を超える部分が「白いぼうし」にはある。*[4]

それは「昔話」の話型によって、「白いぼうし」が「〈異類の恩返し〉」として読まれる場合があることからも理解できるだろう。亀岡泰子《かめおかやすこ》は「読者は無意識のうちに、まず原型的な物語の型―話型―をあてはめながらテキストを読んでいる」ことと指摘したうえで、前半の「〈損失の発生↓補填〉」の物語が、後半の「〈逃走と帰還〉」の物語に裏切られることで、「〈異類の恩返し〉」という読者にとって既知の話型に括《くく》られてしまうと推測している。*[5]

また山本茂喜《やまもとしげき》は、後半の「重層的な構造」によって、「連作の中でも特に曖昧な作品となっている」*[6]というが、これは「「ふつう」と「ふしぎ」を切りかえる」「スイッチの見えないファンタジー」とする宮川の指摘*[7]とも重なるものだ。

つまり「白いぼうし」は、「昔話」の口承性を引き受けようとしながらも、一方で「昔話」の話型に収斂《しゅうれん》しない物語だと言えるだろう。それは通常の「ファンタジー」の枠にも収まらないあまんの「現代児童文学」なのである。

では「白いぼうし」という物語は、いったい何を語っているのだろうか。

④「化かす／化かされる」を横断する「におい」

話型から離れたときに参考になるのは、「〈松井さんの物語〉」と「〈チョウの物語〉」という成田信子《なりたのぶこ》の簡潔な分け方*[8]が、「夏みかん」の重要性を際立たせることだ。それは田川文芸研が指摘する「夏みかんのにおい」による「首尾照応した作品の構造関係」*[9]とも関わってくる。

「夏みかんのにおい」によって前景化するのは、「夏みかん」が移動した「白いぼうし」と「車」の空間としての近似性だ。「白いぼうし」で「化かす」側となる松井さんは、「車」では「化かされる」側へと立場が入れ替わってしてしまう。結末部の「夏みかんのにおい」は、最初に「化かす」側になろうとした松井さんを読者に思い起こさせるものであり、女の子が消えた不思議な現象についても、「化かす」側の存在がいた可能性を示唆している。

この「化かす」側とは、やはりチョウであろう。そう考えれば、「小さな団地の前の小さな野原」として「小さなことを強調する語り手の意図は、すでに明白だ。そして「おどるようにとんでいるチョウをぼんやり見ているうち、松井さんには、こんな声がきこえて」くるのだ。

「よかったね。」
「よかったよ。」
「よかったね。」
「よかったよ。」

「いなかのおふくろが、〝そくたつ〟でおくってくれ」たことに対して、「においまでわたしにとどけたかったのでしょう」という声を聞いてしまう松井さんなら、このように「小さな小さな声」を意味づけてしまっても不思議ではない。この作品が読者を「化かす」のだとすれば、それは語り手というよりも、松井さんという存在なのかもしれない。だからこそ、作品のタイトルも「白いぼうし」でなくてはならなかったのだ。

＊1　宮川健郎「×とは何か」（『埼玉大学国語教育論叢』二〇〇二年八月）。本書Ⅳ章「『びわの実学校』」なども、作家「あまんきみこ」や作品「白いぼうし」を児童文学史から相対化する試みの一つである。
＊2　菅野菜月・佐野比呂己「あまんきみこ「白いぼうし」テキスト異同からみえること」（『解釈』二〇一八年六月）
＊3　与田準一「解説」（『車のいろは空のいろ』講談社文庫、一九七八年）
＊4　「むかし、むかし、あったとさ」から始まり、「とっぴんぱらりのぷう」で終わる「きつねのお客さま」は、「昔話」の語りの形式をより徹底して作品化する試みである。
＊5　亀岡泰子「あまんきみこ『白いぼうし』論―読者論の観点から―」（『岐阜大学カリキュラム開発センター研究報告』一九九四年六月）
＊6　山本茂喜「「白いぼうし」試論――あいまいさの構造――」（『日本語と日本文学』一九九二年二月）
＊7　宮川健郎『国語教育と現代児童文学のあいだ』（日本書籍、一九九三年）
＊8　成田信子「松井さんには聞こえる――「白いぼうし」教材論――」（『日本文学』二〇〇三年二月）
＊9　田川文芸教育研究会『文芸研・教材研究ハンドブック7　あまんきみこ＝白いぼうし』（明治図書、一九八五年）

（宮田航平）

2　一つずつ読む

おにたのぼうし

書誌情報▼『おにたのぼうし』（ポプラ社、一九六九年）。

1 節分の夜に―おにたの願い―

「おにたのぼうし」は、節分の夜に黒鬼の子ども「おにた」の身に起きたできごとを描いた物語である。「福は内、鬼は外」で知られる行事を鬼の視点で描いている。

おにたは去年の春からまことくんの家に住んでいた。しかし、まことくんの豆まきで家を出ることになった。まことくんは幸せな家族の一員であり、おにたは「（人間っておかしいな。おにはわるいって、きめているんだから。おににも、いろいろあるのにな。人間も、いろいろいるみたいに）」と思うのである（丸括弧は内言を示している）。

おにたは「気のいいおに」として描かれている。ビー玉を拾ったり、家の洗濯物を取り込んだり、父親の靴磨きをしたりして家族に役立とうとしてきた。それは人間に気に入られることを期待しているのではない。他者への気遣いをしながら生きているのである。おにたの思いは、鬼にも人間にも善人や悪人がいるということではない。気のいい鬼もいればそうでない鬼もいるということである。

おにたの思いは女の子の家でも変わらない。女の子の家は豆のにおいもせず柊《ひいらぎ》も飾ってなかった。おにたは「しめた」と思った。しかし、目撃したのは豆まきとは無縁の生活をしている親子であった。女の子は病気の母親に「おなかがすいだでしょう？」と聞かれ、「はっとしたようにくちびるをかみ」、「いいえ、すいてないわ」「知らない男の子が」「あったかい赤ごはんと、うぐいす豆」を「もってきてくれたの」と答えた。女の子は「きょうは節分でしょう。だから、ごちそうがあまったって」と嘘《うそ》を重ねた。そのうちうとうとし始めた母親を横目に、女の子が「ふーっとながいため息をつ」いたのを聞き、「おにたは、なぜか、背中がむずむずするようで、じっとしていられなくな」る。

おにたは、この女の子も自分と同じ境遇にいることに気づいたのである。世間並みの幸福を願っているだけなのに、その日の食べ物にも事欠きながら母親を看病する女の子のことを気遣う。おにたは、ささやかな幸福を求めて、他者に役立ちたいと願う自分と共通のものを感じたのである。

❷「見る―見られる」物語

おにたは人間の行動をじっと見てきた。危害から身を守るためではない。人間のために生きることで自己実現の道を探るためである。女の子の家では、彼女の母親に対する態度を見ているうちに母の快癒《かいゆ》を願う祈りに気づく。

おにたは女の子の前に姿を現すことを決断した。他者に配慮することのできるおにたは、その女の子を驚かさない方法を選択した。見られることを前提に彼女が言ったとおりの食べ物を出せば、違和感なく受け取るはずだと考えたのである。おにたは麦わら帽子を深々と被《かぶ》って女の子の前に現れ、彼女の言ったとおりの食べ物を渡した。

ところが、おにたには意外な展開が待っていた。女の子は人間に見える男の子に心を許して「わたしも、豆まき、したいなあ」「おにがくれば、きっとおかあさんの病気がわるくなるわ」と言ったのである。おにたは「手をだらんとさげて、ふるふるっと、かなしそうに身ぶるいして」「おにだって、いろいろあるのに。おにだって……」と思わず口にする。おにたは、ここで人間の姿をしたことの誤りに気づくことになった。おにたは追い込まれ、帽子だけを残して姿を消し自分が忌み嫌う黒豆になったのである。女の子は「（さっきの子は、きっと　かみさまだわ）」と考え、「（だから、おかあさんだって、もうすぐよくなるわ）」と心の中で思いながら、「ふくはー内。おにはー外」と言いながら、無邪気にまだ温かい黒豆で豆まきをした。

おにたの願いは、他者のために生きることで自己実現を目指すことであった。その思いから女の子に気遣ったのである。しかし、おにたにとっては結果的に苦しい選択を迫られたことになった。困っている人に気遣ったことがおにたの願いとは逆の結果を招いたのである。

いずれにせよ、おにたの機転によって物語は幕を閉じた。おにたのその後は、読者の想像に委ねられた。少なくとも自らが鬼であることを露呈することは回避でき、女の子も世間並みの豆まきをすることで束の間の幸福を味わったことは了解される。しかし、依然としておにたの自己実現の願いは希望として残されたままである。

一方、女の子には男の子のことを考える余裕がなかった。なぜ男の子が自分の嘘どおりの食事を持参したか、なぜ男の子が帽子を残して消えてしまったか、なぜ帽子の下に黒豆が残されていたのかを少しでも思いやる余裕があれば、その後の展開は大きく変わったはずである。少し余裕をもっておにたを見つめ、その姿から今日は節分だから鬼なのかもしれないと考えたら、おにたの願いに一歩近づく可能性も残されていた。他者への配慮があれば、自己と他者との間の溝は埋められた可能性すらあったのである。

しかし、貧しく病気の母を看病せざるをえない境遇でそこまで思いを寄せることはできなかったのである。鬼として他者のために生きることで自己実現を目指したおにたの願いも、貧しさを抜け出し世間並みの幸福を手にしたいという女の子の願いもまだ実現していない。物語は、悲しみのまま静かに幕を閉じるのである。

❸「おにたのぼうし」の研究と授業記録

「おにたのぼうし」は、一九八六年に小学校三年の国語教科書（教育出版）に掲載された。そのため国語教育からの研究も多い。また教育出版、三省堂の二社が教科書掲載を続けており授業記録も少なくない。

村上呂里《むらかみろり》[*1]は、冒頭と末尾の呼応のプロットの意味に着目する。冒頭の「ぱら　ぱら　ぱら　ぱら」と末尾のリフレインにふれ、おにたの内言「（にんげんっておかしいな。）」の意味を考察する。この言葉から「「おに」として一括りにとらえる「にんげん」への抗議」と「「おにた」という固有の個として生き、認められたいという、現代を生きる存在としての願い」を読む。その上で、眠り始めた母親を前にため息をつく女の子を見て、おにたが「せなかがむずむずするようで、じっとしていられなくなった」という描写から、「「おにた」の中で、生まれて初めて他者に必要とされる存在としての自分を実感できた」とする。しかし、「それは「おにた」の内なる世界の出来事でしかな」いと評している。そして、おにたが「おにだって、いろいろあるのに。おにだって……」と声として発した場面に続いて末尾のリフレインが表現されたことに注目して、女の子という存在について、「母親の病気平癒を一心に祈る澄んだあり様が、同時に無自覚な内に愛らしい他者の生存理由を奪う存在でもありうるという二重性」を指摘する。女の子については、山元隆春《やまもとたかはる》が「〈女の子〉の姿は、私たちの姿でもある」と指摘したうえで、「語り手もまた、（中略）〈女の子〉のようにしか思うことのできないことを痛みとして胸に残しつつ語り終えたのではなかろうか」と述べている。[*2]

林志保《はやししほ》は、あまんきみこの世界が「読者の心に強いインパクトを与え」るのは、「彼女の作品が、底知れぬ優しさの持つ強さに裏打ちされている」からであると評する。*3「おにたのぼうし」も、「女の子の心理の微妙な変化は丁寧に描写され」、「あまんきみこの子どもに対する真剣な態度を見ることができる」としている。伝承説話の固定観念を否定し、「節分に一括してすべてのオニを追い出してしまう人間に対して、疑問を投げかけている。慣習を鵜呑みにして、真実が見えなくなっている人間社会への提言」とする点は、村上と共通している。あまんきみこの「子どもに対する真剣な態度」は、「作者は人生のありったけで作品を書きます。読者もその人生で作品を読むのでしょう。大人は大人の生きてきた道すじに立ち、子供は子供の生きてきた道すじに立ち、それぞれ多様な読みかたがあるはずです。その両方の思いが響きあう時、作品の世界は広がり深まるのではないか」(「ある日、ある時」『日本児童文学』二〇〇二年一―二月)という彼女の発言によく表れている。

木下《きのした》ひさしは「おにたのぼうし」の読みを深める観点を提示している。*4授業で共通の課題として「おにたはどうして消えてしまったのか」を設定している。感想では、読む力がないとしがちな初発の感想を評価の観点から再考している。「おにたはかみさまだとおもわれてとってもうれしいのかかなしいのかどちらだろう。おにたはふこうなおになんだろうかなあ……」の感想を引いて、「漢字も使わず拙い文ではある。けれども、おにたの心情を思いやり、「ふこうなおになんだろうかなあ」とつぶやくこの読みは、一面でこの作品の核心をつこうとしている」と述べ、「無意識かもしれないけれど、おにたに読みを焦点化しているという点で評価しなければならないし、次の読みの形成に質的につなげていかなければならない」と考察する。

絵本『おにたのぼうし』は、いわさきちひろの絵が魅力的である。表紙は、おにたの眼が印象的であり、読者はおにたに逆に見つめられているように思えてくる。おにたが麦わら帽子を深々と被る姿も「おにたのぼうし」の帽子の意味を考えてほしいという誘いを受けているように感じさせる。子どもたちにはぜひ絵本にふれさせたい。

*1 村上呂里「『おにたのぼうし』(あまんきみこ)再読―〈新しい作品論〉・〈新しい教材論〉との対話を求めて―」(『日本文学』二〇〇四年八月)
*2 山元隆春「あまんきみこ『おにたのぼうし』論」(『広島大学学校教育学部紀要』第Ⅰ部、一九九七年一月)
*3 林志保「あまんきみこの表現」(『童話の表現二』教育出版センター、一九八九年)
*4 木下ひさし「個をとらえて多様な角度から」(『教育科学　国語教育』(二〇〇二年三月)

(武藤清吾)

2　一つずつ読む

雲

書誌情報▼初出「雲」（『日本児童文学』一九六八年九月）、改稿されて『ぼくらの夏――民族を結ぶ物語』（小峰書店、一九七〇年）、さらに改稿されて中学校国語教科書『現代の国語1』（三省堂、二〇〇二年）。

❶「満州」の物語

「雲」は、日本支配下の満州を舞台に、開拓村の日本人の子どもユキと現地の子どもアイレンとの幼い友情をベースに、当時の現地の状況の中で、日本軍による現地人の虐殺を描いた作品である。

ある日、中国人の便衣隊に開拓村が襲われ、駆けつけた日本軍によって助けられるが、日本軍は便衣隊を掃討するという名目で村の中国人をくぼ地に押しやり、火をつけて虐殺する。くぼ地にいるアイレンを見つけたユキは、「アイレン、逃げてえ」と叫び、その火の中に飛び込んでいった。

あまんは、自筆年譜によれば、旧満州撫順《ぶじゅん》に生まれ、大連を経て、一九四七年三月、十五歳で日本に引き揚げている。いわば「人格形成期」を中国で過ごしたのである。父は満鉄の社員で、当時は当地の日本人として不自由のない生活を送っていた。

後年、あまんは自己のおかれた立場を意識し、次のように述べている。

> 私の幸せ、子ども時代の幸せ、楽しい思い出をいっぱいしましたけど、そこは中国の人を日陰に追いやったんだなあって、思う。それは大人になって、国会図書館に行ったり、いっぱい調べた上で、中国の人たちに何とひどいことをしたんだろって。結局日本の人たちが真ん中の日当たりの良いところを取って、いや「家を建てたよ」、とか「鉄道引いたよ」とか出てくるでしょ。でもそのために日陰にいた人たちのことを、今、思わないでいられない。ずーっとずーっと思わないでいられない。多分、これはね、死ぬまで折り合いがつかないと思う。自分の中で解決できない、辛い思

い出です。(『現代の国語　学習指導書「読むこと」学習材の研究』三省堂、二〇〇二年)

当時の満州の人たちがどのような生活をしていたのかということ、おそらく中国人(アイレン)にとってはお米のおにぎりはごちそうだったこと(おにぎりはユキのアイレンに対する気持ちの象徴となっている)、日本を敵視する便衣隊の掃討のためには、関係のない中国の一般民衆を巻き添えにしても仕方ないという認識が軍にあったこと、それらは、日本に帰ってから自身で調べて初めて知ったことなのである。

あまんはことあるごとに当時の当地における日本人と中国人の支配関係を振り返り、知らなかったからといって許されるものではないと、強い口調で語っている。著書の作者プロフィールに、今日的表記の「中国東北部生まれ」でなく「旧満州生まれ」と記すことにこだわるのはその一つの表れである。

作品中でユキとアイレンが「南と北にわかれた」のは、先の引用中の「日当たりのよいところ」と「日陰」であり、作品中で現地の人たちが殺された「くぼ地」は、「北」の象徴であろう。作品中には「南の日なたににげよう」というユキの心内語もある。「南の日なた」は支配する側のあたたかい世界である。逆に言えば、中国の人たちを「北(日陰)」に追いやっているという贖罪《しょくざい》の気持ちを含む言葉である。

さらに言えば、ユキとアイレンが葬られた「丘の上」は、南と北の間の象徴であろう。ここにはあまんの当時の状況に対する認識と願いが明確に表現されているといえよう。

❷ 作品の成立と改稿

「雲」は、前年に発表された「白鳥」(『どうわ教室』一九六七年二月)を改稿したものである。両作品は、設定や話の流れはほぼ同じであるが、最後に「白鳥」では、炎の中からたくさんの白鳥が舞い上がる。「雲」ではカササギの群れの先頭あたりに、少し外れて、主人公のユキとアイレンを思わせる二羽が飛んでいる形で終わっていく。

全体としては「白鳥」の方がファンタジックな作品となっており、改稿してリアリズム的になったのは、満州の当時の現実を直視する方向に作者の意識が向かったためであろう。事実あまんは「ファンタジーからリアリズムへ書き換えていくときは、とても苦しかった。私自身が、ほんとに苦しい。苦しいってのは、書くのが苦しいっていうんじゃなくて、胸が苦しい」と述べている(前掲『学習指導書』)。

初出の「雲」と『ぼくらの夏』所収との間には、冒頭のユキとアイレンの会話の後に、「満州国」がどのような国かについての説明描写がある。これは、「満州国とは何か」の認識を読者にもってもらうために必要だったのであろう。教科書版は、これを踏まえている。

教科書掲載は、折しも「戦争の加害責任」が問われた時期である。国語科教科書に期待される「平和教材」として「雲」が掘り起こされたのは、そういう流れを抜きには考えられない。

『ぼくらの夏』から約三〇年たった時点で、作者自身が改稿しているが、これは、教科書に掲載するために、例えば蔑称に該当するとされる言葉を改める必要があったからである。あまんは、その際、教科書編集上の必要以上に手を入れたとされるが、この改稿の全てを対象として一律に論じ、あまんの満州認識の変質に言及するのは、客観性を欠くと思われる。

これらの異同は、木村功《きむらたくみ》「あまんきみこの戦争児童文学―戦争体験の表象とその問題―」(『岡山大学大学院教育学研究科研究集録』二〇〇九年十月)にまとめられている。

なお、『あまんきみこセレクション② 夏のおはなし』(三省堂、二〇〇九年)は、改稿を経た教科書版を底本としている(ただし、表記は漢字が平仮名に変えられているところが多い)。

❸「カササギ」の効果

「雲」の特色として「象徴性」があげられる。その大きな一つが、冒頭と末尾に現れる「カササギ」である。

カササギはカラス科の鳥で体長約四十五センチ、黒地に白い羽のコントラストが明確な、普通に人里に生息する鳥である。

「雲」の先行作である「白鳥」とは印象が異なるが、あまん自身は「白鳥」は「ハクチョウ」ではなく「白い鳥」であるといっており、改稿にあたって「ハクチョウ」のイメージを避け、日常的な生活感のある鳥を選んだのであろう。

作品の［一］の場面で、アイレンは「いい夢、みたよ」「鳥になった」「このうでが、白いつばさになっていた」とユキに話す。今度の日曜日、二人はユキのおとうさんにツアオリンの町まで連れていってもらうことになっており、二人、特に汽車に乗ったことのないアイレンは、鳥になって飛んでいく夢を見るくらい楽しみにしていた。仲のよい、幸せな二人の姿である。

ここでいう「白いつばさ」は、最後のカササギの姿につながる。巧みな構成であるともいえるし、最後くぼ地にアイレンの姿を見つけるのが、この冒頭でユキがアイレンに結んであげた黄色いリボンが目印になっていることも含め、巧妙に伏線が張られているともいえる。

カササギは、伝説において織姫と彦星の間をつなぐ掛け橋の役を担う鳥といわれている。離れているものを結ぶ役割は、作品の主題につながる一つの象徴であり、作品世界へ託したあまんの願いが投影されていると読むことはできる。

❹「雲」の象徴性

作品の象徴性としてあげられるものに「雲」がある。最終場面、二人の墓の前で手を合わせた人たちの頭上を、ひとむれのカササギが飛んでいく。おかあさんは「ああ、ユキとアイレン」とつぶやく。そして作品は、次のように結ばれている。

開拓村の人の心に、はげしいいかりといたみがつらぬいた。／地平線のむこうから、灰色の雲がむくむくとわきはじめた。／その雲は、あらしの前ぶれのように、おそろしいいきおいで地平線にひろがりだした。

「いかり」は何に向けられたいかりであろうか。また「いたみ」は何を感じてのいたみであろうか。それは、旧日本軍の加害を前提にしながら、そこにとどまるものではない。カササギを見つめる人々の上に、おそろしいいきおいで灰色の雲が広がる。

いかにも印象的、象徴的な終わり方である。人々の不安、恐れ、絶望、悲観。「はげしいいかりといたみ」をもとにした人々の心情が、「灰色の雲」によって象徴される。さらにそれは、「おそろしいいきおいで地平線にひろが」る「あらしの前ぶれ」である。「地平」にもたらせられる暗雲として、きわめて印象的な描写であるといえよう。

そして気づかされることは、この「雲」は、あまんの中で過ぎ去るものではなく、今も立ち込めているものであることである。

参考文献（引用したものは除く）

- 松本議生「「雲」（あまんきみこ）を幻視する――〈雲〉の向こう側に見えるもの」（『日本文学』二〇〇一年十二月）
- 林涛「あまんきみこ戦争児童文学における「満州」表象――「雲」を中心として」（『跨境／日本語文学研究』二〇一七年六月）

（三浦和尚）

2　一つずつ読む

きつねみちは天のみち

書誌情報▼初出「きつねみちはてんのみち」(『びわの実学校』一九七一年二月)、『きつねみちは天のみち』(大日本図書、一九七三年)。

1 作品成立と構成、特徴

本作『きつねみちは天のみち』は、「きつねみちは、天のみち―ともこは―」「おいで、おいでよ―けんじは―」「ざんざのあめは、天のあめ―あきこは―」「あした、あした、あした」の四つの作品から構成されている。

当初、一番目の「―ともこは―」のみが雑誌『びわの実学校』に発表されたが、単行本化にあたり、その連作となる形で「―けんじは―」以降が書き加えられたという。

構成上の本作の特徴は、各作品が独立しつつ、一方で個別の作品同士が登場人物でつながり合い、いわば作品の断片が一つの円環をなすものとして構成・構想されていることである。ともこはけんじを訪ね(不在)、けんじはあきこを訪ね(家が見つからず)、そしてあきこはともこに電話する(不在)というように、作品は狐拳(三すくみ)ともいえるロジックで展開する。しかし、主人公同士の直接的な交渉・交流は描かれず、こうした断片的なエピソードが作品構成上の最終章ともいえる「あした、あした、あした」で統轄され、集約されていく形となっている。

2 作品の概要

巻頭作の「―ともこは―」は、主人公がきつねのすべり台運びを手伝う物語。ある夏の暑い日、急な雨に見舞われたともこは、走って家まで帰る途中、不思議な雨の〈すきま〉に入り込む。するとそこに、かけ声をかけ、青いすべり台を運ぶきつねたちがやってくる。促されてともこも手伝い、きつね小学校まで運んで彼らと交流する。

二作目の「―けんじは―」は、転校生であるあきこを訪ねる途中、激しい雨に襲われた主人公がこひつじに出会う話。二人は雲の上に出かけ、楽しい時間を過ごすが、どこか寂しさの漂うひつじからかつてあった戦争の話を聞く。

そして、留守番を頼まれたあきこのもとへ、ボラ（魚）が訪ねてくるのが「―あきこは―」である。降り出した雨の中、海からの道を通ってボラがあきこの部屋にやってくる。ボラはオルガンが買えなかったため、ハーモニカを吹いてほしいとあきこに頼み、家ごと海の中へ運んでいく。

「あした……」では、三作品の主人公がそれぞれ明日、友達に経験した不思議を話そうと思い、物語は閉じられる。

❸ 不思議を演出する〈雨〉と〈歌〉

いずれもが不思議な世界へ入り込む物語だが、その起点に〈にわか雨〉が関与している。突然降り出す激しい雨。天候の急変が日常を追いやり、もう一つの世界がにわかに顔を見せる。〈雨のすきま〉が〈天のみち〉（「―ともこは―」）であり、〈ざんざのあめは／うみのみち〉（「―あきこは―」）なのである。

加えて、印象的なのが物語に挿入される歌である。

「きつねみち。」
「どっこい。」
「天のみち。」
「やんこら！」
「がんばれ。」
「それな。」
（「―ともこは―」）

それ　おせ
　や！
それ　ひけ
　や！
ざんざのあめは
てんのあめ
（「―あきこは―」）

明るくリズミカルなフレーズであり、思わず声に出したくなる箇所である。幼年向けの童話には、短い歌が挿入されることが多いが、あまん作品にも歌や語りを重視する昔話的要素が少なからずある。そのため、歌だけでなく、作品全体があたかも昔話を聞いているような感覚に陥る。他作品にも頻出する登場人物としてのきつねも、昔話の影響下の一つと考えられる。

❹ あまん作品における位置

このように、本作には短編連作、雨によるファンタジー、歌、きつね物語、戦争という、のちのあまん作品のキーワードとなるものが多く描かれており、その意味であまん作品の成立においても重要な位置を占めている。さらに言うなら、日常空間が海の中に同化するという特質（空間と液相との高い親和性）、窓や空（雨と地続きである）が重要なアイテムとして構想されている点も無視できない。作者自身は、幼少の頃の読書体験を想起し、月の夜と海の底がつながっていたと語っているが、こうした原体験があまんの空間認識を形成したともいえよう。

（遠藤　純）

2　一つずつ読む

天の町やなぎ通り

書誌情報▼初出「天の町やなぎどおり四丁目」（『3年の学習』一九七一年八月）、『おかあさんの目』（あかね書房、一九九七年）に収録。

❶〈ドライバー〉の系譜

郵便局に「天の町やなぎ通り」という現実には存在しない住所に宛てた手紙が届く。その手紙は「まさお」という男の子が亡くなった母親に宛てたもので、その住所は母親の死を理解できていない「まさお」のために父親が考えたものであった。ところが、「まさお」の家を訪ねた帰り道、「局長さん」の前に「天の町」が出現する。「まさお」から聞いた「青い屋根の家」という情報を手がかりに、「局長さん」は「まさお」の手紙を無事届けることができる。

届かないはずの手紙が届けられるというファンタスティックな展開を支えているのは、「局長さん」の職業であると思われる。手紙を配達する郵便局員であるからこそ、不思議な展開が腑《ふ》に落ちるのではないか。

あまんの代表作である『車のいろは空のいろ』シリーズにも〈届ける〉というテーマが認められる作品が少なくない。「星のタクシー」では、星まつりで買ったおそろいのネックレスを探していた姉妹を、「松井さん」は「星の町」まで送り届けている。「松井さん」は「私たちを「異界」体験へと連れ出してくれる、物語を駆動（drive）する、文字通りの〈ドライバー〉」なのだ。[*1]「局長さん」もまた〈ドライバー〉の系譜に連なるといえよう。

ちなみに、「星の町」は「水色やむらさきの水晶でできたよう、すきとおったりんかくだけの町」と説明されており、「まるで水晶でできた町」である「天の町」を彷彿《ほうふつ》とさせる点でも、両作には共通点が認められる。

❷「天の町」の想像＝創造

病弱だった幼少期のあまんにとって病床から見える景色は「窓の形にくぎられた空」（「窓から」）であり、その窓からやって来たきつねや架空の友達のえっちゃんたちと心の中で遊んでいたという。「青い屋根の家」もまた、青色であり天空にある点で、「窓の形にくぎられた空」に通じている。実際、初出では「（略）夜はね、（父親と、引用者注）ふたりで、まどにこしかけるの。だって、天の町が、ずうっと見えるもん」のように、窓から夜空を見上げていた。父親の言葉を手がかりにして、「まさお」は母親が暮らしている「天の町」を想像＝創造していたのだと思われる。

さらに注目したいのは、「天の町」の出現の仕方である。「局長さん」は「まさお」の心中を思いやりながら、ため息とともに「ああ、天の町、か」とつぶやくのだが、「天の町」はその言葉が「すきとおった風」に運ばれたあとに出現している。絵本版*2でも、「局長さん」のつぶやきが空に拡散する様子を見開きで描き、ページターナーを伴いながら次ページで「天の町」が出現している。「天の町」は「局長さん」の言葉から産まれたかのような出現の仕方をしているのである。

❸ 語られない「空所」

このことは、本作の語りとも連動している。

本作は、「局長さん」に焦点化した三人称限定視点によって語られている。したがって、「まさお」の心中はセリフを通してしか推し量ることができず、母親に宛てた「まさお」の手紙の文面も明らかにされていない。そもそも、「まさお」の両親は作中に登場すらしていない（セリフやモノローグで言及されているのみ）。このような「空所」*3は物語の根幹に関わるものばかりであり、読者は「空所」を補填《ほてん》すべく想像力をはたらかせることになる。想像の余地が少なくない語りは、あまん作品の特徴である。

実のところ、人称制限が解除された現象描写文（「見あげると、くらい空に、いく百、いく千の星がちかちかともえはじめています」）のように、「局長さん」の知覚を通した語りが散見される。「天の町」が「局長さん」の幻視体験の産物であるのか実在しているのかについては、検証できない語りとなっているのである。このような曖昧さこそが、あまんファンタジーの魅力なのかも知れない。

（目黒　強）

*1 住田勝「あまんきみこ「白いぼうし」の授業実践史」（『文学の授業づくりハンドブック　第2巻』溪水社、二〇一〇年）
*2 あまんきみこ／絵・黒井健『天の町やなぎ通り』（あかね書房、二〇〇七年）
*3 W・イーザー／訳・轡田収『行為としての読書』（岩波書店、一九九八年）

2　一つずつ読む

きつねの写真

書誌情報▼初出「きつねのしゃしん」（『2年の学習』一九六九年九月）、『おかあさんの目』（あかね書房、一九七五年）に収録。

1「山野さん」のやさしさ？

「きつねの写真」は、一時期、小学校国語教科書に掲載されたことがある。すなわち、『小学国語　3下』（教育出版、一九八〇年・八三年）、および『新しい国語　五上』（東京書籍、一九九二年）である。

教室では、どのように読まれたのか。教師用指導書によれば、「主題」としてあげられているのは、「やさしさ」である。「（前略）それらをあたたく包みこむやさしさに浸らせることが、主題に触れることになろう」（教育出版。ただし傍点は引用者、以下同じ）、「だれの目にもふれぬようひき出しの奥に写真をしまいこむ山野さんの行動に人間の中の本来のやさしさを、また、松ぞうじいさんと山野さんとの心のふれ合いを、それらを読者の心に深く残す作品である」（東京書籍）。

たしかに、「きつねの写真をそっと」しまったのは、二匹を守ろうとする山野さんの「やさしさ」だろう。しかし、山野さんの「やさしさ」だけでいいだろうか。人物や内容だけでなく、作品の形式や語り方に着目して読んでいくことでこの作品の行為性の輪郭がはっきりしてくる。

2 構成と語り

この作品は、起承転結の構成になっている。

起―山野さんが松ぞうじいさんの家を訪れ写真を撮りたいと申し出る。

承―じいさんは、しぶしぶ山を案内し山野さんは写真を撮って帰る。

転―写真には二匹のきつねが写っていた。

結―山野さんは写真をしまい、贈り物をしようと考える。

読み終わったあと、読者は再読しようという誘惑に駆られるだろう。「結」において松ぞうととび吉がきつねであることがはっきりしたことで、事後的に作品の意味が明らかになるからだ。冒頭、「たったふたり」「松ぞうじいさんしか知っている人がいなくなってしまいました」と、松ぞうじいさんととび吉のおかれた状況が孤独であることが強調されるのも、かつて山にはたくさんのきつねが生息していたことをうかがわせる。仕事できつねの写真を撮りに来た山野さんへの対応が冷淡なのも、仲間を奪われた原因は、人間の森林伐採や狩猟によるものであることに読者は気づかされることになる。「とび吉、こっちへ、こう」との呼び声で、「あたりの木がいっせいにざざっと」ゆれ、木々たちの「こっちへ　こう」とこだまするのは、とび吉が、きつねから人間へと変わることを暗示している。松ぞうもとび吉も、「おもいがけないほどやさしい」のであって、「やさしい」のは山野さんというより、人間により仲間を失い、住む場所を奪われながらも山野さんを受け入れる松ぞうやとび吉ではないのか。そして、それを見つめる語り手のまなざしである。

❸ 消えゆくものへのまなざし

あまん作品の中で、人間により消えゆくものたちを描くのはこの作品だけではない。「くましんし」も、「人間がくらすようになり」山から逃れてきたくまの話だし、「口笛をふく子」も「大きな工場や小さな工場が、いくつもいくつもたって」、竹の林が失われたことから物語がはじまる。「白いぼうし」の「チョウ」も、「いってもいっても、四角いたてものばかり」で道に迷ってしまう。「きつねの写真」でも、「ごんざ山のきつねはいいねえ。人間にうちとられたり、病気にかかったりしてのう」とある。

「きつねの写真」が書かれたのは、一九六九年であった。高度経済成長の時代であり、この国が物質的な豊かさや経済的発展を求めてやまない時代である。野や山は開発され、人間の都合によって動物たちは住む場所を奪われていった。そんな時代に、住む場所や仲間さえも失っていったものたちのことなど、誰も気にかけはしないだろう。しかし、ここには、人間の繁栄の陰で、消えゆく、あるいは滅びゆくものたちへのまなざしがある。この作品を読むことは、そのような目には見えないものを見ようとする行為であるといってもいい。山野さんが、せめてもの贈り物を「せわしく」考え始めなければならないのはなぜか、このことを読者は考えることを求められている。

（丹藤博文）

2 一つずつ読む

口笛をふく子

書誌情報▼初出「口笛をふく子」(『子どもの館』一九七五年七月)、『おかあさんの目』(あかね書房、一九七五年)に収録。

❶ 精霊との交流

「口笛をふく子」は自然に生命が宿るアニミズム的な発想の物語である。ジンとサキコの二人はホリコ川に流れる笹舟を追って竹の精霊・竹のわらしと出会う。

わらしは、ずっと待っていたが誰も来ないため、誰か来るまで笹舟を続く限り流そうと昨日決心したのだとジンに告げる。わらしが作る笹舟は、竹が自らの葉と引きかえに作り続けた命と引きかえの舟である。

竹林から戻ったサキコとジンは川のふちのコンクリートの上に立っていることに気づく。そこに生えていた七、八本の細い竹には葉が一つもない。ジンは「そうだったのか」とわらしが竹の精霊であることに気づき「わらしのひとみに光っていたものを両手にしっかりうけとめた」と思う。すなわち、ジンは命をかけて子どもたちと遊びたかった竹の精霊の願いとその存在を受け止める。初出では、笹舟を見かけたジンは、「はっぱのデモ」と捉えているように、子どもとの関わりを切望しつつ、社会の産業化に抑圧された竹の精霊の抗議が示されている。

❷ 近代化から取り残される共同性

はるかな昔、竹のわらしが村のそばの竹林で一人で暮らしていた。わらしの口笛に応えて村の子どもたちは竹林で遊び、子どもの耳に口笛が届かないときには、わらしが笹舟をホリコ川に流すと大人が見つけて子どもを林に行かせ遊ばせていた。みんなわらしと遊ぶことが大好きだった。

しかし、何十年も過ぎた今、竹林は消えて工場が建ち、ホリコ川は家と工場、道路に囲まれ汚れた排水によって子どもも魚もいない川に変わった。村は町となり市へと発展し、人々は忙しくなり、竹のわらしを忘れてしまっていた。

ジンがわらしと別れた二、三日後、何年も聞いていた口笛が聞こえないことに気づいた南、北、川向こうの工場の従業員は、別の工場で働く口笛のうまい人が辞めたと思うものの、十日も過ぎると口笛を忘れる。それは「遠いむかし、夢の中できいた口笛のように」、今回の異世界現象の大人たちの忘却は、子どもから大人への成長の中で子ども時代のことが忘却されることにたとえられる。

竹のわらしとの異世界経験は、大局的には社会の近代化・産業化の中での非近代的なもの・自然・精霊的なものとの繋《つな》がりをもった共同性が忘却される過程において、そうした共同性を望んだ精霊からの最後の干渉なのである。

❸ まねることと代弁

当初、二人が竹林に入って竹の幹を抱えて回る遊びをはじめると、わらしは同じ遊びをはじめる。サキコの「まねっこ」という声に驚いたわらしは竹にひたいをぶつけ、しりもちをつく。サキコの「いたあ」という声に心配するわらしとわらしを心配するジン。

わらしは「まねっこ」をしているが、サキコの「いたあ」もまた本来は、痛いのはしりもちをついたわらしのはずであり、わらしの未発の発話を「まねっこ」していることになる。そして痛くないはずのサキコを心配するわらしと、痛いはずのわらしを心配するジンもある種の「まねっこ」である。まねることで類似の存在として共同性が作られる。

また、三人で遊んでいるとき、二人におもしろさ・楽しさを聞き、わらしは自分のうれしさが「倍になったように」、「三倍になったように」笑う。いわば共同性が喜びを増していく。

一方、竹林の異空間が「ゆげの中のようにかすかにゆれ」、「うすくな」る。サキコは怯《おび》えるが、ジンはわらしに応えて、ジンもわらしとの信頼関係と感謝を告げる。

わかっている、ぼくは心配などしない、というように。

そして、ぼくも、ありがとう、うれしかった、というように。

竹の精霊との交流を通して、当初笹舟の秘密を知りたくなることに「ぞくっ」としていたジンは、異界の他者を認めるに至る。それは比喩としてジンの内面が語られているのであり、実際には発話・思考されなかったとすれば、それは交流と承認の演出でもある。実際の発話と代弁とのゆらぎは、この物語が白昼夢として現実と非現実のあわいにあることとも響き合っている。

（西田谷洋）

2 一つずつ読む

おはじきの木

書誌情報▼『おかあさんの目』(あかね書房、一九七五年)に収録。

❶ 作品概要

「おはじきの木」は、出征(南方戦線)中に、戦争で妻と五歳のかなこ、三歳の太郎の二人の子どもを亡くした父親・げんさんが、母親を待って餓死した五歳の娘の姿を、娘と同い年の女の子を介して見ることができたという話である。第二次世界大戦後に生まれた子どもに、戦争体験を話して聞かせるプロットをもつ。

❷ 作家論から

あまんきみこは、二十代後半から国会図書館に通い、旧満州・戦争について勉強を始めたという。旧満州で過ごした自分の幼少期にふれながら、「傀儡《かいらい》の国旧満洲で生まれて子ども時代のほとんどを過ごした私」(「くちごもりつつ——なぜ書くか、私の児童文学」)と述べる。さらに「私が子ども時代を楽しく過ごしていた、その裏側で、本来そこにいるべき人たちは日陰に追いやられていた。そのことにまったく思い至っていなかった」(『朝日新聞』、二〇一五年一〇月一二日朝刊)と述べている。以上のように本作品も「ちいちゃんのかげおくり」と同様あまんきみこの戦争体験とその後の学びを背景とした物語といえる。

❸ げんさんの大声のもたらしたもの

本作品では、「げんさんの大声」によって女の子の幻想がやぶれる。この点について畠山兆子《はたけやまちょうこ》は本作品の加筆修正から迫ってゆく。[*1]

一九八五年の講談社文庫収録の際の加筆修正では、げんさんが女の子二人のおはじきの様子を見、声を出す際に、初出の「げんさんはもがくように、力いっぱいまえにでました。すると声が出ました。」の部分が「げんさんはだまって見ていられませんでした。けんめいに前にでようとしました。けんめいに声を出そうとしました。」と修正され、さらにその後のげんさんの流す涙が「つめたいなみだ」から「あついなみだ」に変更された（一九八七年のあかね文庫ではもとに戻された）。

畠山は「つめたいなみだ」から「あついなみだ」への修正に着目しており、「後悔」の涙から「癒《いや》しが含まれる」涙へという変更があったとする。この点は首肯することができる。つけ加えるならば、「だまって見ていられませんでした」という人物描写からは、げんさんにより主体的に声を出させようとする修正があったと考えられる。

畠山は「げんさんの大声で「願い」の世界は消滅し、女の子は木の中からはじき出される」とし、「げんさんの行動は、結果的には女の子をこちら側の世界に連れ戻すことになった」とする。

阿部眞緒《あべまお》は大人と子どものディスコミュニケーションとしてこの作品を読み、げんさんの大声が、かなこと女の子のおはじき遊びの幻想を壊すとし、「ここには、男性に対するおぞましさが見え隠れしている」とし「男性が女の子たちのユートピアを妨害する存在として描かれている」とし、戦争を引きおこした男性への批判をみる。[*2]

げんさんの大声が、かなこと女の子の幻想世界を破壊したことはまちがいない。論者は両者の読みに加えて、げんさんの「大声」が爆弾の比喩としても読めることを指摘しておきたい。げんさんは日本の戦争《いくさ》の恐怖の象徴として女の子に爆弾や焼夷弾《しょういだん》の話をしようと試み、わかってもらうのは「とてもむりなんだ」と思い、挫折している。しかし、げんさんの大声は、かなこと女の子の幻想の世界を一瞬で破壊してしまうという意味で、まさに爆弾そのものであったといえよう。その恐怖を疑似的ではあるが体現してしまったげんさんの涙は幻想を破壊する「大声」を出した者の「つめたいなみだ」にならざるを得ないのである。

げんさんの与えてしまった恐怖は、家で夢を見た女の子に「大きい声がして、きゅうにまっくらになって……、ああ、こわい」と言わせることになる。戦後を生きている女の子に幻想を通じて戦争・空襲の怖さが伝わったと推測することができよう。げんさんが伝えようとして伝わらなかった日本の戦争の恐怖が、幻想を通じて間接的に遊びの世界の破壊として女の子に継承されたのである。「おはじきの木」は、戦争の記憶の直接の継承の不可能性と、幻想による継承の可能性を示す物語である。

＊1　畠山兆子「あまんきみこ戦争児童文学の変遷」（『梅花児童文学』二〇〇六年六月）

＊2　阿部眞緒「「おはじきの木」――破壊されるユートピア」『あまんきみこの童話を読む』一粒書房、二〇一四年）

（大島丈志）

2　一つずつ読む

北風を見た子

書誌情報▼『北風をみた子』（大日本図書、一九七八年）、『あまんきみこ童話集』（ハルキ文庫、二〇〇九年）に「北風をみた子」のタイトルで収録されている。

1 川べりの物語

小学三年生のキクは、淀川の土手を前にした古い二階建てのアパートで、おとうさんとおばあさんと三人で暮らしはじめた。土手に出れば、川風が吹いてくる。おかあさんは、もう亡くなっている。

学校からの帰り道。キクは、三歳くらいの女の子がころんで泣いているのに行き会う。助け起こしてやったけれど、いっこうに泣きやまない。そこへ、買い物カゴをさげた若い女の人が駆け寄ってくる。女の子のおかあさんだ。

おかあさんが「ちいちゃんの、いたいの、とんでいけ――」とおまじないをすると、女の子は、うそのように泣きやむ。それを見ていたキクは、幼い頃、キクという名前が言いにくくて、自分も人も「ちいちゃん」と呼んでいたことを思い出す。

（この、いまは、ほんとうの、いま？）

キクは、立っている場所の時間がすきとおった川の水のようにながれて、昔の場所に立ってしまっているのではないかと、おもいました。

（あの子は、あたし。あの人は、おかあちゃん、おかあちゃんや！）

キクは、ずっと前にころんで、知らないおねえさんに助けてもらったような気がしてくる。あのときのおねえさんは、誰だったのか。そして、今のキクは？

これは、「ちいちゃん」の章の物語だ。キクの中のイメージの川は、おかあさんの思い出につながる時間の流れに重なってくる。そして、作中を流れる川は、このほかにも、いくつもの物語を引き寄せてくる。

キクが、学校帰りにランドセルを背負ったまま、土手に腰をおろして川風に吹かれていると、おとうさんがやってくる。仕事に失敗し、借金をかかえて疲れているおとうさんは、くすんだ灰色の空気をまとっていた。キクは、「おとうちゃんの顔や、からだに、わるい夢がたまって、にじみでてるみたいやで」「そやからな、そのこと、話したほうがええとおもうわ」と言う。おとうさんは、ポケットの中の眠り薬を握りしめる。もう、眠りからさめたくないと思っていたのだ。しばらくして、おとうさんは、ポケットからゴム風船を二つ取り出す。眠り薬を買った薬局でくれたものだ。おとうさんは、赤い風船をキクに渡し、自分は、青いほうをふくらます。――「この風船に、おとうちゃんのわるい夢をぜんぶ、つめこんだわ」。その風船を川に流したとき、キクには、おとうさんのまわりの空気が明るくなったような気がする（「赤いふうせん」）。

川風の吹きこむ部屋で、夏休みに九州へ遊びに行った節子の手紙にあった絵の中の海辺へキクが入っていったり（「節子の手紙」）、土手で泣いていた大井川かつみくんの隣に、彼の死んだおとうさんの姿が見えたり（「大井川かつみくん」）、「北風を見た子」には、時折、日常が不意に別の顔を見せる瞬間がみごとに描かれる。かつみくんは、最近おとうさんを亡くしたばかりだという。川は、かつみくんの父親の記憶も引き寄せたのかもしれない。

❷ 戦争と敗戦と引き揚げ

最後の章「あした」で、おとうさんたちの鉄工所が再開することになり、キクたちは、鉄工所の近くのアパートに引っ越す。この章には、「おじいさんは、戦争にいって死に、おじさんは、三月の大空襲で、行方不明になったままでした」とも書かれている。この物語にも、戦争の記憶が残っている。先の「ちいちゃん」は、あまんの絵本『ちいちゃんのかげおくり』（一九八二年）を連想させる。キクは、小さい頃「ちいちゃん」と呼ばれていたというが、かげおくりをして空に消えた命が、敗戦後にキクとしてよみがえったのかと錯覚させる。「北風を見た子」の初出のほうが、絵本より早いのだけれど……。

あまんが旧満州から引き揚げ、大阪の女学校に編入したのは、一九四七年、十六歳のときだった。引き揚げ後の四年ほどは西淀川で暮らしたという。そして、この時期に母を亡くす。淀川べりのこの物語には、敗戦後のあまんのありかたとつながるものがあるのかもしれない。引っ越したばかりのアパートに島田のおじさんが借金を取り立てに来る「走る」から「あした」までの六つの章の中で、キクと家族は、ゆるやかに恢復《かいふく》していくのだが……。（宮川健郎）

2　一つずつ読む

くもんこの話

書誌情報▼初出「くもんこの話」（『びわの実学校』一九七四年二月）、『こがねの舟』（ポプラ社、一九八〇年）に収録。

① こんなお話

サヨは、白い花を見つける。ひいおばあさんに聞くと、それは「くもんこ」がおかっぱ頭につけていた「雲の花」だという。

ひいおばあさんが幼い頃、いちばんの仲よしだったのがくもんこだ。ひいおばあさんの「くもんこ、くもんこ、おれ、さびしいどう」という呼びかけに応じて現れたくもんこは、おとなしい子だった。ひいおばあさんは、そんなくもんこのことが大好きだったが、ある日、頭につけていた雲の花をもらうと、くもんこの姿はなくなってしまった。

ひいおばあさんのお話がとぎれ、お使いを頼まれたサヨが帰ってくると、ひいおばあさんはいねむりをしていた。サヨがずれた肩かけを直そうとしたとき、くもんこが現れた。そして、ひいおばあさんの肩かけを直し、にこっと笑うと、すうっと消えてしまった。

② お話のまわり

あまんは、『こがねの舟』の「あとがき」で、「「くもんこの話」は、教育出版の小学国語（五十二年版）に書いたもの」だとしている。

本作の研究の中心となっているのは、ひいおばあさんとくもんこの物語だ。西本鶏介《にしもとけいすけ》は、『こがねの舟』の解説「ファンタジーでとらえる人間性」の中で、「「くもんこの話」は、ひいばあちゃんの胸に住む妖精の話」であるとし、「日の当たる縁側で、居眠りをしながら、くもんこの夢を見るひいばあちゃんと、くもんこにであえたよろこびをかみしめるサヨ、春風のように、ほのぼのと胸あたたまるファンタジー」だと述べている。

さらに、孫媛媛《そんえんえん》は、ひいおばあさんとくもんこの関係に、作品発表当時の日中関係を結びつけ、本作を「「罪悪感」と新たな希望を描いた物語」としている。*1

❸お話の語り方

このお話では、幼い頃のひいおばあさんとくもんこの物語を入れ籠にして、その外側にひいおばあさんとサヨの物語がおかれている。

「ひいばあちゃんがなあ、まだ、ちっこくて、ちっこくて、サヨほどの頃のこったなあ……。」

この言葉とともに語られるひいおばあさんのお話は、作品のおもしろさの中心になっている。いったい、くもんこはどこからやって来たのか。なぜ、くもんこはいなくなってしまったのか。そして、どうして、くもんこは、ひいおばあさんの前に姿を見せなくなってしまったのか。次々と不思議なことが語られるため、読者はひいおばあさんのお話にひきつけられていく。

しかし、そのお話の語られ方にも注目すべきだろう。ひいおばあさんの語り方は、まるで、じかに読み手に語りかけているようである。そのため、読者は、サヨを通して、このお話に耳を傾けることになる。この語りの力もまた、読み手がひいおばあさんのお話にひきつけられるゆえんなのである。

❹お話が交わるとき

サヨがお使いから戻ると、ひいおばあさんはいねむりをしていた。そのひいおばあさんの肩かけを直そうとしたとき、サヨは「はっと」した。

サヨぐらいの小さな女の子が、どこからともなくあらわれて、ひいおばあさんのその青い肩かけを、直しはじめたからです。白い短い服。そして髪には一輪のまっ白な花。

「くもんこじゃ。」

サヨが小さくさけぶと、女の子はふりむきました。そして、にこっとわらうのと、すうっときえたのと、いっしょでした。

サヨの目の前に、ひいおばあさんのお話に出てきたくもんこが現れたのだ。ひいおばあさんのお話とサヨの日常が溶けあい、「ふしぎ」と「ふつう」がにじみあったようである。くもんこによって、ひいおばあさんとサヨの物語が交わるとき、二つの「ふしぎ」なお話が、まるで、一筋の〈春の風〉のように、わたしたちの「そば」を優しく吹き抜けていくのである。

＊1 「「くもんこの話」—平和への祈り」(『あまんきみこの童話を読むII』一粒書房、二〇一七年)

(林　昂平)

2　一つずつ読む

カーテン売りがやってきた

書誌情報▼初出「カーテンうりがやってきた」(『子どもの館』一九七三年八月)、『こがねの舟』(ポプラ社、一九八〇年)に「カーテン売りがやってきた」のタイトルで収録されている。

❶幸福について考えさせる

　ある村に住むサクヤンのところに、向かいの家のタケヤンが知らせに来てくれた。窓にかけて閉めておきさえすれば誰でも幸福になる「幸福のカーテン」を売るカーテン売りが、村の広場に来ているという。最初は信じなかったサクヤンも、タケヤンが駆け出し、隣の家のオバヤンが幸福のカーテンをもらってきたのを見て、慌ててカーテン売りの所に向かう。

　もらって帰ったカーテンを窓にかけて閉じたサクヤンは、四日目にオバヤンの泣き声を聞き、五日目にタケヤンの助けを呼ぶ声を聞くが、「いつか泣きやむさ」「だれかが、いきゃあ、いい」「おれは、幸福だ」と紅茶を飲んでいた。すると六日目にカーテン売りがサクヤンの家にやってきた。そして、「銀色の蜘蛛《くも》の巣が、カーテンから出て、わらわらわらとひろがりはじめた」。サクヤンは蜘蛛の巣に包まれてもがいている蝶《ちょう》に変わっていた。

❷サクヤンが手に入れた幸福とは

　サクヤンはカーテンを手に入れると、オバヤンやタケヤンの声を聞いても、「おれは、幸福だ」と言うばかりで「ひとり、あまい紅茶をのんでいた」。それに対して、「幸福っていうもんは、ぜんたい、こんなもんなのかねえ」という語り手の言葉が続く。自分が蝶に変えられるときでさえ「サクヤンときたら、立ちあがりもせず、それを眠たそうにながめていただけだぜ」と語られている。

　カーテン売りがもたらし、サクヤンが手に入れた幸福というものは、外界に対して心を鎖《とざ》し、周囲のことに関心を示さず、自分自身の危険に対しても動こうとしない状態である。サクヤンを一羽の蝶に変える直前に、カーテン売りはカーテンに描かれていたばらの花をむしりとると「これが、おまえさん、なのさ」と言う。周囲に目も心も閉ざし、自分の安楽だけを求めた人間の最期であった。

「カーテン売りがやってきた」が収められた『こがねの舟』の解説の中で西本鶏介《にしもとけいすけ》は「この本の中で、もっとも鋭く人間性をえぐったファンタジーです。自分の幸福のみを求めて、他者の幸福を考えようとしない人間のおろかさが象徴的にとらえられています」と述べている。[*1]

❸ 民話風の「語り」

この物語が一層不気味さを増すのは、その語り方と、カーテン売りの歌が民話風の雰囲気を出しているからである。「いまの世に、「幸福のカーテン」てなカーテンが、あるそうな」と語り出されることで、穏やかな雰囲気が作品全体に広がっている。タケヤン、サクヤン、オバヤンという登場人物の呼び方も世間話ふうの和やかさ。さらに、カーテン売りが歌う「ららまいか　ららまいか　らっ　らっ／ららまいか　ららまいか　らっ　らっ」と始まる歌は楽しささえ感じさせるが、その歌の直後に「サクヤン、なんだか、ぞっとしたね」と続き、読者は急に不安になる。

のんびりとした民話風な雰囲気の中で展開する恐ろしいできごと、このギャップが読み手を引きつける。

❹ 他者の幸福と責任

自分の幸福のみを求めて他人を顧みないことに対する責任という意識は、あまんきみこの、満州で育った自己認識にもつながる。例えば、「少女時代を満州で過ごして」の最後に「わたしはその地の暖かな日向の場所で過ごしたことで、そこにいるべきはずの人を寒い日陰に追いやっていたことを思わずにはいられません。知らなかった、見なかった、聞かなかった、子どもだったは免罪にはならないでしょう。むしろ、より罪深い場合さえあると思います」と述べている。[*2]

満州で育ったことに対する責任意識の裏返しが、サクヤンが手に入れた「幸福」ではないだろうか。

*1　西本鶏介「ファンタジーでとらえる人間性」（『こがねの舟』ポプラ社、一九八〇年）
*2　あまんきみこ「少女時代を満州で過ごして」（『わたしが子どものころ戦争があった―児童文学者が語る現代史―』理論社、二〇一五年）
※本文の引用は『あまんきみこ童話集』（ハルキ文庫、二〇〇九年）によった。

（熊谷芳郎）

2　一つずつ読む

すずかけ写真館

書誌情報▼『とうさんのお話トランク』（講談社、一九八一年）、構成を変えて『すずかけ写真館』（講談社、一九八六年）に収録。

❶ 失われた「存在と時間」の物語

すずかけ写真館のことは、まだ、話していなかったね。／え。／なんだか、ふしぎな名前って？／そう。たしかに、ふしぎな写真館だったなあ。

「すずかけ写真館」の冒頭部はこのように始まる。初出は『とうさんのお話トランク』である。この作品集は「とうさん（海野太郎）」が語り手となって、「ピッコ」と「タアボウ」という幼い姉弟に、その名の通り「トランク」からお土産を取り出すように、合計六つの「とうさんの経験した過去」の物語を語り聞かせる。それは自然と人間との境界領域で起こる、開発によって失われていく自然の動物たちとの不思議な出会いと交流のドラマである。連作の最終話であるこの作品は、かつてそこにあった自然を無常に押し流していく「時間」そのものを中心的なモチーフとして扱うことで、連作が描こうとしてきた、失われた「存在と時間」への慈しみというテーマを明示的に語ろうとしたものだと言うことができるだろう。

❷ 円環する異界――「写真館」というしかけ――

この物語は、「とうさん」が、自然と引き換えに生まれた住宅地の家に引っ越したばかりの、子どもたちの生まれていない頃を舞台としている。ある日の会社帰りの夕暮れ時、一人の紳士（「グレーコート氏」と呼ばれる）に、「星の池」への道を尋ねられる。ブラジルで暮らすグレーコート氏が、たった一人の肉親である弟の葬儀で帰国し、家族の思い出の地である「星の池」を探しているという。ところが、近所にはそんな名前の池は存在していない。連れ立って歩くうちに、二人は、いつのまにか林の中の道を歩いていた。それは住宅地開発され、既にここには存在していない風景である。そして「とうさん」の耳に、「なにか、大きなかぎでもはずれるような音が、かたっと」響く。振り向くと、そこに大きな塔のような不思議な形をした家が現れる。四角い扉には「すずかけ写真館」という古びた看板。

二人が足を踏み入れた円形の部屋の中には、おびただしい写真が飾られている。左手の一番近いところに、探し求める「星の池」の写真が飾られていた。それをきっかけに二人は、円環する部屋に飾られた写真を「右回りに」、つまり時計回りに見て回ることになる。「写真」は、無常の時間を切り取るメディアである。つまりそこには、失われた「存在と時間」が留め置かれ、往時の姿のまま保存されているのだ。そして、この二人がそうしたように、それを見る者によって、意味づけられ、語られることを待っているのだ。

二人の前に現れる写真は、「星の池」の周りで営まれる自然の営み、グレーコート氏と弟のしんちゃんの姿、池が埋められ、林が伐採され、第八小学校の校庭へと姿を変えていく経過であった。最後に飾られた写真は、小学校の校庭に呆然《ぼうぜん》と立ち尽くす「とうさん」とグレーコート氏の姿。そのとき、部屋はちょうど戸口のところにさしかかり、ドアの外には、最初の写真に写っていた「星の池」が、仄白《ほの》く輝いているのが見える。導かれるように扉を通って外に出る二人の耳に、再び「かたっと、かぎがしまるような音」が聞こえ、「星の池」は溶けるように消える。

消えた「写真館」の代わりに二人の前に、一本の「すずかけの木」が現れる。「すずかけ通り三丁目」において、松井五郎は、「すずかけの木」に導かれて、老婦人の記憶の中の失われた「存在と時間」と対峙《たいじ》した。それと同じように、二人が見た「写真」群は、唯一変わらずそこにあり続けた、定点観測者としての「すずかけの木」が見続けた、「失われた風景」であったことが明かされるのである。

❸ そして私たちもいつか「すずかけ写真館」の扉をくぐる

けれど……、じつは、とうさんにも、あのかぎがあくような音が、どんなときにきこえるのか、わからない。／ようく耳をすまして、ようく目をひらいて……そうだ、それしかない。みんなで、まっていよう。／きこえるはずだからねえ。／見えてくるはずだからねえ。

失われた「存在と時間」を探し求めたグレーコート氏の物語のバトンは、物語の最後に、「とうさん」と聞き手である子どもたち、そして読者に手渡される。いつかあなたの耳にも、あの不思議なかぎのあく音が響き、あなたは、あなたが失った大切な「存在と時間」と向き合うのである。

（住田　勝）

2　一つずつ読む

ちいちゃんのかげおくり

書誌情報▼『ちいちゃんのかげおくり』(あかね書房、一九八二年)。

❶家族四人のかげおくり

防空頭巾をかぶった、幼い少女の顔が、こちらを向いている。絵本の表紙に描かれた主人公の顔。上野紀子《うえののりこ》の描く挿絵は、全体にモノクロの色調だが、「ちいちゃん」の表情やしぐさは読者の心に深く残る。

出征する前の日、おとうさんは、ちいちゃん、おにいちゃん、おかあさんを連れ、先祖のお墓参りにいく。その帰り道、おとうさんは青い空を見あげ、「かげおくりのよくできそうな空だなあ」とつぶやく。軍隊の一員として、戦地への出発を控えた父親が、家族を連れて先祖の墓参をする思いには、戦死へのおそれと不安、残される家族への心配が渦巻く。その時、思わず空を見あげ、独り言のように、そっとつぶやいた「かげおくり…」。幼い日に遊んだ心象風景、その記憶が再びよみがえる。「かげおくり」とは、作者あまんきみこの造語で、ものを見たあと、短いあいだ目に残る残像を利用した遊びのことである。

おとうさんの「つぶやき」を、おにいちゃんが聞きつけて、さらに、ちいちゃんへ連鎖していく。おとうさんは、静かに「とお、数えるあいだ、かげぼうしをじっと見つめるのさ。とお、といったら、空を見あげる。すると、かげぼうしがそっくり空にうつってみえる」と説明する。おかあさんが、「やってみましょうよ」と呼びかけ、みんなで手をつなぎ、やってみる。家族一緒のひと時を惜しむ母の心情、そして不安がにじみ出ている。

「かげおくり」に歓声があがる。おとうさんは、「きょうの、記念写真だなあ」といい、おかあさんも、「大きな記念写真だこと」と呼応する。出征の前の日。家族と一緒にいられる最後のひと時、かけがえのない「きょう」である。

ちいちゃんの家族と浮かび上がる大きな「かげぼうし」。宮川健郎《みやかわたけお》は、あまん童話の特徴について、「時の翳《かげ》り」という言葉で捉え、『車のいろは空のいろ』の「松井さんの

「日常」が翳ったとき、物語が立ちあがってくる」と述べ、「ちいちゃんのかげおくり」にもこの共通点があるとしている[*1]。空にあがる「かげぼうし」は、まさに、ちいちゃんとその家族に忍び寄るただならぬ「時の翳り」の予兆ともいえる。

　翌日、おとうさんは、日の丸の旗に送られて出征する。「からだの弱いおとうさんまで、いくさにいかなければならないなんて」とおかあさんが、「ぽつんと」とつぶやく声を、ちいちゃんは耳にする。幼い耳は、他人に聞かれたくない大人たちの内心の声・本音をさりげなく感受している。そして、その母のつぶやく声は、戦況の翳り、あるいは厭戦《えんせん》（国策への疑念）、戦意の翳りをも暗示してもいる。

❷ 変わってしまった空

　ちいちゃんとおにいちゃんは、「かげおくり」をして遊ぶようになる。しかし、戦争がはげしさをまし、「焼夷弾《しょういだん》や爆弾をつんだ飛行機がとんでくるようになり」、空はちいちゃんたちにとって、「とてもこわいところ」にかわった。

　夏のはじめのある夜、「空襲けいほうのサイレン」がけたたましく鳴り響く。風が強い日で、火の回りが速く、「赤い火」があちこちにあがっている。人々の叫び声。「風があつくな」り、「ほのおのうずがおいかけて」くる。おかあさんは、子ども二人を両手につないで走るが、おにいちゃんが転んで、ひどいけがをする。「けれど、たくさんの人においぬかれたり、ぶつかったり……」ちいちゃんは、おかあさんとはぐれる。知らないおじさんが「おかあちゃんは、あとからくるよ」と言ってちいちゃんを抱いて走ってくれる。やがて、橋の下におかあさんらしき人影を見つけたが、人違いだった。ちいちゃんは、ひとりぼっちになり、橋の下で群衆に交じって眠りに落ちていく。

　主人公が森の中、町の中で孤立するといった展開は、昔話や童話によくみられる手法である。しかし、「ちいちゃんのかげおくり」に描かれた孤立は、かの昔話研究の泰斗M・リュティが説く「昔話の図形的人物の孤立化」とは全く異なっている。リュティによれば、昔話の図形的人物は、「内面世界も周囲の環境ももっていないし、先祖や子孫との関係もないし、時代との関係もない」とされる[*2]。一方、ちいちゃんは、決して「図形的」ではない。さらに、リュティは、「昔話のすじのにない手は、家族や国民、あるいはそのほかなんらかの共同体と生きた関係をもっていない」というが、ちいちゃんのほうは、家族、国民、共同体を焼き尽くす空襲（戦争）によってもたらされた孤立なのである。

「朝になりました。町のようすは、すっかりかわっています。あちこち、けむりがのこっています。どこがうちなのか……」。語り手は、ちいちゃんに寄り添い、その目が捉えた情景を語り、内心の独白（内言）を代弁していく。

そして、その時、「ちいちゃんじゃないの？」という声が、ちいちゃんを呼びとめる。「はすむかいのうちのおばさん」だった。「おかあちゃんは？　おにいちゃんは？」と尋ねられ、「おうちのとこ」とかろうじて泣くのを抑え、しっかりと答える。近所のおばさんは、自宅跡まで送ってくれたが、「あのね、おばちゃんは、いまから、おばちゃんのおとうさんのうちにいくからね」と言って、ちいちゃんを放置する。この「おばさん」の「非情さ」。この点についてさまざまな見方があるだろうが、空襲で焼け出され、途方に暮れる庶民の心境をきわめてリアルに表現している。

③「防空ごう」の中のちいちゃんの「死」

その夜、「防空ごう」の中で、ちいちゃんは眠る、「（おかあちゃんとおにいちゃんは、きっとかえってくるよ）」と信じて。そして、また、「くらい夜」がくる。ちいちゃんは、干飯《ほしいい》を少しかじり、防空ごうで眠る。

明るい光が、顔にあたってちいちゃんは目がさめる。「（まぶしいな）」。ちいちゃんの体は衰弱し切っている。熱いような寒いような気がし、のどがひどく渇いていた。そのとき、おとうさんの声やおかあさんの声が天の方から降ってくるのが聞こえ、出征の前日に家族でした「かげおくり」の光景がちいちゃんによみがえる。しかし、家族四人でするかげおくりではなく、「ふらふらする足をふみしめて」立ち、「たったひとつのかげぼうしを見つめながら」する、「ひとりぼっちのかげおくり」だった。だんだん、おかあさんやおにいちゃんの声が重なってくる。体が空へと吸い込まれていく。そこに、広がっていたのは、一面の「空色の花畑」だった。戦争がちいちゃんから奪ったものが、ここで全て取り返される。いちゃん、家族の団欒《だんらん》、空、遊び。ちいちゃんの現実でのマイナスが、願望＝幻影の中で全てプラスに転じたその時、ちいちゃんの命は「空」へと消えていくのである。アンデルセンの「マッチ売りの少女」を連想させる場面でもある。*3

ちいちゃんが「きらきらわらいだし」「花畑の中を走りだし」たところで、語り手は突然、プロットを転換させ、「こうして」とまとめあげ、ちいちゃんの死という帰結を示す。

それから何十年。ちいちゃんが一人でかげおくりをした所は、小さな公園になり、青空の下、「きょうも、おにいちゃんやちいちゃんぐらいの子どもたちが、きらきらわらい声をあげて、あそんで」いる。語り手は、平和な世界の「いま・ここ」に位置し、物語世界と同じ時間・場所から、「きょうも」という言葉で、繰り返される平和な時間・日常を語っている。しかし同時に、これは「小さな女の子＝ちいちゃん」たちの不在を意味する「きょう」でもある。

❹ 戦争とあまんきみこ

「ちいちゃん…」は、今日、絵本だけでなく、朗読、音楽劇、教科書教材など多彩な媒体で表現され、あまんきみこの代表作であると同時に、日本の戦争童話の代表作のひとつとなっている。

あまんは、旧満洲撫順《ぶじゅん》に生まれ、満鉄社員だった父の転勤に伴い、新京（現在の長春）・大連《だいれん》に移り、敗戦後、ソ連の侵攻に怯《おび》えながら、引揚げ船で帰国。その後、満州・中国で思春期までを過ごした植民地での体験に、徹底してこだわり続け、国会図書館に通い詰めたという。

ひとたび戦争を起こせば、それを終わらせることがいかに困難かを、あまんは私たちに訴え続けている。あまん自身、「ちいちゃん」を生かそうとして何度も書き直しを試みた。「けれど、書いていくと、ちいちゃんはどうしても死んでしまいました」（「手紙から―ちいちゃんのかげおくり」）と語っている。

もちろんこのことは、「ちいちゃんのかげおくり」のみならず、「すずかけ通り三丁目」「おはじきの木」「赤い凧」「雲」「黒い馬車」などの「戦争」にもあてはまる。特に「すずかけ通り三丁目」に登場する、空襲で双子の息子を亡くした母親の「むすこたちは何年たっても三歳なのです。母親のわたしだけが、年をとっていきます」という言葉は重く深い。

あまんの戦争童話を読むとき、「死者たちの声があんなにざわめくのに、生者たちは沈黙していていいのか」（ジャン・タルデュー）という詩句が思い浮かぶ。思うに、私たちにとって現実で出会う「他者」とは、決して今を共にする「生者」だけではない。はかり知れない過去の、昨日の「死者」たち、そして、これから生まれてくる未来の、明日の「生者」たちとも出会い（たとえば、タクシーの中で）、言葉を交わしているのである。

＊1　宮川健郎『国語教育と現代児童文学のあいだ』（日本書籍、一九九三年）
＊2　リュティ／訳・小澤俊夫『ヨーロッパの昔話』（岩波文庫、二〇一七年）
＊3　渡辺善雄「『ちいちゃんのかげおくり』の方法と基底」（『文学の力×教材の力　小学校編3年』教育出版、二〇〇一年）

（中村哲也）

2 一つずつ読む

もうひとつの空

書誌情報▼ ▽初出「もうひとつの空」(『子どもの館』一九七九年一月から一九八一年七月まで断続的に連載。全二五回)、『もうひとつの空』(福音館書店、一九八三年)。

❶ 不思議な風景画をめぐるファンタジー

春休み、今度六年生になるジンは一人で大叔父の家を訪ねることになる。四歳下の妹サキコは気管支炎をこじらせ、応接間を病室にして療養していた。出発の前日、荷造りを終えたジンが応接間へ行くと、サキコの様子がおかしい。祖父が描いたという五十号の油絵の中の子どもが一人増えているというのだ。そのうえ、「ならわないけど、しってたの」と言って、さびしい節回しの数え歌を口ずさむ。ジンは、おばあさんがサキコを抱きながらその歌を歌って涙を流していたことを思いだす。

翌日大叔父の家に着くと、はす向かいの家の浜子が、前日池に落ちて亡くなっていた。浜子が亡くなった池は、ジンの家の応接間の油絵に描かれていた場所だった。ジンは実在の池から、サキコは応接間の絵からそれぞれ絵の中に入り込み、絵の秘密と祖父母の過去を知ることとなる。

❷ 重層するかなしみ

油絵の中に一人増えた青い服の女の子は浜子だった。一方ジンたちが生まれる遙《はる》か昔に亡くなった祖父Kは、妻が出て行ったあと、一人で育てていたはるこをサキコと同じ年頃で亡くしていた。赤い花が咲いたとしきりに伝えに来るはるこにとりあわず、絵を描き続けていた時、はるこは池に落ちてしまったのだった。自分を責めるKの深いかなしみ。その後Kと結婚した女性がジンとサキコの祖母にあたる。彼女は、不慮の事故でKに先立たれ、そのあと知ったKのかなしみを抱え続けていた。幼いジンは、その「おばあさんのからだにあふれていたかなしみを、はっきり感じて怯《おび》え」、「怯えはそのまますきとおって、心の底に深く、ひそやかに沈」(p.178)んでいた。

この作品では個人の体験を越えて喪失のかなしみが重層

していく。随所に出てくる、「しってるはずないのに」「しってるみたい」（p.166）、「どこかしっている感じ」（p.200）、「からだのどこかで覚えているのに、どうにも思い出せない」（p.272）といった描写が、無意識下、感覚が個を越えてにじみ出てあたりを満たしていくイメージを呼び起こす。

❸ 刻まれた言葉

本作のあとがきであまんは次のように書いている。母を亡くした一九歳の頃、家の近くにあった池の土手で、生、真実、愛、死を「そのときの背丈いっぱいを思いにしてみつめてい」た。『子どもの館』編集部から長編を書いてみないかと言われたとき、その時の池が頭に浮かんだのだという。作品全体のテーマだけでなく、散見される印象的な言葉にも、あまんは母を刻んでいるのではないだろうか。「きっと、春風が、緑のにおい袋をせおってきたのよ」とお母さんに言われたサキコが、その言葉を味わい、閉じた瞼《まぶた》の裏の「銀色の粒々をみつめて時を過ご」したという場面（p.35、36）。ジンが思いだす「墓場ってとこは、にぎやかかねえ」というお母さんの言葉（p.67）。「まぶたをとじても目玉はあいてる」と思うとこわかったというお母さんの思い出話[*1]（p.55）などなど。これらは、あまんが母と過ごした幼い日々を思い返すときによみがえる言葉なのではないか。その質感が読み手の身体感覚を刺激し、謎に導かれてページを繰る手を止めて、しばし立ち止まらせる。

❹ 空へ送る

あまんはエッセイ「窓から」で、病弱だった幼少期、「窓の形にくぎられた空」が「身近な、魔法の媒体」だったと回想している。「なにかがやってきたり、でかけたりするもの」である空は、亡くなった人がいるべき場所でもあったかもしれない。現実の池が映す空、油絵の中の空、絵の中の池が映す空……。歌声と光に満ちたクライマックスで、絵の中から解放されたたくさんの子どもたちと祖父母は「もうひとつの空」に、溶け込んで行ったのではないか。ちいちゃんが空に吸い込まれていったように。この作品は、「重た」かった母の死の、かげおくりになっているのかもしれない。

（西山利佳）

＊1　西田谷洋「あまんきみこのメタフィクション――『もうひとつの空』」（『解釈』二〇一八年八月）では、このエピソードをサキコのものとして、幻視と呼応させ言及している。

※本文の引用は『もうひとつの空』（福音館書店、一九八三年）によった。

2　一つずつ読む

きつねのお客さま

書誌情報▼『きつねのおきゃくさま』（サンリード、一九八四年）。

❶「きつね」という人物とその内部に潜む複数の意識
――民話的な類型性を超えたその人物像

「きつねのお客さま」の主人公きつねは、民話的人物としての「ずる賢さ（二面性）」をもってお話に登場する。一つには、「裏に企《たくら》みをもつ姿」として、ひよこたちを太らせてから食べようとする屠殺者《とさつしゃ》・捕食者の面である。もう一つは「表を演じる姿」として、その企みを隠してひよこたち（お客さま）を接待する養育者・保護者の面である。

しかし、この二面性は、その後、きつね自身にとっても思わぬ形で真逆に引き裂かれていく。一つには、きつねはひよこの「やさしいおにいちゃん」という言葉を聞き、「ぼうっとなっ」てしまう。ここで注意しておきたいのは、「うれしくなった」とか「しめしめと思った」などとは質的に異なることである。無垢《むく》のひよこが発した「やさしいおにいちゃん」という言葉によって、きつねのなかの「覚醒した意識」が薄らぎ遠のいてしまうのである。このときのきつねの意識は「催眠的な意識」とも呼ぶべきものである。その証拠に、その後、ひよこから「親切なきつね」と言われて「ぼうっとなった」きつねは、この「言葉を五回もつぶやい」ている。つまり、言葉の暗示によって、もともともっていたはずの裏の企みを見失って、言葉のままにふるまっている（ふるまわされている）のである。

きつねのなかで引き裂かれていくもう一つの意識とは、裏の企みよりもさらに奥に存在しているような深い意識である。「ぼうっとなった」直後に、語り手によって「まるまる太ってきたぜ」と繰り返し代弁されているのがそれである。この意識は、「潜在的な意識」とでも呼ぶべきものであり、きつねの心の奥底にもともと抑えようもなく蠢《うごめ》いている無慈悲で野性的な本能である。しかも、「ぼうっとなっ」ているにもかかわらず、ほぼ直後に、そしてふいに反転して表れてしまうような意識でもある。

こうして、言葉に踊らされる人間性と野生的で無慈悲な本能とに引き裂かれるそれぞれの意識は、時々ふと我に返るときのずる賢い（覚醒した）意識をも含めて、どれ一つとてきつねの中で一貫しない（できない）まま流動する。その証拠に、これら複数の意識は、その後あひるやうさぎと出会うたびに表れては消え、そしてまた表れてくる。

このように、きつねの人物像は、多義的・重層的な矛盾を孕《はら》みつつ、それら矛盾する複数の意識が容易に反転し流動してしまう点に、民話的な類型性を超えた特徴がある。

❷「はずかしそうにわらってしんだ」の読み方
——読み手の発達差・能力差

そして、お話は最後に、おおかみの登場によって悲劇的な結末を迎える。ひよこたちの匂いに気づいたおおかみが近づいてきたとき、きつねは「いや、まだいるぞ。きつねがいるぞ」と叫んでおおかみの前に飛び出した。そして、おおかみと勇敢に戦い、おおかみを追い払うことに成功する。しかし、その代償として、その晩、「きつねは、はずかしそうにわらってしんだ」でしまうのであった。

この場面について、鷺《さぎ》は「彼（引用者注　きつね）は、三匹たちから一方的に感謝され、神さまみたいに尊敬されることに、はずかしさを覚えずにはいられなかったのであろう」[*1]とし、寺田《てらだ》も「ひよこたちを騙《だま》して食べようと思っていたきつねが、結果的にひよこたちを守ってしまったことへの気まずさの表れ」[*2]と解釈している。

しかし、その一方で寺田は、「「きつねのおきゃくさま」の授業の課題として、「はずかしそうにわらってしんだ」きつねの心境を理解する難しさがある」とも述べる。つまり、この作品を教材とした小学校の国語（二年生）の授業において、読者である子どもたちにはこの場面のきつねの心情理解が難しいのだという。木下《きのした》も「（引用者注　本文の「はずかしそうにわらってしんだ」に注目させ、児童にきつねになりきって書かせた文を取り上げて）はずかしそうにわらうしかないきつねの心情にまで迫りきれているとは言えなかった」[*3]と述べている。

こうした難しさの原因には大人と子どもの読みの発達差や能力差が大きく関わっていると考えられる。その原因とは、子どもたちは、きつねをひよこたちの視点から一面的に読んでしまっていたり、きつねの二面性（捕食者・保護者）の理解が不十分であったりすることなどである。加えて、子どもにとって、この笑いが「メタ認知（きつねが自分で自分のなかの二面性やその結末を捉えること）」によって生まれることを理解する発達的な難しさもあるだろう。

いずれにせよ、この場面を取り上げようとする国語の授業においては、主人公きつねの人物像やその心理についての丁寧な掘り下げが欠かせないだろう。

③ きつねは、なぜおおかみと戦ったのか
——テキストの多義性・重層性

では、こうした悲劇的な結末をもたらしたおおかみとの戦いについて、改めて検討してみよう。鷺は「『炉辺の幸福』に生きよう（引用者注　これからもひよこたちと一緒に平和に暮らしていこう）とするキツネが、懸命に払っても払っても執拗《しつよう》に内部に巣食って離れない悪魔ときっぱり訣《けつ》別するための戦いだったのである」とし、寺田も「きつねは、自分が襲われるから戦ったというだけでない。ひよこたちを守るために必死になった」としている。これらに共通するのは、きつねが意識的・自覚的にひよこたちを守ろうとしたと解釈している点である。

これらの解釈は、おおかみと戦ったきつねを野生的な捕食者ではなく人間的な保護者と捉えている点でも共通している。こうした解釈が生まれるのは、ひよこが発する暗示の言葉が「やさしい」、「親切な」、「かみさまみたいな」とエスカレートし、それらにきつねがのせられていること、さらには、おおかみが「くろくも山」から登場してくることで、おおかみときつねとを「悪と善」の対比で捉える読みの枠組みが生まれることが、その理由として考えられる。

しかし、こうした大人の解釈とは別に、国語の授業場面での子どもたち（小学二年生）による次のような解釈を三《み》輪《わ》が報告している[*4]。その一部を示すと次の通りである。

D、きつねは、ひよこ・あひる・うさぎのためにとび出してきた。勇気あるきつねだね。

Y、きつねは勇気がリンリンとわいたのは、ひよことあひるとうさぎを食べさせないからかなあ。きつねは三人が気にいっているからかなあ。

I、きつねはこわがらないでおおかみと勝負したんだ。

T、おー、勝負した。

E、自分からとび出して三人を守った。

G、勝負して、きつねはおおかみに勝った。

R、思ったことを言います。きつねはおおかみを全然こわがっていない。そして、三匹をかばった。

O、自分からとび出したから、それぐらい三人を守りたかった。

P、きつねはこわがらないでとび出した。この絵で見

るときつねもおおかみみたい。

F、きつねになって言います、「よーし、こい。おおかみとたたかってやる。」

K、おおかみが食べようとしたから、きつねは本気出して凶暴になった。（傍線引用者）

ここで注目されるのは、きつねがひよこたちを守るために戦ったという解釈がある一方で、それらとは異質な解釈もみられることである。たとえば「Y」や「K」の解釈である。では、なぜこのような解釈が生まれるのだろうか。

その理由として考えられることに、この場面できつねがどんな意識で戦っているかについては、実のところ、本文の語りからはよくわからないということがある。というのも、きつねの中の意識をそれまでさまざまに代弁してきたはずの語りが、この場面ではほとんどきつねから離れてしまって、ひよこたちの側からきつねを傍観的に語っているからである。つまり、この場面の語りをみるかぎり、このときのきつねの意識は不明（空所）のままである。

そのため、この場面のきつねの意識には、文脈のとり方によって多様な解釈が生成する。たとえば、「催眠的な意識（言葉に踊る人間性）」でひよこたち（お客さま）を守ろうとした、あるいは「潜在的な意識（野性的な本能）」で獲物（エサ）を奪い取られまいとした、「覚醒した意識」で元々の企みを邪魔されないようにした、さらにはそれら複数の意識全てが混然と流動していた、などである。三輪実践での児童の発言は、これら多様な解釈の萌芽だろう。

そうしてみると、この場面のきつねにも、もともとあった矛盾を孕んだ多義性・重層性がその内部にありそうである。すなわち、一見、命がけでひよこたちを守ったかにみえるきつねも、その実、複数の矛盾する自己意識に引き裂かれる「生」の宿命に翻弄されたままであった。そして、それこそがこのテキストが描き出す「生」の内実である。

かくて、やさしいきつねの墓前で涙するひよこたちの一方で、読者の胸に別種の悲しみが言葉にならないもやもやとなって残る。「とっぴんぱらりのぷう」は、そうして宙づりになった読者の心を昇華させるおまじないでもある。

（児玉　忠）

＊1　鷺只雄「幻想の変容力―「きつねのおきゃくさま」」（『文学の力×教材の力　小学校編2年』教育出版、二〇〇一年）

＊2　寺田守「「きつねのおきゃくさま」の授業実践史」（『文学の授業づくりハンドブック　第1巻』溪水社、二〇一〇年）

＊3　木下ひさし「読みと出会う―「きつねのおきゃくさま」を読む」（『日本文学』一九九五年三月）

＊4　三輪民子「多様な読みを学び合う文学の授業―「きつねのおきゃくさま」（2年）―」（『作文と教育』二〇〇五年六月）

2　一つずつ読む

海うさぎのきた日

書誌情報▼『だあれもいない？』（講談社、一九九〇年）、『あまんきみこ童話集』（ハルキ文庫、二〇〇九年）に収録。

❶「おおなみ　こなみ」の二重の風景を描く物語

「若葉団地」で、一人だけなわとびの輪に入れない「わたし」（りっちゃん）が語り手である。歯医者に行く日にも、「おおなみ　こなみ」をするみんなが「うさぎみたいに」跳んでいるのを横目に「いーれて」を言う元気を出せずに、「ほんとの大波小波」を見たくなって、「わたし」は「土手」の「坂道」を降りて、海辺に出る。そこには誰もいなかったので波の音を聞くうちに「わたし」は眠くなる。

「頭が、がくっとゆれ」て目を覚ますと、なわとび歌が聞こえてくる。そこでは「うさぎ」たちが「おおなみ　こなみ」をしていた。どのうさぎも楽しそうな中に一ぴきだけ元気のないうさぎがいるのに「わたし」は気づく。自分と同じように下手なうさぎを見つめるうちに、「わたし」は「がんばってえ」と声をかけてしまう。うさぎたちは「わたし」に気づき、一緒になわとびをしようと誘う。「わたし」はうれしくなって「ぴょんぴょんはねて」しまうが、「へた」であることを思い出し、「できない」と答え、そのわけを説明する。その時、なわとびが下手なうさぎが「そうっと」手を握って、「いっしょにとんでみよう」と言う。「わたし」は素直にうなずき、まわりのうさぎたちが祝福してくれる。「わたし」はうさぎと手をつないで、「おおなみ　こなみ」の輪に飛び込むことができた。

その後、アキオたちの声に「ふりむくと」土手の上から「わたし」を探して坂道をかけ降りてくる。「わたし」がうさぎたちに説明しようとするが、そこには「だあれもいない」。海のほうを見ると、「ひきしおの青い海」にのって、うさぎたちは「青い水平線」の中に消えてしまう。

「ここで、なわとびしよう」とみんなが誘う。「わたし」は「くるりとむきをかえ」て、みんなに「あたしも、いれてよう！」と言って、「力いっぱい」走っていく。

❷ ともに在る喜びを分かち合う遊び＝生の発見

「海うさぎのきた日」の「わたし」は、最初に土手を降りて海辺に来た時に「だれもいなかったわ」と言い、アキオたちが自分を探しにきた時、彼らをうさぎたちに紹介しようとしてそこにうさぎたちが「だあれもいない」と言う。前者は日常の仲間の不在であり、後者は楽しい時間を過ごしたうさぎたちの不在である。高木佐和子《たかぎさわこ》の言う「境界領域」*1としての海辺で、「わたし」はこの両方の意味での不在を経験する。それは孤独な状態である一方で、「わたし」が自身の内奥と向き合う条件でもある。

なわとびのできない「あのうさぎ」は、日常の「わたし」の似姿でもあり、「若葉団地」での「わたし」自身と周囲の子どもたちとの関係とよく似通った光景を、「わたし」はこの海辺で目撃することになる。その観察の中で、なわとびに加わる元気をもつことのできない「うさぎ」がいることを知った。「うさぎ」だから跳べるのではないということに、「わたし」は思いいたった。

「いっしょに」跳ぶことを求めた「あのうさぎ」の言葉に、「わたし」は「こくんとうなず」く。そうして「いっしょに」、「おおなみ　こなみ」の輪のなかに飛び込むことができたのである。「あのうさぎ」もまた「わたし」と「いっしょ」だから跳ぶことができた。

「わたし」には「あのうさぎ」が跳べないでいる気持ちがよくわかる。「あのうさぎ」にも「わたし」が跳べないでいる気持ちがよくわかる。この両者の「共感」が、二人一緒の跳躍を生む。「うさぎみたい」でなくてもいいと「わたし」は気づいた。この土手の下の海辺の空間は「なわとび」が、「うさぎみたい」になることを競うものではなく、ともに在る喜びを分かち合う遊びであることを「わたし」に伝えている。アキオたちもまた「わたし」の不在に気づき、「わたし」とともに喜びを分かち合うことを求めた。

「わたし」が「くるりとむきをかえ」て、土手を降りてきたアキオたちに「あたしも、いれてよう！」と応じ、みんなの待つほうに「力いっぱい走ってい」けたのも、「海うさぎ」と出会ったことで、なわとびが、仲間たちとともに喜びを分かち合う遊びであることを知ったからである。子どもにとって遊ぶことは生きることそのものであり、生きることもまたともに在る喜びを分かち合うこと、という作品のメッセージを受け取ることができる。

*1　高木佐和子「『海うさぎのきた日』―境界領域と生成変化」(『あまんきみこの童話を読むⅡ』一粒書房、二〇一七年)

（山元隆春）

2 一つずつ読む

夕日のしずく

書誌情報▼『ゆうひのしずく』(小峰書店、二〇〇五年)。

❶きりんとありの心通う物語

ひとりぼっちのきりんが、ありと出会う。ありに自分の体を伝って角まで登らせてあげることから両者の関係が紡がれる。きりんはありを励まし、ありは苦労の末てっぺんにたどり着く。そこでありは美しい空と遥《はる》か彼方《かなた》に広がる海を初めて見る。ありを地面に下ろしてあげたとき、きりんもそれまで見たことのない赤い小さな花を見つける。初めて見た美しいものへの感動を共有し心を通わせるのである。以来、きりんとありたちの交流が始まる。優しさ、温かさにあふれたかわいらしい物語である。

❷オノマトペの妙

本作品の最大の魅力は、オノマトペであろう。「とことこ、ちこちこ」は、小さなありの歩みを表している。「とことこ」はなじみのある表現だが、「ちこちこ」はあまんの造語であろう。ありのほんの少しずつのかわいらしい歩みを想像させ、この作品の最も特徴的な表現である。事実、小学校の教室で子どもたちと類似する言葉「ちょこちょこ」「ちょんちょん」などを挙げて検討したことがあるが、子どもたちはこの「ちこちこ」が「一番いい」「大好きだ」と言っていた。そして、このオノマトペは、声に出して読みたくなる。読むとイメージを膨らませることができるのである。「とことこ、ちこちこ」は、物語の前半にありがきりんの体を登る場面で八回繰り返されている。この八回は、ありの登り始め、中盤、到達まぎわでそれぞれに異なる表情を感じ取ることができる。それを子どもたちは声に出して味わいつつ読むことができるのである。

「ぴかぴかわらった」も同様である。「にこにこ」でも「くすくす」でもない「ぴかぴか」である。笑う様子を表す擬態語としては一般的ではないことを子どもたちも指摘する。だからこそ、「ぴかぴかわらった」から感じ取れるきりんとありの晴れがましい、喜びを共有していることの感動へ読者を誘《いざな》うのである。

❸ 対比とシンクロナイズ

きりんとありという、大きさの上で対照的であるばかりでなく、本文の中にちりばめられた赤と青、きりん一頭とたくさんのありなど、対比が凝《こ》らされている。

そして本作品のもう一つの特徴は、繰り返しの表現が多用されていることである。繰り返しによって、きりんとありが同じ言葉を話し、同じ気持ちでいることが伝わるのである。例えば、

「ついたよう。」
ありは、きりんのつのの上で、ぴかぴかわらった。
「ついたねえ。」
きりんも、ぴかぴかわらった。

は、きりんの応援のもと、ありががんばって登り終え、共に喜ぶ初めての場面である。両者が同じ表現で語り「ぴかぴか」わらうことが二人の心が通い始めたことを感じさせる。きりんとありの「シンクロナイズ」である。

きりんはいった。
「こんなにきれいな花を見たのは、ぼく、生まれてはじめてだ。」
「あんなに広い世界を見たのは、ぼくも、生まれてはじめてだよ。」
ありは、いった。
ありは、その晩、空のように青い海の夢をみた。
きりんは、その晩、夕日のしずくのような赤い花の夢をみた。

シンクロナイズ表現が重ねられ、しかも終盤に向かってたたみかけられていることは、きりんとありの親密さが増すことを暗示している。子どもの言葉を借りれば、「きりんとありがどんどん仲よくなっていく」感じが伝わるのである。

このような言語表現上のシンクロナイズは声に出して読むと感じ取りやすいが、きりんとありの心情面で最もシンクロナイズしたのは、物語中盤の次の箇所ではないか。

ありは、なにかいいたいと思ったが、なぜかことばが出なかった。きりんも、それきりだまった。

表現の面では全く同一ではないが、きりんがひとりぼっちでいたことの悲しみを、ありも了解し一緒に黙ったことで、真に両者が通じ合ったと捉えることができるからである。

（阿部藤子）

2　一つずつ読む

青葉の笛

書誌情報▼『青葉の笛』（ポプラ社、二〇〇七年）。本書は、児童文学作家と画家がペアで著した「日本の物語絵本」シリーズ全二〇巻の一冊。

①「平家物語」の名場面を物語絵本に

「平家物語」の中でこの上なく切なく美しい場面は巻九の「敦盛《あつもり》の最期」であろう。この場面は、謡曲と幸若舞の「敦盛」、浄瑠璃と歌舞伎の「一谷嫩軍記《いちのたにふたばぐんき》」など、後世の文芸で繰り返し題材とされてきた。あまんの「青葉の笛」もこれら「敦盛物」の系譜に連なるものである。

一の谷の合戦に敗れた平家は舟で海上へと逃れる。舟に乗り遅れた平敦盛はただ一騎、舟を追うが、源義経配下の武将熊谷次郎直実《くまがいじろうなおざね》に呼び止められ、海辺に引き返す。直実は組み討ちの末、武者の首をはねようとすると、相手はまだ少年の公達《きんだち》であった。同じ年頃の息子直家《なおいえ》を持つ直実は、彼に逃げることをすすめるが断られる。直実は源氏方の軍勢が迫るため、泣く泣く公達の首をはねる。あとで聞けば、直実が討った公達は、平清盛の弟、経盛《つねもり》の子で無官の大夫敦盛であった。敦盛は、弘法大師《こうぼうだいし》が唐の都長安で入手し、朝廷に献上したとされる名笛小枝《めいてきさえだ》を携えていた。直実は源平の戦の後、無常を感じ、京都で法然《ほうねん》上人に弟子入りして出家し蓮生《れんしょう》と名のった。そして亡くなるまで敦盛の菩提《ぼだい》を弔ったとされる。敦盛が直実に託した小枝は、いつしか青葉の笛と呼ばれるようになったのである。

「青葉の笛」は、明治に入って「鉄道唱歌」で知られる国文学者で歌人の大和田建樹《おおわだたてき》の作詩、「うらしまたろう」等の唱歌で知られる田村虎蔵《たむらとらぞう》の作曲で、一九〇六（明治三九）年に文部省唱歌となった。その歌の一番の歌詞は「一の谷の／軍《いくさ》破れ／討たれし平家の／公達あわれ／暁寒き／須磨《すま》の嵐に／聞こえしはこれか／青葉の笛」となっている。楽曲はYouTubeで視聴できる。

②戦いの無意味さを

原作である「平家物語」の「敦盛の最期」と「青葉の笛」

の最大の違いは、直実が一の谷の浜で悲嘆にくれる場面に至る過程が、丁寧に描かれている点にある。お話は、熊谷親子が一番乗りの誉れを目指して馬を走らせる場面から始まる。この戦いが初陣の直家は十五歳、父は「自分より三年もはやく血なまぐさい戦場に立たねばならぬ小次郎」を「いたましくおも」い「討たれてはならぬ」と息子に命じる。直実は功名一点張りの猪武者ではない。武家に生まれた我が子を不憫《ふびん》に思う一人の親なのである。「平家の陣」から「澄んだしらべ」が聞こえてくる。名笛小枝である。直実はこの調べを直家に「きかせたくない」と思う。初陣の「わが子」の心を乱すからである。その後、直家が戦いで落馬する。父は傷を負った我が子を自陣まで退かせる。一の谷の戦いの勝敗は「鵯越《ひよどりごえ》」から「源義経軍三千余騎が攻めおりてきた」ことによって決してしまう。勝負はついていたにもかかわらず、笛の音に導かれるかのように直実と敦盛は出会ってしまうのだ。

「いそぎ、逃げられよ」「敵のなさけは、うけぬ」「なんじのために、われはよきあいてなるぞ。いまは名のらぬが、首をはねて、人にたずねてみよ。かならずや、知っている者がいよう」という敦盛と直実のやりとり。「ただとくとく頸《くび》をとれ」*1と敦盛が言えば、「あはれ、弓矢とる身ほど口惜しかりけるものはなし」*2と直実は悲嘆にくれる。「弓矢とる身」すなわち武士である自分の身の上、敦盛の身の上、直家の身の上、すべてが「あはれ」なのである。「これは、小枝とよばれる　名笛なれば、／われとともに　くち果てるのは、／しのびない。／この笛を　おもらいいただきたい」と敦盛が小枝を直実に託す場面は、原作の「平家物語」にはない、あまんのオリジナルである。戦場にはおよそふさわしくない雅《みやび》な笛が、敦盛の悲劇を際立てるのである。敦盛を討った後、直実は敦盛の父の心情を慮《おもんぱか》りながら「(戦いとは、なにか)」「(人をころすことが、てがらなのか)」「(一番のりは、てがらなのか)」「(武士とは、いったいなんなのか)」と「むなしいおもいで」自問するのだ。琵琶《びわ》法師が語る「平家物語」の「諸行無常」を象徴するこの二人の悲劇は、後世の人々、そしてあまんきみこの心を深く捉え、戦いの無意味さ愚かさを、読む者に切々と訴えかける『青葉の笛』という物語絵本となった。源平の戦いから八三〇余年、いまだに戦火の絶えることのないこの世に「青葉の笛」の音色は響き続けているのである。

(佐野正俊)

*1・*2　大津雄一・平藤幸編『平家物語覚一本全』(武蔵野書院、二〇一四年)

2　一つずつ読む

鳥よめ

書誌情報▼初出「鳥よめ」(『びわの実ノート』一九九七年七月)、『鳥よめ』(ポプラ社、二〇一四年)。

① 戦争物語としての「鳥よめ」

物語の舞台は人里離れた岬の灯台。その灯台を一人で守っている周平さんは、子どものときのけがが原因で、兵隊になることができなかった。若者はみな兵隊になるいくさの時代、周平さんは兵隊になれない負いめから、灯台守というつらい仕事に自ら進んで就いたのだった。

ある日のこと、周平さんが仕事を終えて階段を降りていくと、外に出る鉄の扉の向こうに白い着物を着たむすめが立っていた。むすめは以前、周平さんが浜で助けたかもめであった。人間のむすめに身をやつし、周平さんのもとを訪れたのである。二人は夫婦になり、仲むつまじい生活を送るが、むすめから打ち明けられた、鳥にもどった姿を人に見られると血を流して死ぬという秘密のおきてに、周平さんは楽しいながらも「見る」ことに絶えずおびえる日々を過ごさなければならなかった。

やがていくさが激しくなり、灯台を守るために六人の兵隊さんがやってくると、二人の生活に暗い影が差しはじめる(灯台は、敗戦まぎわには、敵の本土上陸に備える重要な軍事的施設でもあったことが思い起こされる)。鳥よめはつばさを広げて飛ぶ時間がとれなくなり、だんだん衰弱していく。ある日、灯台に爆弾が落とされ、兵隊さんの一人が負傷すると、周平さんと鳥よめは敵に情報を漏らしたと詰問される。鳥よめは周平さんを守るために、自分が鳥であることを告白し、大きな白いつばさをひろげ、身体を血で染めながら海に落ちていく。周平さんも足をひきながら、鳥よめを追うように岸壁から身をおどらせる。

② なぜ、周平さんは岸壁から身を投げたのだろう

「鳥よめ」は戦争をテーマにした物語である。物語の形式は「鶴女房」「魚女房」などの異類婚姻譚《たん》・異類報恩譚という説話類型に属する。通常、これらの昔話は男の禁令

違反によってクライマックスを迎えるが、「鳥よめ」では鳥よめ自身が禁令を破るという意表を突く筋立てとなっている。鳥よめは自ら秘密のおきてを告白し、つばさをひろげて見せることで、命と引きかえに周平さんの無実を証明しようとしたのだが、この場面では、周平さん自身が兵隊さんたちと同じように、鳥よめの命を奪う側の立場に立たされていることに注目しておきたい。

　――やめてくれ。見られたら、見られたら、するどい刃《やいば》で刺されるおきてなのだ。
　それなのに、こおりついたままの周平さんの目は、とじることさえできません。声も出ません。

「やめてくれ」という悲痛な叫びは、声に出すことを封じられ、目を閉じることも、顔を覆うことも周平さんは奪われる（初出では「周平さんは、自分のかおをおおいました」となっている）。ここに、愛し合う二人のうちの一人が加害者たらざるをえない立場に立たされるという、より深い悲しみの劇が成立する。これが戦争に翻弄される若い灯台守夫婦の悲劇の本質である。

③ 作品成立をめぐって

あまんはエッセイ「時は過ぎ」（『日本児童文学』一九七四年四月）において、「六年ほどまえから」「燈台のおじさんの話」を書きたいと思ってきたが、「書いたり消したり」と今も書けないでいると語っている。「六年ほどまえ」と言えば一九六八年（『車のいろは空のいろ』刊行年）、構想約三十年、ようやく初出が成ったのである。「辺鄙《へんぴ》な場所での生活に耐えていられた方達の人生の歴史」という題材に加え、一種のファンタジーである異類婚姻譚というかたちが物語成立の推進力として必要だったのではないだろうか。一方、絵本版『鳥よめ』が出版されたのは、戦後七〇年の節目を迎える時期である。戦争体験者がしだいに世を去っていく不可逆的な時間の流れの中で、戦争体験の継承が戦争記憶の継承の問題へと接合される時期でもある。本作について佐藤通雅《さとうみちまさ》は「戦争時代がいかに人間の生活をおろそかにするものであるか、ささやかな愛の存在すら許そうとしないものであるか――。／こういう時代が再来するのではないかという危機感が、『鳥よめ』を書かせたのだと、私には思われます」[*1]と述べている。

＊1　佐藤通雅「あまんきみこ・帖2『鳥よめ』」（『路上』二〇一八年三月）

※本文の引用は『鳥よめ』（ポプラ社、二〇一四年）によった。

（髙野光男）

寄稿

作品は作者のこころから

黒井　健（絵本画家）

世間にファックスが普及しはじめた頃のこと。それまで郵便で送られてきた依頼書や原稿がファックスで送付されるようになっていた。

ある朝、仕事場に行くと、ファックスのロール紙が長々と床まで垂れ下がっている。いったい何事かと手に取ってみるとあまんさんからの手紙であった。でも、長い手紙ではなく、同じ文面が何枚も何枚もつながっている。これはいったいどういうことだろうか？

そのあとすぐに、あまん先生から電話をいただいた。

「あのね、ファックスで黒井さんに手紙を送ろうと思ったんだけど、送っても送っても手紙が戻ってくるの。私、困っちゃって。」

なるほどそういうことか。

「先生、お手紙は確かに届いていますよ。ファックスはね、手紙が直接届くのではなくて、ファックスが手紙を電気的に読み込んで、それを信号に変えて相手のファックスに再現されているのです。大丈夫届いています。」

「そうなの？ ファックスになれてなくてよくわからないの。」

私はしごく真っ当に説明してしまったことを後悔しはじめていた。話しながら、あまんさんの手紙がファックスに入れたとたんに、くるくると細くストロー状に丸められて電話線の中を疾走している様子を思い浮かべていたからである。そちらのほうがうんとファンタジックな気がしはじめていた。きっとあまんさんのイメージもそうだったのかもしれない。電話を終えたあと、私の気持ちはすっかり暖かな柔らかさに包まれていた。

思えば、あまんさんの童話に絵を描いている間、同じ感覚であった気がする。一九七九年に『ねこルパンさんと　しろいふね』に絵を描かせていただいてから、二〇一六年の『おつきみ』まで、私が記録してあるだけでも月刊絵本や市販絵本に十七作もご一緒させていただいていた。絵を描く際には、あまんさんの作品を熟読し、登場する女の子や子ウサギ、ネコたちをスケッチし始めるのだが、どの主人公たちも繊細でこころやさしく、おっとりとした姿の絵になっていく。物語から伝わる〝いとおしさ〟や〝いじらしさ〟がそう導いてくれるのだと思う。

あまんさんとお会いした折や、電話でお話するたびに、作品とは作るものではなく、作者自身のこころから生まれくるものなのだと感じ入っている。

III章

キーワードからみる あまんきみこの作品

雨／雪

ふれた作品

- きつね雑感✤
- やさしいてんき雨
- きつねみちは天のみち
- ふうたの雪まつり
- 本日は雪天なり

✤ はエッセイを表す。

1 きつねのよめいり

あまんきみこの作品に出てくる動物は、きつねが一番多いという。「陽《ひ》が照っていて、ばらばらと雨が降りだすと、ほんとうにきつねが嫁入りをするのだと、小さい時の私は、思いこんでいました」と「きつね雑感」の中であまんは語る。きつねへの想いのもとは、幼い頃の、てんき雨――「きつねのよめいり」に辿《たど》りつくようだ。

「やさしいてんき雨」（『春のお客さん』ポプラ社、二〇〇〇年）では、松井さんが真っ白なうちかけ姿の花嫁さんをタクシーに乗せていると「あかるいひかり」の中を雨がさあっと音をたてて降りだす。「これは、てんき雨です。……なあに『きつねのよめいり』でしょう」という松井さんの言葉に、ほっとした花嫁さん。白いつのかくしの下からうす茶色の鼻すじとかわいい短いひげをぴっぴっと出す。「（……てんき雨のことを、きつねのよめいりといったつもりなのに……そうか、わかっているのと、まちがえたんだな。）」と考えをめぐらす松井さん。「おなかまの車にのったのは、きょうがはじめてでしたよ」と花嫁のおかあさん。てんき雨は、きつねと松井さんをつなぐ大事な役目を果たし、きつねの世界を少し驚きながらも自然に受け入れる松井さんを、松井さんを自然に受け入れるきつねを、そして、異界に自由に出入りする特別な存在としての松井さん像を描き出す。

やさしいてんき雨は、「天のカーテン」となって、外の視線から花嫁を守るようにタクシーをつつむ。きつねが嫁入りをするには、天のカーテンである「てんき雨」が必要だったのだろう。だから、てんき雨のことをきつねのよめいりというのだろうか。

あまんきみこ作品の中のきつねたちは、「ひょっとすると、昔、お天気雨の中をよめいりしたきつねたちの子孫なのかもしれない」（「きつね雑感」）というのは本当のことなのかもしれない。

2 にわか雨

「きつねみちは天のみち」は、ともこをめぐる話、けんじをめぐる話、あきこをめぐる話、三人をつなぐ話の四つの話で構成される。三人は、別々の場所で同じ時間に同じにわか雨を体験する。見えないつながりの中にいる三人のそれぞれの現実を遮る雨。同じにわか雨が、三人に三様の清々《すがすが》しくピュアな体験をもたらし、三人に共通の迷いや疑いのないやさしく無垢《むく》な心を引き出す。激しいにわか雨の描写は「水銀色のまく」であり、天のカーテンと同じように視界を遮るものとして存在する。しかし、そのまくとまくの間、「雨のすきま」には天のみちができる。天のみちは海にも雲にもつながっている。雨は遮るものであり、遮るがゆえにつながるものとして描き出されている。

❸ かまくら

ほんとうにきれいだったんですよ。闇の中で。白い雪ばかり。かまくらの中にあかりがついて。かまくらが反射してね。（中略）本当に美しくて……。そこで、かまくらに入った子ぎつねがいるような気がしたの。

（対談　冬のお客さま　宮川ひろさん）

秋田の横手のかまくらまつりを訪れた時のことを宮川ひろさんとの対談でこのように語っている。ふうたは、この「いるような気がした子ぎつね」によって立ち上がり、「ふうたの雪まつり」となり、《ふうた》シリーズとなっていく。「ふうたの雪まつり」で、一面の雪で真っ白な海の中の道を歩いていく小さなきつねは、松井さんの空色の車のクラクションに驚いて倒れ「ぼく、死んだんだな」とつぶやく。愛くるしくどこまでもけなげで純粋なふうたは、かまくらまつりの帰り道、「おじちゃんもほんとうは、きつねでしょう？　ぼく、そんな気がするよ」と言う。ここでも異界に自由に出入りする松井さん像が顔を出す。しかし「本日は雪天なり」で、松井さんはきっぱり言う。「わたしは、ばけておりません！　わたしは、に、ん、げ、ん、の、ま、つ、い、です!!」。しかし、結末ではやっぱり、なぜだかしっぽのことが気になりだし、おしりがむじむじするのだ。松井さんはどこまでも謎めいている。

あまんきみこが病弱だった子どもの頃、四角い窓から見ていた雨、雪などの自然現象への想像が、作品のもとになっている。「現在もそのまま生きている幼いあまんさんの感覚」*1が作品にあふれている。

（佐藤多佳子）

*1　岩瀬成子「そもそものやさしさ」（『飛ぶ教室』二〇一三年七月）

色

ふれた作品

- 原風景に映るセピア色の世界——酒谷川✤
- 子ども部屋から✤
- 雲

① セピア色の酒谷川《さかたにがわ》

あまんの両親の故郷、宮崎の風景を回想した「原風景に映るセピア色の世界——酒谷川」というエッセイがある。この中で、彼女は「れんげの花畑」に「しゃがみこみ、桃色の花かんむりを作ってい」る母の「細い白い指の動きをいっしんに見つめてい」たと書いている。さらに「酒谷川のほとりの「黄色い菜の花畑」を歩いていた時に「白いパラソルをななめにさした母が立ちどまってまぶしい表情で笑」う姿についてもふれている。あまんにとって宮崎・飫《お》肥《び》は「若い母親の幸福感が、よこにいる幼児の魂に明るい喜びとして伝わり、桃色のれんげ畑、黄色の菜の花畑、清《せい》冽《れつ》な酒谷川の流れなど、旧満州にはない世界」であり、「私を支える原風景」だったのである。宮崎に「帰る」たびに「古くセピア色になった明治の飫肥の町並、その石垣のそばや、酒谷川の川岸や野原を、自分もセピア色に染まりながら、祖母二人の幼いうしろ姿を追い求め、歩きまわり、走りまわっている気がしてな」らなかったとあまんは書いている。十九歳という若さで母を失ったあまんにとって酒谷川の流れは、「若い母」と「祖母」たちが生きているセピア色に染まった幸福な想い出の世界なのである。

② オレンジ色の子ども部屋

しからば、あまん自身の故郷である旧満州は、どんな色の世界だったのだろうか。「子ども部屋から」というエッセイからは、「病気がちの一人っ子」の「子ども部屋」がさまざまな色であふれていたことがうかがえる。「茶色の斑《ぶち》のある白い犬」の「レオ」。「ゴーシュの緑の帽子」。「市《いち》松《ま》さん、こけしやキューピー、その着がえの服や玩具」という具合である。「狭い部屋がぱっと明るくオレンジ色になった」のは、「本の世界に没頭してしまい、夕暮れであたりが薄暗くなるのも気づかない」でいた娘に、母親が「ほら、また。目がわるくなりますよ」と言いながら電燈をつけてくれたからだった。あまんは「当時、戦争のさなかというのに、あの子ども部屋には、そんな暗い影が殆《ほと》んどなかった気がします」と回想する。とはいえすぐに「戦況は次第にきびしくなり、あかりが外にもれないよう、どの部屋の電燈のかさにも黒い布がかけられ」るようになってしまうのだが。さて、「子ども部屋」の外の旧満州はどんな色の世界なのだろうか。

❸ 灰色の雲

旧満州を舞台にした「雲」を読んでみよう。「黒い頭のカササギが、夕焼けで朱色にそまった空を、むれをなしてとんでいく。／太陽は、もう地平線にかくれ、こはく色のコウリャン畑には、しずかな夕暮れが忍び寄っていた」。「雲」の冒頭部からの引用である。カラス科の鳥であるカササギの黒、コウリャンすなわちトウモロコシ畑の琥珀《こはく》色、開拓地は、「黒」「黄」というインパクトのある色で満ちていたのである。「砂のトンネル」を作って遊んでいた「ユキ」と「アイレン」は「アカマンマ」で「トンネルのふちをかざっ」て別れる。「アイレンの耳のあたりで大きなちょうのようにゆれてい」るのは「さっきユキがむすんでやった黄色のリボン」だった。「雲」の後半には、戦争の「火」の色である「白」と「赤」が繰り返し登場する。「匪賊《ひぞく》」に襲撃された「日本人」の「村」は、火をつけられ「白いけむり」が「太いすじになってもくもくとのぼりだ」す。「赤いほのおの先が、黒い夜空にななめにきれてとびはじめ」る。翌朝、「日本の兵隊」によって「中国人」が集められる。「ユキの目には、おおぜいの人の中ごろの小さな黄色がやきついていた」。「ユキ」には「それがアイレンのリボンだとはっきりわかった」のである。「リボン」の「黄色」は、このお話で最も大事な色だったのだ。「やつらのまわりから石油をまけ。にげるものはうて」「火をつけろ」という「命令」。「アイレン、にげてえ」と叫ぶ「ユキ」。「ほのおはもえひろがり、赤い火の粉が音を立ててとんだ。白いけむりが、なきうめく人びとのすがたをうずまいてつつ」む。「とんで、とんで！　みんな、とんでえ！」と叫びながら「ユキ」は「とぶように火の中におちていった」のである。「ユキとアイレンの墓」の前で、空を飛ぶカササギの群れを見ながら「おかあさん」は「ああ、ユキとアイレン」と「かすれた声でつぶや」く。すると、このお話に登場したすべての色を塗りつぶすかのように「地平線のむこうから、灰色の雲がむくむくとわきはじめ」るのだ。

（佐野正俊）

歌

ふれた作品

- くちびるに歌を持て✤
- ねん　ねん　ねん
- がんばれ、がんばれ
- くましんし
- ひなまつり
- さよならの歌

1 すぐとんできてくれる母と歌

「きみこちゃん、（中略）すぐ泣かないで、歌をうたってごらん。うたうと元気もでるし、うた声が聞こえたら、おかあさん、とんでいけるから」——幼い頃、泣き虫のあまんに、母は歌うことを教えた。

おててつないで　のみちをゆけば
みんな　かわいい　ことりになって
うたをうたえば　くつがなる
はれたみそらに　くつがなる

十九歳で母を亡くしたあまんは、人生の迷子になると、この歌をくちびるにのせた。「そのたび母が、とんできて励ましてくれたような」気がしてならないという（「くちびるに歌を持て」）。あまんにとって、「歌」は「すぐ」「とんできて」励ましてくれる母と切り離せない存在なのだ。

「♪　ねん　ねん　ねん／春が　くるまでだよう／春が　くるまでだよう／ねん　ねん　ね——んの／ほ——い　ほい　♪」（「ねん　ねん　ねん」）は、春を待って眠っている命への「たくさんのおかあさん」が歌う「しずかな子もり歌」であり、「♪　もう　春なんだ／それ　春なんだ／やれ　春なんだ／なごり雪は　とけるさ／おてんとさん　てるさ／がんばれ　がんばれ……　♪」（「がんばれ、がんばれ」）は、ふきのとうを励ます「子ぎつねたちのおうえん歌」であった。多様な命への惜しみない愛情と励ましが「歌」となる。

2 〈あわい〉に生まれ響き、〈こえる力〉としての歌

リズムある声と歌の境界は捉えがたいが、『あまんきみこセレクション』に収められた童話の半数近くに、歌は登場する。それほどにあまん童話において「歌」は重要だ。

デビュー作の「くましんし」で歌はどのように登場し、どのような意味を担うだろうか。松井さんに「〝こたたん山〟で生まれたくま」であることを明かしたくましんしは、「ほんとうのすがたのまま」で歌いだす。

♪　こたたん山の　くまたちは／人におわれて　人になる／こたたん　こたたん
雪のふる朝　山こいし／雨のふる夜も　山こいし／こたたん　こたたん
さびしい朝には　うたうたう／こいしい夜には　ゆめをみる／こたたん　こたたん　♪

「ほんとうのすがた」でいることが許されない現実〈こちら〉と「ほんとうのすがた」がふと出現する異界〈向こう〉との〈あわい〉に、追われた側の奥深く潜められた哀切な思いは表現される。普段決して聞こえぬ〈声〉は、「歌」という形で初めて読者にも届けられる。松井さんの歌「♪人の世界に　くまがすむ／くまの世界に　人がすむ／こたたん　こたたん／どちらがどうか　わからない／どちらがどうでも　かまわない／こたたん　こたたん　♪」は、くましんしへの応答とも、すれちがいとも受けとめられるが、〈あわい〉で生まれたこの相聞歌を経て、松井さんの目からくましんしとくまおくさんの姿はぼやけて消えゆく。くましんしの「歌」をどう心身に響かせるかは、「ひとりぼんやりと」立つ松井さんの姿とともに読者に委ねられる。

おひなさま、てるてるぼうず、すずめ、子ねこのミュウ、魚たち、子ぎつね、ねずみ、シカ、ちょうちょ、うさぎ、たぬき……、多様な命の歌は〈あわい〉に生まれる。「ひなまつり」では、「あたたかい風」「いいにおい」「水色の世界」「月の光」とともに〈あわい〉の時空間が出現し、遠くからおひなさまの歌声が聞こえてくる。人形と人、動物と人……の〈あわい〉に歌は生まれ、普段決して聞こえぬ小さな声を届け、命と命をつなぐ。歌は、〈あわい〉に生まれ響き、分け隔つ境界をこえ、命をつなぐ〈こえる力〉の姿といえる。あまんが親しんだ賢治《けんじ》童話における歌との比較も、今後の研究テーマとなろう。

③「さよならの歌」

生と死の〈あわい〉に生まれた歌として「さよならの歌」がある。「♪　竹とんぼ　とんとんとん／とんぼに　なあれ／とんぼに　なって／とんで　いけえ　♪」――「すきとおった風が、さあっとふいて」きて出会った男の子が歌う。よもぎ野原で夢中になって男の子と一緒に遊んだ日、大好きなおじいちゃんは亡くなっていた。生と死の〈あわい〉に、「男の子」であるおじいちゃんが歌ったのが竹とんぼの歌だった。こちらと向こうの境界をこえ、「ぼく」とおじいちゃんが共に生きた〈ほんとう〉の時空間の証《あかし》が歌であった。

（村上呂里）

海

ふれた作品
- はやすぎる　はやすぎる
- ねこルパンさんと白い船
- 月夜はうれしい
- おしゃべりくらげ
- 海うさぎのきた日
- 窓から✤
- 夕日のしずく
- 海辺の町で✤

1 もう一つの世界

あまんきみこ作品の中で、海はしばしば登場人物の夢や願望を成就させてくれる場として表象される。そこに、現実とは異なるもう一つの世界を読者は垣間《かいま》見ることになる。海は、あまんきみこワールドを構成する重要なピースの一つといっていいだろう。

すでに初期作品「はやすぎる　はやすぎる」には、こうした「海」の典型が認められる。えっちゃんがクレヨンで描いた人魚とともに、自室を抜け出て窓の外に広がる海で遊ぶ。楽しげなえっちゃんの夢は窓外の空ならぬ海で成就する。「ねこルパンさんと白い船」でも、ハルおばさんは自分が描いたキャンバスの船にいつしか入り込み、二匹の猫とともに細部を描き上げて、船が沈むのを防ぐことに成功するのだ。交通事故に遭ったあこちゃんが、入院中に見る夢もまた、同様の展開を辿《たど》る（「月夜はうれしい」）。友達のようくんと彼が描いた魚たちとともに窓外の海へ出て一緒に泳いだり遊んだりするあこちゃんは、五日目の朝、「学校にいく」ことを決意する。

眼前に広がる、現実の海もまた、もう一つの世界の入り口となる。よし平さんとくらげのユーモラスな会話が心地いい「おしゃべりくらげ」では、釣り上げたくらげを、彼の懇願を聞き入れてすぐに海へは戻さず、十日あまりをともに過ごす話だ。「うらしま」のパロディーを思わせる両者の関係だが、竜宮城へは向かわない。そのかわり、よし平さんはくらげの語る不思議な話に飽かざる興味を覚え、十日あまりの時間をともにする。しかし、月夜の晩に迎えに来たかあちゃんくらげに連れられて、くらげの子はバケツの中から消えてしまう。「さよならぐらい、いうものだぜ――」と叫ぶよし平さんの声は、同じ時間をともに過ごしたくらげとの友情をにじませている。「海うさぎのきた日」も、りっちゃんの住む団地に近い、国道の向こうに広がる青い海が舞台となっている。海のにおいに包まれて夢の中に誘《いざな》われたりっちゃんは、跳べなかった縄跳びのおおなみこなみを、うさぎたちに励まされながら、みごとに成功させる。

❷ カーテンの向こう

多くの場合、もう一つの世界は窓の外へと広がっている。だが、窓は壁のこちらと向こう側といった明確な仕切りを持つ開口部ではない。朧《おぼ》ろな入り口として機能しているのがカーテンの存在である。こちらと向こうとを截然《せつぜん》と分けるのではなく、ゆらゆらと揺れながら、やわらかな目印としてもう一つの世界へと誘う。えっちゃんの部屋の白いカーテンも、ハルおばさんのレースのカーテンも、あこちゃんが眠る病室の水色のカーテンも、主人公のみならず、読者をもいつのまにかもう一つの世界へと案内してくれる。そして、窓の外に広がっているはずの空間は、空ではなく海であり、両者は青色のイメージでつながっている。

幼い頃、身体が弱く部屋でひとりの時間を過ごしていたというあまんは、「私に魔法のキイそのものをくれたのは、なんといっても、窓のかたちをした小さな空でした」と述べている（「窓から」）。そんな窓から「架空の友達のえっちゃんも、そして海や川の魚も、花も樹《き》も、みんなやってきて、話したり歌ったり遊んだりけんかをしたりした」という。

❸ 時間の溶解

「夕日のしずく」は、海を眺めるきりんとありの対話劇だ。海を空と思うありに、「あれは、海だよ」と諭すきりんは、見えない故郷を思いつつ「遠くの海」を眺めている。母さんと並んで見た夕日を重ねながら、きりんはありと一緒に、静かに沈みゆく「夕日のしずく」に思いをはせる。

きりんとありが見ている夕日は、海の彼方《かなた》の地平線に沈んでいく。その僅かな時間の共有は非対称な二人をつなぐかけがえのない時間となっている。海を流れる時間の独特な雰囲気は、もう一つの世界を流れる時間と呼応する。溶解する時間の中で、あまんワールドのキャラクターたちは夢や願望を生きている。

あまんきみこにとって海とは何か。「海辺の町で」と題されたエッセイの中で、「夕方の海は、特に綺麗《きれい》です。時間という無形のものが、海の中に刻まれながら、紫に溶けていくのがはっきりと見えるのです」と語っている。これは、福岡へ転居した年に書かれたものだが、海を流れる時間に「限りない優しいひととき」を認める感受性に「魔法のキイ」が宿ったのかもしれない。

（幸田国広）

お母さん

ふれた作品
- ストーブのまえで
- 春のお客さん
- おしゃべりくらげ
- わらい顔がすきです
- うぬぼれ鏡
- おかあさんの目
- 「ほんとう」にこだわりながら✤

❶ 見守るお母さん

おなじみ、《えっちゃん》シリーズの一作「ストーブのまえで」では、お母さんの編むセーターが、えっちゃんの成長を写し出す。えっちゃんの新しいセーターは「しまもよう」。その白色は「赤ちゃんのとき」、水色は「はじめてスキップしたとき」に着ていたセーター。えっちゃんが「大きくなった」から「二つのセーターをほどいて、あわせて」編まなければならない。お母さんは、「二つ」を一つずつ着ていた頃のえっちゃんを見守り、記憶してきた。その明るい過去を編みこんだセーターで、えっちゃんのこれからの成長を守ろうとしているようにも見える。さらに、お母さんは、ねこのミュウが「おとなになった」ことも見逃さない。毛糸でじゃれて、お母さんを困らせることがなくなったミュウの変化に気づいて、きちんとほめるのだから。

❷ 認めるお母さん

動物の母子も、人間と同じくらい多く登場する。「春のお客さん」は、「松井さん」のタクシーに乗った「おかあさん」と「五人の男の子」が、たぬきの母子だったというお話。お母さんは、子どもたちを注意するのに忙しい。油断すると、おしりから「ふわっとこげ茶のもの」が出てきてしまうから。でも、松井さんに「どうぞどうぞ、そのままで」と言われ、お母さんはほほえむ。「よかったわねえ。あなたたち……ほんとうのすがたのまま、車にのれるなんて」。

「おしゃべりくらげ」のお母さんにも、同じような存在感がある。「小さいくらげ」は、「ほねなし」で度胸だめしをする「しかく」もないと海の魚たちに笑われ、そうではないことを証明するため、陸に上がる。心配した「おっかさんくらげ」が迎えに来て、「おまえは、ほんとのほねなしじゃない」と叱咤《しった》しながら、「これで、りっぱ。うちどころなし」と、「小さいくらげ」の心を支える。

動物はみな、人間とは違う体を持っている。そのせいで、物語の中では、動物の子どもが生きづらさを感じることもある。それでも、たぬきのお母さんは、しっぽを持つ子どもたちがうまく化けられることよりも、「ほんとうのすがた」を隠さずにいられることを幸せと考えている。くらげのお母さんは、体ではなく心に「ほね」を持とうとする子どもの意志を後押しする。陸でも海でも、お母さんは子どものアイデンティティを認め、支えている。

❸見えるお母さん

他人には見えないものを見るお母さんもいる。

「わらい顔がすきです」のヨシオは、小学校一年生。ある日、教室で友達を笑わせ、先生にも「おっちょこちょいだ」と笑われる。ヨシオは、そのできごとを近所の大人たちに話し、笑いをふりまきながら帰宅するが、同じ話を聞いた「かあさん」の反応は、純粋な笑いではなかった。違和感を消せないお母さんは、ヨシオが、泣いた友達を笑わせるためにおどけたことを聞き出し、先生が、それを知らずに「おっちょこちょい」と言ったことをつきとめる。ヨシオの優しさは理解されず、表面的な特徴が、笑いとともに広がってしまったのだ。

一方「うぬぼれ鏡」の節子は、高校一年生。胃癌《いがん》で衰えた「母」は、自分の顔を鏡に映すのをやめてしまった。節子は「母」を慰めるため、人をきれいに見せる鏡を用意する。それを見た「母」は、節子に感謝の言葉だけを告げて亡くなった。ところが節子は、棺《ひつぎ》に鏡を入れることを拒む「母」のしぐさを幻視する。節子の優しさゆえの行動は、お母さんならば容易に見ぬける「たくらみ」で、お母さんに「かなしみ」と、その隠蔽を強いるものだった。

お母さんは、子どもの日常と成長を見守り、それぞれの個性や心情を肯定して支える。だからこそ、お母さんが、子どもの関わるものごとの不条理や裏側まで見ぬき、それが子どもに伝わると、子どもの世界は揺らいでしまう。ヨシオと「かあさん」のいる部屋には風が吹きこんで、ヨシオを震えさせるし、節子の手から落ちた鏡には、ひびが入って、節子を泣かせるのだ。

お母さんは、「おかあさんの目」に描かれているように、その目と心に「うつくしいもの」だけを映し、すまわせているのではない。愛情ゆえに高い透視力を得た目は、ときに目をそらしたいものまで見通して、守るはずだった子どもの世界をおびやかす。思えば、あまんは「ほんとうのこと」にこだわり続ける作家である（「ほんとうにこだわりながら」）。その追求の強さ、そして、追求のもたらす恐ろしさも、お母さんの造形には表れている。

（藤本　恵）

開発

ふれた作品

- 白いぼうし
- くましんし
- 本日は雪天なり
- 口笛をふく子

1 姿を変える――人間になる

「白いぼうし」で松井さんのタクシーにいつのまにか現れた「おかっぱのかわいい女の子」は松井さんに告げる。

「道にまよったの。いってもいっても、四角いたてものばかりだもん。」

そして行き先を尋ねられて、「菜の花横町ってあるかしら?」と不安げに言う。松井さんは「菜の花橋のことですね」と自分の知っている地名で応じる。「四角いたてもの」「菜の花横町」の二つの言葉はいずれも自分の言い方で、他の人がそう言うかどうか自信がない様子だ。女の子はこの場所の住人ではなさそうだ。もしかしたら今の言い方を知らないのかもしれない。空間を迷い込んでいることに加えて、時間も迷い込んでいる可能性も否定できない。

松井さんがぼうしを拾いあげたことによって飛び出したモンシロチョウは、ぼうしの牢獄《ろうごく》から逃れてどんなにかうれしかっただろう。しかし自力では仲間のいる場所に帰れないので、人間の女の子の姿になってタクシーに乗り込む。お母さんを連れてぼうしの下のチョウを確認に来る男の子の言葉は、失われていく生き物の世界を示唆する。

「あのぼうしの下さあ。おかあちゃん、ほんとうだよ。ほんとうのチョウチョが、いたんだもん。」

この辺りでは、ごくあたりまえに虫取りでチョウがつかまる日常ではなさそうだ。女の子がいなくなったのは「小さな団地の前の小さな野原」であった。この物語が描き出す世界を次のようにまとめておきたい。人間が開発によって「四角いたてもの」をたくさんつくり、昔の「菜の花横町」は失われ、チョウは数が少なくなっている。チョウは人間の住む団地の小さな一角にひっそり生きている。人間の開発によって元のすみかは失われているが、チョウは声高に異議を申し立てたりしていない。人間の姿になって、自分の今の居場所に戻るのである。

2 人の中で生きる

「くましんし」においても、しんしは人間の姿になっている。しんしが松井さんに、住むところがせまくなって、自分たちは人の姿になって町に住んでいると話す。くましんしが歌う歌はわたしたちに大きな問題を投げかける。

(傍線引用者)

こたたん山の　くまたちは／人におわれて　人になる

歌で応える松井さんの認識はこうだ。

人の世界に　くまがすむ／くまの世界に　人がすむ

(中略)

どちらがどうか　わからない／どちらがどうでも　かまわない

チョウもくましんしも人に追われて、生きていくために人になっている。松井さんは人間の世界に生きていながら実は自分のほうが生き物の世界に生きているかもしれないと感じている。この認識は「本日は雪天なり」にも表れる。「キツネコンクール」でステージにあがった松井さんは「わたしは、ばけておりません！　わたしは、に、ん、げ、ん、の、ま、つ、い、です!!」と言うが、きつねたちには「立派！」などと評価される。「どちらがどうかわからない」を体現している。『びわの実学校』に「くましんし」が掲載されたのが一九六五年、「白いぼうし」掲載は一九六七年であり、まさに日本の高度成長期に重なる。あまんきみこは開発によって失われた命に光をあて、しかも失われた命が人の中で生き続ける姿を描いた。あまんは読者に「あなたには追いやられた者たちが見えていますか」と問うている。

❸ とうとう時間が来る

「口笛をふく子」では、❷で述べたのとは違う方法で開発がもたらしたものが描かれる。どこかで生き続けるのではなく、時間が来れば取り返しがつかないことになると示される。「ずいぶん前のこと」口笛が聞こえると村の子どもたちは竹のわらしと遊んでいた。「それから何十年もすぎ」汚れたホリコ川にたくさんのささぶねが流れてくるのを見つけた兄妹が、竹のわらしとかくれんぼで遊ぶ。わらしは、二人がわき水を飲もうとすると止め、竹の林から「なぜ　とめた」と声が聞こえる。わらしは「とうとう、時間がきたんだ」と別れを告げる。工場で働く人たちは毎日聞こえていた口笛が聞こえないことに気づき、やがて口笛のことも忘れてしまう。時間の経過は容赦がなく、人間が壊したものは元に戻らない。わらしはもうどこでも生きていくことができないのである。

(成田信子)

きつね

ふれた作品

- きつね雑感✤
- ふうたの雪まつり
- きつねのお客さま
- 「ほんとう」にこだわりながら✤

❶ あまんきみこと「きつね」

「私の作品にでてくる動物は、いちばん、きつねが多い」と、あまんは語り、子ぎつねの「ふうた」四部作やタクシー運転手の松井さんが登場する作品など、計七作品をあげる(「きつね雑感」)。きつねの登場する作品はその後も増え続けている。登場するのは、野生や動物園のきつねではない。人間に変身したり会話したりして、人間を異界との交歓へと誘《いざな》う存在として描かれる。

あまんは、これら作品群の土壌は、母や祖母から聞いた「きつねの嫁入り」や「人を化かす」話だと語る。これらの幼児体験から、きつねへの親しみが育まれたのだろう。

❷ 異界との交歓(ふうた、そして松井さん)

子ぎつね「ふうた」は、人間を異界との交歓に誘《いざな》う象徴的な存在として描かれる。ふうたは人間に親近感をもって行動する。人間に化けては、冬の「かまくら」祭りに行こうと松井さんのタクシーに乗ったり、山で遭難した兄妹を助けたり……。「ねえ。おじちゃん。おじちゃんもほんとうは、きつねでしょう? ぼく、そんな気がするよ」(「ふうたの雪まつり」)と松井さんに語りかけるほど、自らを人間と同一視できる。日本人やネイティブアメリカンは、自然を共生の対象と考えられる民族であるといわれる。ふうた像は、まさしくそんな日本人の心的傾向に寄り添った描かれ方であるといえるだろう。

しかし、この異界との交歓を人間の視点からみると、少々様子が異なってくる。日常生活の裂け目のような時空に予期せず迷い込んだ者だけが味わえる、不可思議な至福のひととき。これをいくら体験したくても、人間側から働きかけることはできない。あくまでも異界からの誘いがあった場合のみ、交歓は成立する。きつねは、人間とのふれ合いを求めて異界からやってくる。そのたびに不思議の世界に巻き込まれる、選ばれし人・松井さんのタクシーは、まさに異界への入り口である。あまんはみごとな筆致で、本来体験できない交歓の世界へと、我々をも誘ってくれるのである。

❸ 異色作「きつねのお客さま」

現在、複数の小学校国語教科書（二年生）に掲載されている「きつねのお客さま」は、多くの人が一度は接した経験があろう、知名度の高い作品といえる。

しかしこの作品は、きつねの登場する作品の中では、きわめて異色でもある。登場するのは野生動物のみで、当然、人間と動物との心のふれ合いも描かれない。はらぺこきつねが痩せたひよこやあひるやうさぎを、「太らせてから食べよう」と自宅に連れ帰るが、ひよこたちに「やさしい」と褒められてぼうっとなり、結局手厚く養い続ける。そして最後には、侵入者の狼《おおかみ》と勇敢に戦って重傷を負い、恥ずかしそうに笑って死んでいく。

矢部は以前この作品について、あまんは、幼少期を過ごした旧満州における日本の植民地支配に対する贖罪《しょくざい》の念と償えない罪の深さを訴えたかったために、ひよこたちを食べたいと思う「獣性」から、きつねを最後まで解放しなかったのでは？　と指摘した。[*1] きつねが、自らの獣性（罪深さ）を自覚して、自嘲気味に笑えたのは、実に瀕死《ひんし》の時であった。

これ以後も、きつねの登場する作品は十作以上書かれているが、いずれも人間との交歓を描く従来の傾向へと回帰している。ただ一点この異色作が書かれた理由は？　思うにあまんは、既成の評価に飽き足らず、新たな可能性を拓《ひら》かんという思いを、この作品にこめたのではないか。俳優が従来と全く異なる役柄に、あえて挑戦するように。

❹「ほんとう」の世界へ

あまんは、「ほんとうのこと」と信じられた時のみ、筆が進むと語る（「「ほんとう」にこだわりながら」）。「真実」と「事実」のあいだには、限りない想像の世界があり、だからこそさまざまな創造の世界がある」とも。あまんにとってきつねたちは、真実と事実の世界を軽やかに行き来して、読者やあまんの想像や創造の力をより高め、何よりも「ほんとう」の世界へと導いてくれる存在なのだろう。

（矢部玲子）

＊1　矢部玲子「贖罪の児童文学――あまんきみこの人と作品――」（『ざわざわ』二〇一五年五月）

公園

ふれた作品
- 星のタクシー
- きつねのかみさま
- 霧の中のぶらんこ
- ふしぎな公園
- ちいちゃんのかげおくり

❶「よおく、よおく見る」松井さん

『車のいろは空のいろ』シリーズ第三巻の表題作「星のタクシー」では、「なんだかつかれてしまったなあ」と感じる松井さんが、あたたかな春の「まよなかの公園」で、夜桜とふたりの女の子に出会う。話を聞いてみると、「星まつりで買ったおそろいのネックレス」を落としてしまったようで、松井さんも懐中電灯を持ってきて一緒に探しはじめる。

懐中電灯の「オレンジ色の光」に照らされると、「公園の中のいろいろなものがうかびあがって」くる。「みどりの若草、タンポポの花、石のわくにかこわれた砂場、砂場にわすれられたもも色スコップやバケツ。それから白いブランコ」。さらには、「白いすべり台、白いベンチ、そして桜の木、梅の木、にれの木の下、冬のままのかれ葉、かれ草」。照らして見えるのは、たわいもないものばかりだけれど、それらを「よおく、よおく見る」ことによって、探し物を見つけることができるのだ。

ふたりを家まで送っていく松井さんは、いつのまにか「星の町」を走っているが、最後に顔を上げると、いつのまにか「まよなかの公園」にいた。夜桜を見上げると、その向こうに「星がいっぱいまたたいてい」るのに気づき、「そういえば、このごろ、ゆっくり星も見なかったなあ」と振り返る松井さんは、「ひとりでにでて」くる口笛を吹きながら、再び車を走らせるのだった。

日常を「よおく、よおく見る」ことによって、「この町」は「星の町」にもなり、「春野タクシー」は「星のタクシー」にもなることができる。このような日常に膨らみをもたせる「重ね合わせ」を作り出す物語が、タクシーから降りた「公園」から始まるというのは、決して偶然ではないだろう。

❷「あたし／ぼく」を超えて

公園で子ぎつねたちと出会う「きつねのかみさま」では、「あたし」のなわとびに書いてある「りえちゃん」という名前が「重ね合わせ」を作っている。人間のりえちゃんが公園にした忘れ物は、「みんなでなわとびしたい」と祈っていた子ぎつねのりえちゃんにとっては、神様からの贈り物なのだ。

自分のなわとびだと伝えずに帰っていく人間のりえちゃんは、「ごちゃごちゃの気もち」になりながらも、子ぎつねのりえちゃんの笑顔を想像して「よかったなあ」と振り返る。それは「りえちゃん」であるだけでなく、「きつねのかみさま」にもなれたからだろう。「重ね合わせ」は、自分という存在を超えていく力をもっている。

また「霧の中のぶらんこ」の霧のかかった「すずかけ公園」で泣いていたのは、弟のサブロウではなく「幼稚園のときのぼく」だった。かつての自分との「重ね合わせ」に気づいた時、目の前の現実への向き合い方はゆるやかに変化していく。

❸ かけがえのない「公園」

このようにさまざまな「重ね合わせ」のきっかけとなる「公園」は、あまんきみこ作品にどのように持ち込まれたのだろうか。

「ふしぎな公園」は、『銀の砂時計』（講談社文庫、一九八七年）に収められたものだが、初期形は「このゆうえんち」（『日本児童文学』一九六七年八月）として、ずいぶん早くに発表されている。「駅前通り」の子どもたちが唯一の「あそび場」とする「ぼくたちの公園」が、ある日突然スーパーマーケットを作るための「からっぽの公園」に変わってしまう。子どもたちには手が出せず、ただ黙って見ていることしかできないが、やがて「こんなの、ないよう！」というはげしい怒りの声がこみあげてきて、「へとへとになるまで走りまわ」る。それは夜の公園に「かげぼうし」を集め、工事を撤回させる「声」となった。

思えば「ちいちゃんのかげおくり」の結末部には、「小さな女の子のいのちが、空にきえ」てから「何十年」かがたった後のことが語られていた。「町には、前よりもいっぱい家がたっています。ちいちゃんがひとりでかげおくりをしたところは、小さな公園になっています」。

戦争の記憶との「重ね合わせ」によって、「公園」はかけがえのない「あそび場」として語られている。「青い空の下。きょうも、おにいちゃんやちいちゃんぐらいの子どもたちが、きらきらわらい声をあげて、あそんでいます」。

あまん作品の「戦争」は、実はさまざまな形で顔をのぞかせるのだ。

（宮田航平）

戦争

ふれた作品

- ちいちゃんのかげおくり
- おはじきの木
- すずかけ通り三丁目
- 赤い凧
- 雲
- 黒い馬車
- こがねの舟

❶ 空から襲い来るもの

「ちいちゃんのかげおくり」では、「いくさがはげしくなって、かげおくりなどできなくなり」空は「とてもこわいところにかわ」った。そして、「焼夷弾《しょういだん》や爆弾をつんだ飛行機が」飛んできて、ちいちゃんたちの命を奪っていく。

「おはじきの木」では、町が空襲を受けた時に妻も二人の子どもも失った「げんさん」が、ある日の新聞記事に「やけのこった木の下で、おはじきをしながら、母親と弟をまって死んだ、小さい女の子」の記事を見つける。そして、その女の子が娘のかなこだという確信を得るとともに、かなこの幻を見る。

さらに、「すずかけ通り三丁目」では、タクシーに乗せた女性から、この町が空襲を受けた時に、その場所で命を落とした二人の息子（当時三歳）の話を聞く。

これらの作品では、空から幼い子どもの命を奪いに来る姿で戦争が描かれている。

❷ 背後から襲い、未来を縛る

「赤い凧《たこ》」では、満州から引き揚げてくる途中でチフスに罹《かか》って母と弟を失い、たった一人で祖父のもとにやってきた五歳のカナコと、その成長を見守る祖父とが描かれる。やがて中学生になったカナコは、満州に渡った父は中国人の土地を取り上げた日本人の一人だという罪を免れない、「そこにいたというだけで」自分にもその罪はあると言う。子どもであっても、加害者として戦争と関わったという責任から逃れることはできない。

「雲」では、満州の日本人開拓村に生きるユキの死が描かれる。親友アイレンたち中国人の村人は、ユキたちの村を襲った匪賊《ひぞく》の一部が逃げ込んだという疑いをかけられて虐殺されようとする。それを止めようとして、ユキは日本軍兵士の銃弾の前に身を躍らせる。戦争は、味方であっても、子どもの命を奪っていく。

「黒い馬車」では、丘の上でおじさんが描いていた絵の由来が語られるのだが、それはおじさんが九歳の時に満州から引き揚げてきた時の体験であった。ソ連軍に追われて満州を逃げていく人々は、絶望の中で次々と青酸加里《せいさんかり》を飲んで死んでいった。おじさんはその思い出の「ひとつひとつをぬりこめながら」描いているという。ここでは、幼い時の戦争の記憶から逃れることができずに、その「ひとつひとつをぬりこめながら」生きていこうとする姿が描かれる。大人になっても戦争は生き方を縛り続ける。

③死を受け入れる子どもと奪われた未来

「こがねの舟」は、「さむらいたち」が「いくさをしては領土をひろげた」時代の物語である。味方の裏切りによって、父と息子が湖の中央に置き去りにされる。死を覚悟した父が「そちは、死ぬが、いやか」と問う。それに対して、

「はい、いやでございます。」

だが、子どもの声は、意外なほどさわやかだった。

「なれど、いまは、死にまする。」

ここには、生きたいと願いながらも死を受け入れていく（受け入れざるを得ない）子どもの姿が描かれている。戦争という大きな歴史の歯車を前にして、子どもたちはいつの世も同じように死んでいった。

「おはじきの木」の中で、五歳で死んでいった娘を思い返しながら、「かなこだって、きっと、自分がどうしてそんなめにあっているのか、さいごまでわからなかったろうとおもえました」と語る。理由もわからぬままに自らの死を受け入れざるを得ない、それが戦争・いくさの世に生まれ、生き、そして死んでいった子どもたちであった。

「ちいちゃんのかげおくり」は、当初の構想では「女三代の影送りの話」だったという。しかし、書いていく中で二代目のちいちゃんが死んでしまった。「その時に、子供の死について、しみじみと思いました。ちいちゃんは、せんこちゃんのおかあさんになるはずの未来をなくしたのだって」*1とインタビューの中であまんは述べている。

子どもの未来を奪うものが戦争であり、子どもは理由もわからずに自分の未来を奪われ死を決定づけられていく、他に選択肢のないところに追い込まれていくものとして、あまんきみこの戦争は描かれている。

＊1　あまんきみこ・矢崎節夫「あまんきみこさんにきく——作品は一通しかだせないラブレター」（『ざわざわ』二〇一五年五月）

（熊谷芳郎）

空

ふれた作品
- 車のいろは空のいろ
- もうひとつの空
- こぶたのぶうぶそらをとぶ
- 空の絵本✤
- ちいちゃんのかげおくり
- ひつじぐものむこうに
- きつねみちは天のみち
- 今西祐行先生のこと✤
- くもうまさん

①「空」をテーマとする作品群

あまん作品の重要なテーマの一つに〈空〉がある。代表作『車のいろは空のいろ』（一九六八年）をはじめ、長編『もうひとつの空』（一九八三年）や絵本『こぶたのぶうぶそらをとぶ』（二〇〇八年）、エッセイ『空の絵本』（同前）など、〈空〉を冠する作品は数多い。さらに『ちいちゃんのかげおくり』（一九八二年）など〈空〉が重要な舞台となっている作品群、〈空〉と密接な〈雲〉〈雨〉がキーになる『ひつじぐものむこうに』（一九七八年）、『きつねみちは天のみち』（一九七三年）などもある。〈空〉をテーマ・キーワードとする世界観は、いかにして醸成されたのだろうか。

②あまん作品の出発点『車のいろは空のいろ』

『車のいろは空のいろ』は、主人公のタクシー運転手・松井さんがさまざまなお客（熊・狐《きつね》・魚・蝶《ちょう》・山猫など）を乗せ、彼らと交流・交歓する物語である。時として時空を超え、ファンタスティックな物語空間を創り出すその中心に、空色のタクシーが存在する。

タクシーを〈空〉色としたことについてあまんは、童話集のタイトルを決めるに際し、今西祐行《いまにしすけゆき》から「車の色は、何色でしたかねぇ」と問われたのに対し、「空色です。空の色です」と答えたエピソードを書き留めている（「今西祐行先生のこと」）。これが決め手となり、書名は『車のいろは空のいろ』になったという。空色のタクシーは、あまんの空想が湧出する場であり、日常と非日常が交錯する場であり、〈異なるもの〉と松井さんが相まみえる場でもある。両者をつなぐ境界に位置するタクシーが〈空〉色であることは、創作の初期段階から〈空〉が重要な舞台であったことを示している。

③原風景としての〈空〉

幼少の頃、病弱であったあまんは、病床の部屋の窓から空を見て過ごすことが多かったという。そこでは、さながら〈窓〉が額縁・舞台であり、それらを通して刻々と変化しあらわれる事象、雲や雨、風や光、月や太陽、そして夜と昼などが物語を演じた。これらが、あまんの中にきれぎれに物語として蓄積されていったものと思われる。以上について作者自身は、自らが見た〈空〉を物語誕生の場に見立てて「空の絵本」とも呼んでいる。〈空〉はあまんの空想力・想像力を刺激し、多くの物語を生み出す源泉でもあった。

また、自らの忘れられない読書体験として、観察絵本『キンダーブック』（一九三九年七月）の「ソラノオハナシ」をあげていることも無視できない。あまん作品では、しばしば月夜が海の底と表現されるが、本人も語っているとおり、こうした世界観は本書が一つの影響と考えられる。月や雨、海が〈空〉と結びつく原風景が、あまん作品の底流にあるものとして位置づけられるのである。

❹ 死を暗示する場所――長編『もうひとつの空』

ところで、〈空〉はあまん作品が生まれる場である一方、死を暗示する所でもある。こうした文脈で〈空〉が構想されている作品には『ちいちゃんのかげおくり』などがあるが、ここでは長編『もうひとつの空』を取り上げたい。

ジンとサキコの兄妹が暮らす家には、生まれる前に亡くなった祖父が描いた絵が飾ってある。絵には、池に映る〈空〉、池の縁で遊ぶ子どもたちが描かれていたが、ある日その絵の子どもが一人増える。祖父が過ごした実家に出かけたジンは、当地で友人の妹が溺死したこと、それが祖父が描いた〈鏡の池〉であることを知る。祖父もかつて娘をその池で亡くしており、それを悔やんで廃人同様の生活をしていたが、池を描くことを通じてジンとサキコたちと出会い、未完成の絵を仕上げることによって救済される。

取り返しのつかない事故に呪縛されてきた大人が、時空を超えて出会った子どもによって解放される物語だが、ここでは〈空〉を映し出す〈池〉が死を暗示するものとして描かれている。書名にもある「もうひとつの空」とは、死にゆく者が見る〈空〉にほかならず、冥界へ続くものとして機能している。

❺ 多様な〈空〉の描かれ方

その他、子どもの希望や楽しさを叶《かな》える場としての〈空〉（『くもうまさん』一九八六年、『ひつじぐものむこうに』一九七八年）や、戦争が語られる場としての〈空〉などもある。あまんの描く多様な〈空〉を示すものであろう。（遠藤　純）

月

ふれた作品

- 月夜はうれしい
- 海のピアノ
- おしゃべりくらげ
- えっちゃんのおつきみ
- 雲
- 北風を見た子

1 ふしぎな出来事は「月夜」に起きる

「月」が登場する作品の多くは、満月や月の光に照らされる夜に、ふしぎなことが繰り広げられる。「月夜はうれしい」は題名にその喜びが表現されている。骨折で学校を休んでいた「あたし」は、足がよくなってきているのに休んだまま。お見舞いに来てくれたようくんは、「そうだ……きょうから月夜なんだ」とつぶやいて帰る。その晩、「あたし」は歌声に目が覚めてカーテンを開くと団地も周囲もすべてが海の底。ようくんはたくさんの魚たちと歌い泳いでいる。すぐに「あたし」も一緒に楽しく歌い泳ぐ。毎晩同じようなことが続いた後、「あたし」は、すっかり元気になって学校へ行けるようになる。誰かを思ってそんな「ふしぎ」を創り出すのは、「海のピアノ」「おしゃべりくらげ」などもそうである。これらに共通していることは、ふしぎな世界が夢に終わらないことである。現実との繋《つな》がりが必ず描かれる。例えば、満月の光の中で、たくさんのネコに頼まれておじさんが浜辺でピアノの調律をする。月が沈むとその世界は閉じられるが、ネコのモンジロウのマフラーは実際に残されていて、その話を聞いた子どもたちと一緒におじさんは返しに行こうとする。あまんきみこが言う「ほんとう」を描くために非現実な世界がある。そこには月の光と合わせて「水色の空気」がたびたび描かれる。

2 あまんきみこの「月」の記憶

あまんは、宮川健郎《みやかわたけお》との対談*1で、「小さいころから、月夜に歩くといつも「海の底を歩いている」という感じが抜けなかったのです」と語る。子どもの頃大すきだった話「ソラノオハナシ」(『キンダーブック』一九三九年七月号)に四十歳を過ぎてから再会し、あまんはその中に「月夜の表現に村は「海の底のようでした」という言葉を見つけ」て驚く。原本にあたってみると、確かにその表現があった。サブチャンがおとうさんから日照り続きだと花や畑が困るというお話を聞いた夜、雨よふってくれ、と願い事をすると乳母車のまま浮かび上がっていく。オツキサマもびっくりだが、サブチャンに頼まれて強く照らす。サブチャンが夜空に出て進んでいくさまが次のように表現されている。「ヤマ　モ、モリ　モ、イヘ　モ、ヒッソリ　トシテ、チャウド、ウミ　ノ　ソコノ　ヤウ　ニ～ススンデ　ユキマシタ」。あまんは、さらに語る。このような文章としては記憶の中からすっかり消えているのに「感覚や情緒といったものは、しっかり取り込まれて自分のものになってしまっていたなんて」と。願いをかなえるために乳母車が空へ飛んでいくというシュールな文学体験は想像力を掻《か》きたて、あまんの心の奥でふしぎな世界を創る感性が熟成されていったのだろう。ちなみに、「えっちゃんのおつきみ」の話は、この乳母車と同じようにおもちゃ箱が空を飛ぶ。

❸「月」は悲しみを超えて、「あした」へ繋《つな》ぐ

「月」が関わる作品は、ほとんどがその温かい光に照らし出される。しかし、それが暗くなった時、「十日の月がのぼって、あたりは水色だった。／きゅうにすみをながしたようにくらくなった。雲が月をおおった」、その時が悲劇の始まりであった。作品「雲」である。「雲がきれ、月の光が太いしまになってひろがったとき」、炎が上がる。銃声が響く。「満州国」における現地中国人との戦い。それは悲しみの序章である。明くる日、銃撃に関わったとされた村の中国人たちが、日本の兵隊に取り囲まれて全員窪《くぼ》地《ち》に落とされ、焼き殺された。そこには、日本の女の子ユキの友達アイレンもいた。それを見たユキは自らもまた火の中に飛び込んで落ちた。ユキとアイレンの墓の前に立つ両親。雲は「あらしの前ぶれのように、おそろしいいきおいで地平線にひろがりだした」と結ぶ。「月」を覆い隠す雲は、闇夜の象徴として描かれる。「北風を見た子」は、六章からなるキクの長編物語である。お父さんの鉄工所再建に向かう最後の章「あした」において、キクはおばあちゃんとお父さんと一緒の風呂帰りに、「川に、お月さんおりたはるよ」「あのお月さん、川の中が楽しくて、わらってはるみたいやて」と言う。それは、ようやく明るい明日が見えてきたキクたち家族をお月さんも喜んでいるかのようである。引っ越しで別れなければならない友達との再会やこれからの暮らしに対する希望と不安が、最後の月の描写、「川の月は、くらいながれの中で、明るくかすかにゆれてみえました」に表現されている。

＊1　宮川健郎『子どもの本のはるなつあきふゆ』（岩崎書店、二〇〇七年）

（三輪民子）

時（とき）

ふれた作品
- くましんし
- きつねみちは天のみち
- ちいちゃんのかげおくり
- すずかけ通り三丁目

1 彼方《かなた》からやってくる時間

あまんきみこの物語の中で、時は人物と関わりながら自在に動き、ふだん見えないところを映し出している。

『びわの実学校』にあまんきみこのデビュー作として掲載された「くましんし」では、タクシー運転手の松井さんが、人間の姿をして暮らすくまの家を訪れる。くまの夫婦と松井さんは一緒にお酒を飲み、歌を歌う。わたしたちの日常にはない時間が出現する。できごとのきっかけは、一日の仕事の終わりに、松井さんが忘れ物のさいふに気づき、持ち主とおぼしきしんしの家に車を走らせたことだ。

「けれど、このさいふは、わざと車においたのですよ。」

「えっ。」

「いや、あなたに、もう一度お会いしたくてね。」

松井さんは、くましんしの思惑どおり、しんしを降ろした屋敷の門まで戻って、ベルを二回押す。鉄の門が開いて始まったくましんしとの時間は、松井さんに不意に彼方からもたらされたものだ。

『びわの実学校』掲載の「くましんし」（以下本文A）は『車のいろは空のいろ』に収録される際に結末部分に大きな改稿がなされた（以下本文B）。改稿は、くましんしとの時間の閉じられ方を変えた。本文Aでは、歌を聴きながら二人の姿がぼやけ、松井さんが眠りに落ちるところで時間が閉じられるが、本文Bでは、松井さんは「はっと目がさめたように」気がつき、しんしの門の前に立っている。畠山兆子《はたけやまちょうこ》が、改稿は、松井さんがくましんしの望郷の夢の中に閉じ込められず、門の外に出てきて物語が書き続けられるためと指摘[*1]して首肯できる。が、本文Bのはじめに開けられる鉄の門を幻想、後のそれを現実としているのはどうだろうか。『車のいろは空のいろ』の松井さんは、彼方からやってくる時間を抱え込む人物として描かれる。はじめと最後で呼応する門の音は幻想と現実という区切り方を超えて、起こったことの確かさを担保している。

❷ 子どもたちにやってくる時間

けんじの家に遊びに行くともこ、あきこの家に行くけんじ、ともこに遊びに来てねと電話をかけるあきこ、でもみんなすれ違いで会えない、しかも雨が降る。「きつねみちは天のみち」は、同じ時間に三人の子どもに起こったできごとを三つの物語として描く。松井さんに彼方からやってきた時間と同じように、子どもたちにも特別な時間が訪れる。

ともこはけんじに会えなかった帰り道、雨と雨との「長いすきま」で、「きつねみち」「どっこい！」「天のみち」「やんこら！」のかけ声とともにすべり台を運ぶきつねたちに出会い、一緒にきつね小学校に行く。先生によると、「雨のすきま」は「ありがたぁい、天のみちのこと」だという。

同じ頃けんじは、転校してきたあきこの家を探して雨に遭う。ぱたっと雨がやんで何も見えなくなるが、子ひつじの背中に乗って雲の上に行き、子ひつじから自分を描いたエムさんの話を聞く。同じ頃、留守番を頼まれたあきこは雨で窓を閉めてハーモニカを吹いていると魚がやってきて海に行き、魚の子どものためにハーモニカを吹く。三人には三様の「天のみち」がひらけ、いつもは行かない場所で特別な時間を過ごす。そして子どもだからこそあたりまえのようにいつもの場所に戻ってくる。そう考えると「ちいちゃんのかげおくり」のように、子どもたちが戻ってくることのできない時間が描かれる意味もまた明白であろう。

❸ 時を遡る

先述の「きつねみちは天のみち」の「おいで、おいでよ――けんじは――」には、けんじの時間に、子ひつじの長い時間が織り込まれている。子ひつじは、自分は絵描きのエムさんにかいてもらって生まれたが、雲ひつじと遊んでいるうちにエムさんのことを忘れてしまい、帰ったらエムさんはいなくなっていたと語る。「むかしのことさ……。（中略）この国に、せんそうがあって、たくさんの人が、いっぺんに死んでいったときのことだから……」と続ける。読者にエムさんと過ごしたのは昔だと推測させるが、最後に口笛が聞こえ、エムさんが子ひつじを迎えに来る。けんじに話をしたことで、時を遡り、目の前にエムさんが現れる。「すずかけ通り三丁目」の中でも、時は戦争の時代に遡る。子どものけんじと松井さんはともに、関わり合う人物の思いにふれて、ある時間に立ち会うのである。

＊1　畠山兆子「あまんきみこ初期作品の検討――「くましんし」が内包するもの――」（『梅花女子大学文学部紀要』二〇〇二年十二月）

（成田信子）

友達

ふれた作品

- 春の夜のお客さん
- あたしも、いれて
- えっちゃんはミスたぬき
- バクのなみだ
- おにたのぼうし

1 不思議な世界へ

あまん作品によく登場する「えっちゃん」の友達は、あめ色の猫「ミュウ」だろう。しかし、えっちゃんにとっては、「てるてるぼうず」も「たぬき」も「たけのこ」も「ちょうちょ」も、夢の世界も含めるなら、ありとあらゆるものが友達になりうる。現実と非現実、人間と動物といった境界はまったく無効であり、「友達」である・ないという境界も、意味をもたないだろう。

えっちゃんは、よく忘れ物をしたり給食も残したりする。しかし、そんな常識と非常識もあまり意味をなさず、むしろ不思議な世界へのスウィッチとなる。絵本を一冊庭に忘れたことで、えっちゃんは男の子（＝たけのこ）と知り合うことができる（「春の夜のお客さん」）。公園の白いベンチに絵本を忘れたために、絵本から飛び出した、ぞうやくま、きつねやたぬきたちとぶらんこにのったり、すべり台をすべったりして、一緒に遊ぶことになる（「あたしも、いれて」）。また、よく給食を残し、たぬきのシールを貼られたことから、「ミスたぬき」として「たぬきしんぶん」に掲載され、たぬきたちから敬われることにもなる（「えっちゃんはミスたぬき」）。忘れ物をしたり給食を残したりすることは、現実の世界では、あまりよろしいこととはいえないかもしれない。しかし、あまん作品の世界では、むしろ、異世界への扉をひらくことになったり、楽しい遊びや思いもかけないものたちとの交流への誘《いざな》いとなったりしている。つまり、常識とはずれたところに魅力がある。

2 「きみのいい友だちになるからさあ」

ミュウが、「ね、えっちゃんは、きみのいい友だちになるからさあ」と言うように、友達を意識させる作品に「バクのなみだ」がある。バクは、えっちゃんの家族の「わるい夢」を食べて元気をなくしている。そのことに気がついたミュウは「だめだよ、だめだ」と、「わるい夢」を食べることをやめるようにバクに「足ぶみ」をしながら言うのである。ミュウは、えっちゃんやおとうさんやおかあさんが楽しい夢ばかり見ることができるのはバクのおかげであることを知っている。しかし、当の家族はそのことを知らない。ミュウはそのことに理不尽さを感じ苛《いら》だっているのである。「やだ。ぼく、いやだ。ぼく、みんなに話すんだ」。バクの制止をふりはらって話しに行く。バクは天井裏できき ながら「ぽろりとなみだを」こぼす。ミュウの気持ちを「うれしい」と感じながらも、それはミュウとの別れでもあるからだ。

「おにたのぼうし」の「おにた」も、母のことを慮《おもんぱか》って「いいえ、すいてないわ」とうそをつく女の子を見て、「背中がむずむずするようで、じっとしていられなくなり」食べ物を探しに雪の降り積もる外へ出ていく。「まことくん」といったこれまでの「人間」とは異なり、他者のために生きる「人間」を見つけたからである。「節分だから、ごちそうがあまったんだ」とうそをつき、「あたたかそうな赤ごはんとうぐいす色の煮豆」を女の子に差し出す。「女の子の顔が、ぱっと赤くなりました。そして、にこっとわらいました」となり、おにたは至福の時間を迎える。しかし、そんな歓《よろこ》びも、女の子の「あたしも、豆まき、したいなあ」という一言で暗転する。「おにだって、いろいろあ

る」ことを、やはりこの女の子にも理解してはもらえなかったのである。それでは、なぜ、おにたは、まことくんの物置き小屋にいた時にそうしたように、女の子の家から出ていくのではなしに、女の子のまく豆になったのか。それは、女の子の豆まきは、母の病気がよくなるようにという他者への思いやりによるものだったからだ。

バクは「はずかしがりや」であり、おにたは「気のいいおに」である。両者とも他者のために生きようとする。バクは元気がなくなり、おにたは豆になってしまう。しかし、決定的に違うのは、バクにとってはミュウがいて、親身になってえっちゃんたちに話そうとまでしてくれる存在がいることだ。けれども、おにたがごはんを持ってきたことを読者は知っているが、女の子は最後まで知らない。「きっとかみさまだわ」と思うばかりである。バクは「うれしいよ。ありがとう」と言うことができたが、おにたは消えゆくのみなのである。いわば存在の不条理さに読者は向き合うことになる。語り手は、食べ物を探しに行くおにたを「寒い外へとびだしていきました」とし、もういられなくなったバクを「えっちゃんの家をでていきました」としている。子どもを送り出す母親のように家の内から見送っているのである。

（丹藤博文）

名前

ふれた作品
- 名前✤
- 名前を見てちょうだい
- ひなまつり
- 車のいろは空のいろ
- たぬき先生はじょうずです
- ふたりのサンタおじいさん
- 雲
- 黒い馬車
- 赤い凧
- 口笛をふく子
- わらい顔がすきです
- ちいちゃんのかげおくり

1 あまんきみこが語る「名前」

　エッセイ「名前」には、母が名前の由来を話してくれた時のことが書かれている。母は幼いあまんに「あなたには、きみこが一番いいからよ。ね、いい名前でしょう」と笑いながら話したが、それを聞いた時、安堵《あんど》とともに「私は、私でなかったかもしれない」という不安を覚えた。名前と自分の関係は自分の存在そのものだと感じたからである。一方でこの母の言葉は、「名前の海を泳ぎまわる幼魚の遊びの中で、最後には迷わずにもどれる錨《いかり》の役を果たしてくれた」と、名前と自分自身をつなぐ関係の絶対性を保証してくれるものにもなった。

　このエピソードからは、あまんにとって、名前は自分自身ではつけられないものであり、与えられるものでありながら、他の誰にも代えがたい固有性をもつこと、そしてそのもの自身を表していると捉えることができる。あまん作品に登場する者たちの名前の由来を考えてみることは、作品理解のための一助となるだろう。

2 「名前を見てちょうだい」

「名前を見てちょうだい」は、名前の大切さがモチーフになった作品である。

　えっちゃんはお母さんに、青い糸で「うめだえつこ」と刺繍《ししゅう》された赤いぼうしをもらう。そのぼうしが風で飛ばされてしまい、追いかけていくと、ぼうしを拾ったきつねや牛が自分のものとしてかぶっていた。その時ぼうしに刺繍された名前は、「のはらこんきち」や「はたなかもうこ」と書かれているように見えた。ぼうしは風に吹かれ、しまいには大男の手に渡った。大男はえっちゃんの目の前でそのぼうしを食べてしまい、さらにえっちゃんも食べようとする。しかしえっちゃんは怒りのあまり「あたしのぼうしをかえしなさい」と詰め寄る。すると男はしぼんで消え、後には「うめだえつこ」と刺繍されたぼうしが残った。

　名前が縫いつけられたぼうしはえっちゃん自身であり、

ぼうしが食べられることは自分の存在が損なわれることを意味する。えっちゃんと一緒にハラハラしたり怒ったりしながら、名前を奪われることは尊厳を踏みにじられるに等しいことを教えられる作品である。

　なお、刺繍された名前からは、「のはら」の「こんきち」、「はたなか」の「もうこ」のように、その生き物がどこで暮らしているかがわかるようになっている。同じように、えっちゃんシリーズで何度も登場する飼い猫ミュウも「うめだミュウ」と呼ばれる（「ひなまつり」）。あまん作品における登場（人）物の名前は、それぞれの（人）物たちと分かちがたく名づけられた「一番いい名前」なのである。

❸ 言葉遊びのような名前

　『車のいろは空のいろ』シリーズでは、タクシー運転手の松井さんが「たけのたけお」「熊《くま》野《の》熊吉《くまきち》」といった、同じ音が繰り返される名前をもつ（人）物に遭遇する。「たぬき先生はじょうずです」に出てくる「たぬきしかいいん」は、「田沼歯科医院」の看板の「田」が消えかかっていたことに由来する。「ふたりのサンタおじいさん」は、子うさぎのみみこが「サンタ」と「三太」を勘違いしたことがきっかけとなり、二人の「さんたおじいさん」が出会うお話である。

　あまん作品の名前は、その名前であることによって物語が駆動していく重要な役割を担っているとともに、こうした言葉遊びの要素をもっており、一人で黙読しても、声に出して語っても楽しく読むことができる。

❹ 名前表記の特徴

　あまん作品にみられる名前の表記には、人間の子どもはひらがな、人間以外のものにはカタカナが用いられることが多い。人間の子どもがカタカナの名前をもつものには、戦争がモチーフになっている「雲」のアイレンとユキ、「黒い馬車」のジン、「赤い凧《たこ》」のカナコがある。環境問題をモチーフにした「口笛をふく子」には、ジンとサキコの兄妹が登場する。「わらい顔がすきです」では、自分が「おっちょこちょい」だと言うと皆が笑うのだと喜ぶヨシオの話から、実は先生に言われたことだと知ったかあさんが、言葉が人を傷つけることへの無自覚さと残酷さに心を痛める。

　人間が表音文字としてのカタカナの名前をもつ場合には、普遍性がもたらされているといえないだろうか。だからこそ、戦争ものの「ちいちゃんのかげおくり」のように、ひらがな表記の名前をもつ作品には、その名前であることの意味がこめられているのではないか。

（早川香世）

ねこ／山ねこ

ふれた作品
- 《えっちゃん》シリーズ
- 「ねこ、ねこ、ねこ」✤
- くましんし
- ぼうしねこはほんとねこ
- 雪がふったら、ねこの市
- 山ねこ、おことわり

1 人間に寄り添う存在としてのねこ

あまんきみこの物語には多くの動物が登場する。動物たちの大半が、人間と出会う存在として描かれている。その中で、ねこは《えっちゃん》シリーズに登場する、あめ色の子ねこミュウが代表するように、登場人物に寄り添う存在として描かれ、人間に最も近い動物として位置付けられている。現実社会においても、ねこは人間と共に生き、密接な関わりをもつ動物である。現実社会における関わりの深さが、作品内における、ねこの描かれ方に影響を与えていると解釈できるが、あまん自身の生い立ちにも、ねこは深く関係している。

あまんは、「ねこ、ねこ、ねこ」というエッセイにおいて、自身とねことの暮らしを振り返る。大連《だいれん》に住んでいた幼少期は、ねこと無縁の生活であった。その後、大阪で暮らすようになってまもなくのこと、父と母が小さい茶色の捨て猫を拾ってきて以来、あまんはねこと共に生活するようになる。あまんにとってねことは、日本に移り住んでからの家族との暮らしを想起させる存在であるといえよう。

先に述べた《えっちゃん》シリーズにおいて、ミュウはえっちゃんの家の飼い猫であり、えっちゃんと共に成長する存在として位置付けられている。あめ色の子ねこミュウが、「小さい茶色の捨て猫」との思い出から生み出された存在であることは、明らかであろう。

2 松井さんとねこ

《松井さん》シリーズにおいても、ねこは他の動物たちと異なる描かれ方をしている。

例えば「くましんし」には、「ほんとうのすがた」でいたいと願いながらも、その姿を誰にも見せることなく人間の世界で生きる、くまの寂しさが描かれている。

一方、「ぼうしねこはほんとねこ」に登場する白いねこは、ねこの姿のまま、松井さんのタクシーへと近づき、「ねこでものせてもらえますか」と問う。松井さんも「もちろんですとも」と答える。白いねこは少しの迷いもなく、「ほんとうのすがた」を松井さんに見せ、松井さんもそれを受け入れている。また、女の子が「電話をありがとう」と、話す場面から、ねこと女の子があたりまえのように電話で交流をしていたことが明らかとなる。ねこは「ほんとうのすがた」のまま人間世界で暮らし、交流をしているのである。この点が、他の動物たちとは異なる部分である。

また「雪がふったら、ねこの市」は、松井さんと、元飼い猫である茶ねこのチャタロウが再会する物語である。チャタロウは、ねこの世界で「空色のタクシー」を運転している。松井さんはチャタロウに導かれて、ねこの世界へと迷い込み、ねこたちの楽しい暮らしを目にする。これも先に述べた、くまの様子とは異なる状況である。くまが住むところを追われ、ほんとうの姿を隠して生きる一方で、ねこたちはほんとうの姿のまま人間の世界で過ごしながら、独自の世界をも手にすることができている。

③ 松井さんと山ねこ

「山ねこ、おことわり」において、ほんとうの姿をあらわした山ねこを見た松井さんは「声までふるえそうなのを、やっとこらえて」「おりてくださいよ」と言う。この言葉には、山ねこへの恐怖心が含まれている。「ぼうしねこはほんとねこ」における、松井さんの対応とは明らかに異なっている。さらに山ねこは、タクシーを降りた後に「山ねこ、おことわり」と書かれた紙を、松井さんに渡す。ここから、山ねこ自身も人間に恐れられる存在であることを自覚しているようである。また、「はやくりっぱな医者になって、ここに帰ってこなければ、とおもいますよ」という言葉からは、人間の世界で医療を学んだ後に、山ねこの世界へ帰ろうとしている姿を読み取ることができる。故郷への愛着を感じられる言葉ではあるが、山ねこの世界だけでは生きていくことができず、人間の世界で姿を変えて生活しなければならない、山ねこの様子も窺《うかが》うことができるだろう。

ほんとうの姿を隠し、故郷を思いながらも人間の世界で生きているという点において、山ねこは、「くましんし」のくまと重なる。山ねこは、人間社会で人間と共に暮らすねこよりも、くまたちに近い者として存在していると位置付けることができる。

同じねこでも、人間に寄り添う存在としてのねこと、自然界に生きる山ねこ、あまん作品にあらわれるねこ像には、この二つが存在していることに留意しなくてはならない。

（菅野菜月）

野原／林

ふれた作品

- かみなりさんのおとしもの
- さよならの歌
- 白いぼうし
- 赤ちゃんの国
- 花と終電車
- むかし星のふる夜
- 口笛をふく子
- 「こども」と「おとな」✤
- くちごもりつつ——なぜ書くか、私の児童文学✤
- 名前を見てちょうだい

❶〈不思議〉の場所

あまん作品で〈野原〉は、みこちゃんたちがかみなりさんのおとしものを見つけ（「かみなりさんのおとしもの」）、ぼくが子どもの頃のおじいちゃんと遊び（「さよならの歌」）、松井さんが「シャボン玉のはじけるような、小さな小さな声」を聴く場所（「白いぼうし」）である。

〈野原〉から〈林〉へと不思議はさらに色を濃くする。

おっこちゃんとタンタンがみどりの〈野原〉の一本道の先の〈林〉にとびこむと、そこは赤ちゃんの国（「赤ちゃんの国」）。雨の日の〈野原〉のかたすみに咲いている青い花に傘を貸したみっこは、いつのまにか〈林〉の中の一本道に立っていて、青い服を着た女の子のすてきな家に招待される（「花と終電車」）。

竹林のあいだのほそう道路を歩いていたとうさんは、いつのまにか林の中にいて、どうぶつたちと一緒に星の池へと進んでいく（「むかし星のふる夜」）。

竹林について、あまんは「私の原風景の一つ」で、子ども頃「目をつぶって心の竹林で時々遊びました」と言う。[*1]「口笛をふく子」では、いまでは工場となったかつての竹林で、ジンとサキコが竹のわらしに誘われて遊ぶ。

❷生きることの抱える矛盾と困難

あまん作品の〈不思議〉は、いま立っている場所と地続きの〈向こうがわ〉から密《ひそ》やかに流れ込む。わたしたちには見ることができなかったもの、見落としてしまっていたもの、見ようとしなかったものへと誘《いざな》う。

それらは、世界や命、自然や動物、異界のものたちとの交歓だけではなく、生への怯《おび》えや不安であったりもする。「幼児期の不安というのは、原始的で、それだけに、深い闇に近い」「みんな心の一番芯の部分には、そういう不安を持ってるんじゃないか」とあまんは言う。[*2] そして、その自分自身の存在に対する原初的不安とでもいうべきものは、作品の中で〈在ることの不思議や喜び〉へと昇華され、あるいは、〈生きることが抱える矛盾や残酷さ〉として、私たちにそっと差し出される。

さらに「現実というものは、動かせません。柔軟性のきわめて乏しい、きびしいもの」「子どもたちはおとなになりながら、そのひとつひとつ、ぶつからないわけにはいかない」（「こども」と「おとな」）と生きることの困難を凝視し、「作品を書く行為は、矛盾をはらんだ私の内側を潜って而《しか》ももえつづける焔《ほのお》によってだけ遂行される」（「くちごもりつつ——なぜ書くか、私の児童文学」）と自らを省みる。

❸ 作品の力を信じて物語と格闘する

「名前を見てちょうだい」を二年生の子どもたちと読んだ。

えっちゃんの名前が刺繍《ししゅう》された赤いぼうしが強い風にさらわれる。えっちゃんが〈野原〉のほうへぼうしを追っていくと、きつねがぼうしをかぶっている。「名前を見てちょうだい」。えっちゃんは言うが、名前はなぜかきつねの名前に見える。「へんねえ」。また強い風がぼうしをさらっていき、今度は畑の牛がぼうしをかぶっている。「それ、あたしのよ」「名前を見てちょうだい」。しかし牛の名前に見える。「へんねえ」。

この不条理ともいえる〈不思議〉に子どもたちはえっちゃんと共に格闘する。〝なんで名前を見たら風がふくのかふしぎ〟。〝ぼうしは三こ出てくると思います。えっちゃんのぼうしがきゅうに、きつねの名前にかわったり牛の名前にかわるとおかしいからです〟。〝ぼくはえっちゃんのぼうしは一つだけだと思う。なぜならお母さんがしゅうしたから。ペンで書くと消えるけどししゅうは消えないと思う〟。

また強い風がふいてきて、ぼうしは大男のいる七色の〈林〉のほうへ飛んでいく。「名前を見てちょうだい」。しかし大男はえっちゃんのぼうしを食べてしまう。怒ったえっちゃんは大男と同じ大きさになる。「あたしのぼうしをかえしなさい！」。えっちゃんが言うと大男はしぼんで見えなくなり、えっちゃんはぼうしを取り戻す。〝大男はおっきいだけでつよくないのをえっちゃんはわかってたからぼうしをとりもどせた〟。〝大男はむかし人をいじめてて自分もいじめられて大男になっちゃったとおもいます〟。〝大男は本当はやさしい人だと思う。ともだちかだれかからいやなことを言われておこって大きくなってもどりかたがわからないんだと思う〟。〝えっちゃんは名前を見てちょうだいといってる数だけぼうしを大切にしている〟。

格闘の先には子どもたちそれぞれの〈ほんとう〉がある。

＊1・＊2　あまんきみこ「わたしの童話」（『講演集・児童文学とわたし』梅花女子大学児童文学会、一九九二年）

（福村もえこ）

乗り物

ふれた作品
- 車のいろは空のいろ
- 窓から✤
- ふしぎなじどうしゃ
- ねこルパンさんと白い船
- こがねの舟
- 霧の村
- 花と終電車
- 星のタクシー
- 雪がふったら、ねこの市

❶ 車のいろが〝空のいろ〟であること

あまん作品の乗り物で絶対に欠かせないのは、『車のいろは空のいろ』シリーズ、松井さんの運転するタクシーだ。三冊にわたり、松井さんは様々な動物たちや実際とは違う姿の人々を乗せ、すずかけ通りや菜の花橋、りんどう公園などを走りぬける。いつでも、どこへでも、どんなお客さんでも乗せ軽快に走る松井さん。一方、作者のあまんは、自転車にも乗れず、車も運転できない（「対談　秋のお客さま　江國香織《えくにかおり》さん」）。幼い頃は体が弱く、四角い窓から景色が変化する空を見ては、お話の世界に浸ったあまんだから、タクシーに「空の色」をイメージしたのだろう。「空」は、ただ「在る」ものではなく「なにかがやってきたり、でかけたりする」もの、いわば「魔法の媒体」だったという（「窓から」）。自分だけの「魔法のキイ」を見つけ、お話を創造するあまんと、空色のタクシーのキーでエンジンをかけ、出かけては、現実を超えた不思議なものと出会う松井さんの姿が重なって見える。〝空色〟のタクシーは、現実と非現実の世界を行き来する、まさに魔法の装置なのである。

❷ 大きいものが小さく、小さいものが大きく

あたりまえと思っていたことが実はそうではなく、今見えているものは、「ほんとう」ではないかもと思わせられる話が『おっこちゃんとタンタンうさぎ』（福音館書店、一九八九年）の「ふしぎなじどうしゃ」だ。おっこは、かんたの忘れたおもちゃの自動車にタンタンと一緒に小さくなって乗る。車を運転するタンタンの「小さいものが大きくなって大きいものが小さくなるよ」という歌がまるで魔法の呪文のようになり、車から降りた時、「おっかなくってきらい」と思っていたかんたが、「ちっともきらいじゃな」く、「まえから、なかよし」みたいに思われる。車に乗る前と後でかんたとの関係は変換するのだ。

❸ 沈まない船

「ねこルパンさんと白い船」では、アトリエにねこが遊びに来て、おばさんが描く絵の中の船に入っていく。ねこたちに、こんな船に乗ったら沈むと絵の批評をされ、描き直そうとするが、絵の中に自分も入り込んでしまい、沈みそうな船を修繕しようと、三人で船の中をかけまわる。足りない物を次々と描きたし、「ほんもの」にしていくと、船は「やさしくうつくしく、おもたく」「いままでとちがってみえ」る船となった。沈みそうな船が、異世界のねことの共同作業によって沈まない船に変わり、絵も変化する。もう一つの船の話に「こがねの舟」がある。戦に敗れた盲目の翁とその息子が、水面に浮かぶ舟で漂い、死をも覚悟するが、少年が草笛を吹くと、さざ波の中に輝く無数のこがねの舟に助けられ、岸にたどり着く。

その後の少年と翁《おきな》が耕す湖の村を連想させるのが、「霧の村」である。「はじめにすんだ」「おちむしゃ」の時代から二百年あまり耕し続けられ栄えた村が、ダムの建設により沈んでしまう。松井さんとお客はタクシーで村の秋祭りにいざなわれるが、その日は沈んだ村の秋祭りの日だった。あまんの作品は、沈みかける舟にも、小舟の童子という不思議な力で、沈んでしまった村にも、タクシーで非日常を行き来するという方法で、忘れ去られそうな物、人、風景を「決して忘れないで」と言うかのように光をあてる。

❹ 空へ　そして再び、空色のタクシーに乗って

「花と終電車」は「みっこ」が寒い冬に咲き残ってしまった一輪の青い花に光を当て、かさをさしてあげるお話。花は女の子の姿になり、みっこと楽しい時を過ごし、今年最終の花電車に乗って、空のレールを上っていく。

松井さんのタクシーが星空に上る話もある。子どもが落としたものを、夜遅く一緒に探してあげ、ついには「星のタクシー」で夜の星空に乗せていく。松井さんも、光のささないもの、忘れられたものたちといつも出会ってしまう。

「雪がふったら、ねこの市」で松井さんは三年前にいなくなったねこのチャタロウに出会う。チャタロウもねこの市に出かける「まよいねこ」「すてねこ」たちを乗せて、空色のタクシーを走らせる。ねこたちは、「青いまぶしい空」がある天の広場で光をあびると、また元気になり、戻っていく。まるで松井さんのタクシーのようだ。空色のタクシーが二台あることは意味深い。一つのものに二つの意味や姿を見いだすことができるように、日常の裏側のもう一つの世界で、空色のタクシーは走り続けている。

（吉井美香）

ピアノ

ふれた作品
- 海のピアノ
- 星のピアノ
- 野のピアノ
- 花のピアノ
- おまけの時間
- きつねみちは天のみち

1 ピアノという楽器

ピアノという楽器の特徴はなんだろう。鍵盤楽器と呼ばれるように白黒の鍵盤が横に並ぶ。出せる音が一目で見渡せるのである。音が鍵盤で可視化されている。そして、何より大きくて重たい。壮大な建築と一体となったパイプオルガンを除けば最大の楽器ではないだろうか。個人が持って自由に移動することは不可能である。ある場所に置かれるしかない楽器ともいえる（現代はキーボードと呼ばれる持ち運び可能なものもあるが）。

そのピアノをめぐるお話となるとどうなるだろうか。笛やハモニカのように登場人物が楽器を持って移動するわけにはいかない。

ピアノはそこにあるだけ。聴き手はそこに行かなくてはならない。あるいはピアノの音色が聴き手を呼び寄せることになる。

もう一つ。楽器としてのピアノの特徴は調律が必要なことだ。他の多くの楽器は演奏者が自分の耳と手で調律をする。オーケストラの演奏前、一斉に各楽器が出すチューニングの雑音は次にやってくる美しい調和の前奏みたいなものだ。

ピアノはそうはいかない。専門の調律師の存在が不可欠になる。演奏するのではなく、音を合わせるだけの仕事。自分の楽器ではなく、さまざまな場所に置かれているピアノのところに出向き一音一音、音をつくる。調律師がいてピアノはピアノらしさを発揮する。

2 ピアノに招かれて

動かない、いや動けないピアノのためにあまんきみこは調律師を登場させる。エル楽器店の調律担当、青木タミオおじさんである。タミオおじさんとヒロシとチカが不思議な場所のピアノに出会う連作が、『雲のピアノ』（講談社、一九九五年）所収の「海のピアノ」「星のピアノ」「野のピアノ」「花のピアノ」である。調律師のおじさんを呼ぶのはもちろんピアノではない。しかし、結果的に何も言わない調律を必要とするピアノに呼び寄せられるようにおじさんは不思議の世界に入り込んでいく。

直接おじさんに調律を依頼するのは、動物たちである。「海のピアノ」で海の中のピアノの調律を依頼するのは黒ねこのモンジロウ。チェックも兼ねておじさんが弾くのはショパンのノクターン。ねこは自分たちのためでなく海の中の人魚のために調律を依頼したのだ。波に飲まれて沈んでいくピアノ。音は聞こえてこないけれど海の中のピアノのイメージが広がる。

「星のピアノ」で星の世界の〈夢のホール〉の調律を依頼してきたのは、かつておじさんとともに暮らしていたねこのチャスケ。おじさんのマンションのエレベーターがそのまま星の世界行きのエレベーターとなって、おじさんは調律に向かう。ホールなのでグランドピアノである。ここでの「ためしびき」は、〈星のドリーム〉。時間と空間を超えて音が広がっていく。

「野のピアノ」での依頼人は草野保育園の保護者会。草野保育園はねずみの保育園である。運転手の松井さんのように調律師の青木さんも自然に不思議の世界に入り込んで、しっかりと仕事をする。一音一音丁寧に調律するおじさん。「こうして調律するとき、おじさんいつも、ピアノと話をしているような、うれしい気がするんだ」。おじさんはそう語る。今回の「ためしびき」は園長の木下チュウ子先生。

「花のピアノ」では、おじさんは絵の中の世界に調律に向かう。招くのは人間の高校で絵の先生をしているらしいうさぎ。ヒロシとチカも絵の中に入り込みおじさんの仕事ぶりを子うさぎとともに窓からのぞくことになる。さてそのうさぎの家に入ろうとすると二人はおじさんの家の玄関に立っているのである。

❸ 動かない楽器

「おまけの時間」ではぬいぐるみのうさぎがピアノを弾いているところに主人公が舞い込む。やはり動かせないのでそこを訪ねるのである。また、ピアノに近いのはオルガンだろうか。「きつねみちは天のみち」では、魚のぼらがオルガンを買いに来るのだが高くて買えない。

あまん作品の小さい登場人物たちは歌が好きである。いつでもどこでも口から歌が生まれてくる。小楽器類もまたあちこちに運ばれて音を奏でる。それに対してピアノはその独特の存在感で空間的にかつ視覚的に物語の中に位置づきながら、物語に音の彩りを添えている。（木下ひさし）

ぼうし

ふれた作品
- 白いぼうし
- おにたのぼうし
- ちびっこちびおに
- 名前を見てちょうだい

❶「白いぼうし」

あまん作品では、ぼうしがその中の物や人を変換することがある。

「白いぼうし」では、「たけお」がモンシロチョウをぼうしの中に入れておいたところ、「松井さん」が逃がしてしまう。そのおわびとして、ぼうしの下に置いていったのが夏みかんであった。

住田《すみだ》勝《まさる》によれば、「この物語は「春」の象徴としての「ちょう」が、トリックスター松井さんによって、「夏」のシンボルである「夏みかん」へと交換される、〈季節の交替の物語〉というサブプロットを持っている」*1という。ぼうしが春を夏に変換しているのである。

❷「おにたのぼうし」

「おにたのぼうし」では、「おにた」が「黒い豆」になっている。

「小さな黒おにの子ども」の「おにた」は「古い麦わらぼうし」をかぶり、鬼であることを隠している男の子である（角をさらし受け入れられる「ちびっこちびおに」の「ちびおに」とは対照的だ）。節分の夜、病気の母親を看病する「女の子」のために「あたたかそうな赤ごはんとうぐいす色の煮豆」を差し入れるのだが、「おにた」の正体を知らない「女の子」が母親の快復を願って豆まきすることを聞き、「おにた」は麦わらぼうしを残して「女の子」の前から姿を消す。「女の子」は麦わらぼうしの下に「黒い豆」を見つけ、その豆で豆まきをする。

「黒い豆」は「黒おに」である「おにた」を想起させる。「黒い豆」が「まだあったかい」ことについて、あまんが「おにたの体温というか、おにたの思いのあったかさ」*2に通じていると述べていることからも、「おにた」（の想い）が「黒い豆」になったという解釈は支持されよう。

周知の通り、「女の子」は姿を消した「おにた」を「かみさま」であると信じている。「おにた」は、自ら祓《はら》う

「黒い豆」になるのみならず、「かみさま」として認識されてしまう。鬼であるという「おにた」の自我は、「女の子」が抱く「おにた」のイメージ（他我）に取り込まれてしまうのである。

❸「名前を見てちょうだい」

「名前を見てちょうだい」では、ぼうしの名前が変わっている。

「えっちゃん」のぼうしが風にさらわれるのだが、不思議なことに、「えっちゃん」の名前がぼうしを拾った動物の名前に変わってしまう。最後には、大男からぼうしを取り返すのだが、「あたしのぼうしをかえしなさい！」と毅《き》然《ぜん》とした態度で主張する様子からは、ぼうしがかけがえのないものであることがうかがえる。

「えっちゃん」が必死に取り戻そうとしていたのは、ぼうしである以上に、自分の名前であったのではないか。名前は、単なるインデックスではなく、当人の自己同一性を構成していることが少なくないからである。ぼうしの名前が変わることは、自分が「うめだえつこ」であるという同一性の証《あかし》を失う体験であったと考えられるのである。

ここで注目したいのは、「えっちゃん」が母親からもらったぼうしにも「白いぼうし」のぼうしにも、名前が刺《し》繍《しゅう》されていた点だ。「私は子どもの名前というのは、親の最初のそして最高のプレゼントじゃないかと思うんですね。（中略）ですから、「白いぼうし」の作品のなりたちで、このぼうしに名前を赤い糸で縫い取りをするお母さん、という思いもこめたつもりでした」[*3]のように、名前の刺繍には特別な意味がこめられていたからである。

だとすれば、「えっちゃん」がぼうしを取り戻すことができたのは、消え去ってしまわないように、名前がぼうしに刺繍されていたからであったと考えられはしまいか。「白いぼうし」についてではあるが、名前が刺繍されているのは洗濯しても消えにくいからであると、あまんも述べている。[*4]「おにた」の自我を抑圧していたぼうしは、「えっちゃん」の同一性を繋留《けいりゅう》していたのである。

ぼうしに名前が縫い取られていたら、「おにた」は自我を見失って「黒い豆」になることはなかったのかもしれない。

（目黒　強）

＊1　住田勝「あまんきみこ「白いぼうし」の授業実践史」（『文学の授業づくりハンドブック　第2巻』溪水社、二〇一〇年）

＊2・＊3・＊4　あまんきみこ・小松善之助「わたしのファンタジーの世界」（『国語の授業』一九八九年十月）

夢

ふれた作品

- 夢、あれこれ✤
- りんごの夢✤
- 青い柿の実
- バクのなみだ
- 北風を見た子
- さよならの歌
- くもんこの話
- ふしぎな公園
- 海うさぎのきた日
- 霧の中のぶらんこ
- おまけの時間

① 容器の中の物体としての夢

あまんきみこは、幼い時から夢が好きでしたと語っている。夢は「その情景や組みたてがどんなに荒唐無稽でも、内的体験としてひきおこされる感覚ばかりは、私そのものになっている」のであり、「はんぶん醒《さ》めながら、ほんの少しの間」「身をゆだねることができる」（「夢、あれこれ」『空の絵本』童心社、二〇〇八年）と、荒唐無稽な夢の世界でも「私」としてリアリティを感じられると語っていた。それは、「見る側の視点の位置」によって「ものは、無限の形でとらえることができるという」（「りんごの夢」）気づきとも呼応し、あまんきみこのフィクション世界を自立させる。

あまんきみこ童話では夢は過去の体験・記憶を表すことがある。例えば、「青い柿の実」において地面に転げ落ちた柿の実は、木の枝にさがっていた時の夢を見ている。

一方で、夢は身体という容器に入る物体でもある。

「バクのなみだ――天井にいるのはだれでしょう」は、えつこの家の天井裏に住むバクと仲よしになった子ねこのミュウが、悪夢しか食べないためバクが痩せていくことを知り、バクの秘密をえつこたちに教える。ここでは、バクが食べるように、体内にある夢に外部からアクセス可能である。

「北風を見た子」の一編「赤いふうせん」では、夢は口にしなければ体にしみこみ体からにじんでくる。いい夢を見れば幸運となり、悪い夢を見れば不運となるため、キクの父親は悪い夢を風船に吹き込むことで不運を払おうとする。

② 夢の変奏と共有

物体としての夢は身体の外部に取り出し変奏可能になる。つまり、夢見る人の夢が外部世界に出現し、別の誰かがその世界に入り込み関わることで、夢見る人に干渉する。

例えば、「さよならの歌」では、「ぼく」はある日、祖父に似た少年と竹とんぼで遊び、翌日また遊ぶ約束をした晩に祖父が亡くなってしまう。亡くなった日、祖父は「古い古い竹とんぼの歌を、うたいだした」ように「楽しい夢をみていたみたい」と母に語られる。祖父の夢が外化《がいか》した世界で「ぼく」は祖父と遊んでいたのである。

また、「くもんこの話」では曾祖母が幼時に会ったとされるくもんこと呼ばれる女の子が曾祖母の肩掛けを直しているのをサヨが見かけると、くもんこは笑って消える。この時、曾祖母は「楽しい夢をみているように、わらいながら、こくりこくり、ねむっている」とされる。

これらの事例では夢見る人とその夢に関わった人が幸福を感じている。

一方、こうした夢の共有は必ずしも関わる者に好印象を与えるわけではなかった。

例えば、「ふしぎな公園」は、スーパーマーケット建設のために公園を取り壊す建設作業員たちの夢に、昼間に公園を惜しんでいた子どもたちのかげぼうしが現れ「こんなのない、ないないない、ないよう、やだよう、いやだよう」と訴えたため、作業員たちは公園取り壊しを断念する。ここでは夢が共有されることで本来取り壊し中止の権限のない作業員が苦しんでいるのである。

また、「北風を見た子」の一編「節子の手紙」では、大阪にいるキクが九州の浜辺で遊ぶ節子を見かけ、節子がキクに気づいて声をかけ、恥ずかしくなったキクが隠れるのを見てぞっとする夢を見る。

❸白昼夢という契機

さらに、夢のバリエーションとして白昼夢とエブリデイ・マジックを重ねてみたい。日常世界に荒唐無稽が出現する契機に白昼夢をあげることができるからである。

例えば、「海うさぎのきた日」は「わたし」が海うさぎと苦手の縄跳びの練習をするできごとの前に「わたし」がねむくなり目を覚ますシーンがあり、実は目が覚めたと思っている夢である可能性がある。

「霧の中のぶらんこ」で飛行機を壊した弟を叱りに家を出た「ぼく」は霧の中で兄の飛行機を壊した過去の自分と遭遇する。ここでは、過去の記憶が外化する。

「おまけの時間」は、母親の帰りが遅くなって誕生会が延びて大泣きするマミのために「わたし」は「おまけの時間」として前夜祭をマミの描いた絵の家の中で行うが、目が覚めるとそこは自分の家であり、あれは夢かと思う。

こうして夢や白昼夢は日常世界の安定した視点・視角にフィクション世界とゆらぎをもたらす。

（西田谷洋）

寄稿

あまんきみこさん

富安陽子（児童文学作家）

あまんきみこさんは、まろやかな方です。面立ちも、立居振舞も語られる言葉も。特に、あまんさんの言葉は、まろやかなのに、強く美しいので、その言葉で綴られる文章は、幸福な気配を湛《たた》え、スキップしているように軽やかで、しかも揺るぎない確かさに満ちています。どうして、あまんさんの言葉はこんなにも魅力的なのだろうと考えるのですが、それはおそらく、その言葉の一つひとつが、あまんきみこさんという人間のまん中から、まっすぐに出てくる言葉だからだろうと思います。

実は私は、〝ニッサン童話と絵本のグランプリ〟という賞の最終選考会で二年間、あまんさんとご一緒させて頂いたのですが、その選考の場でも、あまんさんはまろやかでした。決して昂《たか》ぶることなく、敬意をもって候補作を語られるのですが、その衒《てら》いのないまっすぐな言葉に、選考委員一同思わず深く頷《うなず》かされてしまうのです。その賞の、受賞者に向けたセミナーで、あまんさんが仰《おっしゃ》っていた事があります。

「一つの作品を完成させるために、どれだけたくさんのものを捨てなくてはいけないか。捨てて、捨てて、いっぱい捨てて、それで、やっと、なんとか一つ作品が完成するの。でもね、捨ててしまったからといって、無駄なものなんて一つもないのよ。降り積った落ち葉が土を肥やし、草や木を育てるように、いつかきっと役に立ちますからね」

受講生に混じってそれを聞いていた私は、『ああ、あまんきみこさんという作家は、そうやって、あの宝物のような作品の数々を生み出してこられたのだな』と心打たれる思いでした。こんな滋味溢《あふ》れる名言をさらりと口にされるあまんさんですが、「え!?」と驚くような事もよく仰います。一番驚いたのは「梅田からタクシーに乗ろうと思ったら、目印の紀伊國屋書店がなくなっていて困った」と言われたこと。復路、梅田までご一緒した私は、紀伊國屋書店の前までお連れして「ほら、ちゃんとありますよ」と申し上げたのですが、あまんさんはそれでも当惑したご様子でした。「じゃあ、さっきはどこへ行っていたのかしら?」……と。もしかしたら、あまんさんは、作品の中だけではなく、日常の中でも、現実と不思議の間《あわい》を生きておられるのかもしれません。

Ⅳ章

あまんきみこの周辺から

絵本

1 はじめに

　あまんきみこの作品の多くが、絵本として出版されている。しかし、絵本としてのあまんきみこ作品については十分に考察されているとはいえない。その理由として、絵と文字の相互補完である絵本は、異なるメディアのコラボレーションであるがゆえの論じにくさがあり、また、絵本化の後、文字と挿絵で出版される（教科書掲載も同様）という、メディアを跨《また》いだバリアントの多さもその原因といえる。

　本項では「絵本・本文」と「絵本・絵」によって構成されたテクストを「絵本テクスト」と表記し[*1]、絵本というメディアにおいて本文と絵とがどのような補完関係にあるのか、絵本テクストとしての『ちいちゃんのかげおくり』（あかね書房、一九八二年）と『ひつじぐものむこうに』（文研出版、一九七八年）をつかい考察する。

2 絵本テクストによる相互補完

　『ちいちゃんのかげおくり』では作品の後半部に絵本テクストの特徴がよく表れる。「こうして、小さな　女の子の　いのちが、空に　きえました」という場面では、絵本・本文は女の子のいのちが「空」にきえたとするのみである。一方、絵本・絵では焼けてしまった町の手前でうずくまる女の子が描かれる。ここでは、絵本・本文のもつ解釈の幅の広さに対して、絵本・絵は死を地上のできごととして補完し、現実的な死を表象する「絵本テクスト」となっている[*2]。

3 地と空との往還

　『ひつじぐものむこうに』は地上と空の往還という点で「絵本テクスト」の特徴がよく表れている。

　空についてだが、あまんきみこは、病弱な幼少期を振り返って「ふとんで寝ていて、ぼんやり窓から空を見ていました。（中略）あの時の空は窓の形に縁どられた絵本のようでした。私が見た最初の絵本は空だったのね」[*3]と述べる。

　窓を通じた「幻想」世界をあまんきみこは早い段階に発見し、それを後年、絵本として理解したといえよう。窓によって切り取られた非日常的な空と絵本が繋《つな》がるという創作の原点として重要な記憶がここにある。

『ひつじぐものむこうに』の内容は次のようなものである。

なかよしのたけしくんが隣の町に引っ越してしまい泣いているわたし（少女）のもとに、ひつじぐもから子羊（くもひつじ）がやってきて、雲の上に連れていく。雲の上でたけしくんと再会したわたしは、空から俯瞰《ふかん》するとたけしくんとわたしの家がとても近いように見えることを知る。またくもひつじが、ため息の表出と推定される街の空気の紫色を見つけるとその者を空の上に運んでくることを知る。わたしは、たけしくんと遊んで帰った後、わらいごえによって染まるオレンジ色を背景としながら「おれんじいろの　うちにも、くもひつじ　こないかなあ」と思う。

『ひつじぐものむこうに』の絵本・本文は、全二十八ページ中、基本的に見開き二ページの端に十行未満で書かれている。さらに、くもひつじにのって空に昇るシーン、またくもひつじが地上の人を迎えに「かけおりていく」シーンでは、見開き二ページを九十度転がし横二ページ分を縦として使用して空と地上、その間を昇り降りするくもひつじがダイナミックに描かれる。

絵本の作成には「場面先行のプロット作成」と「文章先行のプロット作成」がある。[*4]『ひつじぐものむこうに』がどちらかは断定できないが、くもひつじの昇降の「絵本テクスト」からは、絵本というメディアゆえの相互補完による特徴的な効果を知ることができよう。

ため息と紫色の関係は絵本・本文では明示されないが、絵本・絵にて街の一部が紫色に染まることで表現される。この点も「絵本テクスト」の特徴をよく表している。さらに絵本・絵では、わたしとたけしくんの距離はとても近く二人の仲のよさが表現されている。作品終結部、二十六・二十七ページでは、一面のオレンジ色の中で微笑《ほほえ》む少女が描かれる。さらに最終二十八ページではオレンジの雲の上でゆったりとするくもひつじ四頭が描かれ、絵本・絵のオレンジの色調により、日常に変化を得た少女の喜びが伝えられる。

絵本テクストの考察はあまん作品の解釈の幅を広げ、読みをより豊かなものにするのである。

＊1・＊2　堀田悟史「絵本『ちいちゃんのかげおくり』（あまんきみこ）を読む」（『京都教育大学国文学会誌』二〇一六年七月）参照。

＊3　河合真美江「青い空、子供たちに　戦時中、窓の向こうが「絵本」あまんさん、原点語る」（『朝日新聞』、朝日新聞社、二〇一〇年四月一九日、夕刊五面）

＊4　つるみゆき『プロの現場から学ぶ！絵本つくりかた』（技術評論社、二〇一三年）

（大島丈志）

オノマトペ

1 オノマトペと子ども

『三省堂国語辞典』（第七版）によれば「オノマトペ」とはフランス語で、「擬声語と擬態語」のことである。「擬声語」とは「音やこえをまねて作ったことば。擬音語。例、わんわん・がたぴし・ぎゃあぎゃあ」のことである。そして「擬態語」とは「身ぶりや状態をそれらしくあらわしたことば。例、ずっしり・にっこり・ゆらゆら」のことである。認知心理学者の今井《いまい》むつみは「子どもはオノマトペが大好きだ。オノマトペが感覚的でわかりやすいということだけではなく、場面全体をオノマトペ一つで表すことができること、声色や発話の速さ、リズムなどで人の感情を乗せやすいこと、劇場的な効果を作れることなどの理由による」*1と述べている。あまんきみこの作品に登場するオノマトペには、どのような効果があるだろうか。

2「スキップ　スキップ」

スキップができるようになったえっちゃん。おかあさんのアドバイスどおり、のっぱら道のほうから幼稚園に向かう。のっぱら道を横ぎると、あめ色の子ねこのミュウがしっぽをたらして、「とぼとぼ」やってくる。「どうして、そんなにうれしそうなの?」というミュウの質問にえっちゃんは「ふふっ」と笑って「スキップするから、うれしくなるのよ」と答える。ミュウはえっちゃんのまねをしてスキップをしてみると「わくわく」してくる。

次にしっぽをたらして、「とぼとぼ」やってきたのは黒い子犬のクロスケ。彼もまたスキップで「わくわく」してくるのであった。えっちゃんが次に出会ったのは「わあわあ」泣いているばら組のじろくん。ミュウとクロスケは「楽しいことがあるからスキップするんじゃないよ。スキップすると、楽しくなるんだよ」とじろくんに教える。涙をふりとばして泣いていたじろくんは「ちらっ」と笑うのである。

最後にえっちゃんはお友達とスキップしながら、幼稚園の門に入っていく。するとみんなの来るのを待っていたはなおか先生は、みんなのスキップに合わせて、「たんたん」と、うれしそうに手をたたきはじめるのである。

「スキップ　スキップ」というお話は、音読してこそ、その魅力が最大限に発揮される。このお話は、スキップという動作によってオノマトペ「とぼとぼ」が、オノマトペ「わくわく」に変わるお話なのだ。なんだかスキップしてみたくなるではないか。

3 波の音は？

「海うさぎのきた日」では波の音が「タップ　タップ　ザブーン」「タップ　タップ　ザブーン」と表現されている。いかにも波の音である「ザブーン」の前に「タップ　タップ」と繰り返しのオノマトペを加えるのがあまんの手腕である。「タップ　タップ　ザブーン」と書かれてみると、「白いリボンレース」とたとえられる波が、砂浜に打ち寄せる様子が目に浮かんでくる。

　巧みなオノマトペがこの場面だけでなく、作品全体の雰囲気を決定づけているのである。

4 空に吸い込まれる「ちいちゃん」

　戦争の悲惨さと愚かさを訴え続ける不朽の名作絵本『ちいちゃんのかげおくり』（あかね書房、一九八二年）では、擬態語が作品のクライマックスできわめて効果的に用いられている。空襲によって家族と離れ離れになって、ひとりぼっちになったちいちゃん。防空壕《ぼうくうごう》の中で眠りに落ちた彼女が目覚めた朝は、かげおくりのよくできそうな空であった。空から聞こえるおとうさんとおかあさんの声に、ちいちゃんは、「ふらふら」する足を踏みしめて立ち上がる。そしてたったひとつのかげぼうしを見つめながら「ひとーつ、ふたーつ、みーっつ」と数えだす。いつのまにか、おかあさんとおにいちゃんの声も重なってくる。青い空に、くっきりと白いかげが四つ。「おとうちゃん」「おかあちゃん、おにいちゃん」と、ちいちゃんが呼びかけたその時、からだが「すうっ」と透きとおって、空に吸い込まれていくのである。「すうっ」というオノマトペが、こんなにも哀れで、こんなにも悲しい場面で用いられている例を私は知らない。小さな女の子のいのちは「すうっ」と空に消えてしまうのだ。

　その後、家族に再会したちいちゃんは「きらきら」笑いだすのだが、そこはもはや「空色の花畑」なのである。ちいちゃんがひとりでかげおくりをした公園で遊ぶ子どもたちが、いつまでもいつまでも「きらきら」笑い声をあげて、遊んでいられることを願わずにはいられない。

（佐野正俊）

＊1　今井むつみ「オノマトペはことばの発達に役にたつの？」（『オノマトペの謎』岩波書店、二〇一七年）

書きかえ

① 一通しか書けないラブレター

「……でも作品は、一通しか書けないラブレターです。百通の思い千通の思いを、重ねては捨て重ねては捨てて、どうしてもこの一通だよって、ポストに入れるのが、作品じゃないでしょうか」*1。ポストに入れてなお「重ねては捨て重ねては捨てて」がつづくとき「書きかえ」となる。デビュー作である「くましんし」も「白いぼうし」も「重ねては捨て重ねては捨てる」書きかえが行われた。*2

② なぜ書くか——「在る」ことが「侵す」

書きかえへの原動力を遡れば、「なぜ書くか」という問いに行き着く。「とにかく、作品を書く行為は、矛盾をはらんだ私の内側を潜って而《しか》ももえつづける焔《ほのお》によってだけ遂行されるわけでしょう」(「くちごもりつつ——なぜ書くか、私の児童文学」)。そして「なぜ書くか」の根元には、「そこに「在る」ことによって侵しつづけたことが抜け落ちてしまう危険」ゆえに「在った」ことにこだわりつづけるほか「言葉」をもてないという、自らの存在理由《レゾンデートル》の矛盾を見据える目があった。「在る」＝「侵す」であったのは、傀儡《かいらい》国家「満州」で生まれ育ったゆえだった。

③ 肝苦《チムグル》し

あまんが「満州体験」を描いた作品を時系列に並べてみる。

「白鳥」(『どうわ教室』一九六七年二月)

「雲」(『日本児童文学』一九六八年九月)

※「白鳥」を改稿した作品(第一次改稿)

「美しい絵」(『びわの実学校』一九六九年四月)

「雲」(『ぼくらの夏』小峰書店、一九七〇年)

※第二次改稿

「赤い凧」(『びわの実学校』一九七五年七月)

「ねこんしょうがつ騒動記」(『日本児童文学』一九七七年一月)

「雲」(『現代の国語1』三省堂、二〇〇二年)

※第三次改稿

「黒い馬車」(『空はつながっている』新日本出版社、二〇〇六年)

※「美しい絵」を改稿した作品

夫の転勤に伴い東京に住み(一九五四〜六八年)、国会図書館で「旧満州」について調べた時期と重なりながら、これらの作品は書かれ、あるいは書きかえられた。

「白鳥」から「雲」への書きかえを

めぐって、あまんは次のように語る。*3

「（前略）書き換えていくときは、とても苦しかった。（中略）肝苦し（チムグルシ）っていうのかな」。——「内側を潜って而ももえつづける焔によってだけ」成り立つ行為は、心身一如の痛みとして「肝苦し」と表される。

　さらに、「ユキとアイレンは絶対にまだ、空の上に行けない」と語り、最後の場面での母について「お母さんは最初の時は自分の子どもだけしか見えなかったけれど、長い時間が経《た》ったときに、二人の子どもの「アイレンへのユキの思い」を、そして「ユキへのアイレンの思い」もお母さんは気がついていくんだなぁ」と「私の中で育っていきました」と述べる。作中人物と共に生き、育みつづける作家の姿がそこにある。

④「美しい絵」から「黒い馬車」へ

「白鳥」から「雲」へ、そして「美しい絵」から「黒い馬車」へは題名まで変えられた。そこには、作家の内なるエネルギーと作品のプロット自体が孕《はら》んだ原動力の存在が想像される。

「美しい絵」では、棄民とされた開拓民の苛酷な満州引き揚げ体験者である「絵かきさん」の一人称「おれ」の生きた時間に引き戻される語りとなっていて、「満人」という呼称や「馬車（マーチョ）」の中国語併記等、時代に根ざした生々しい〈痕《きずあと》〉が残る。一方、三十余年を経た「黒い馬車」では、「おじさん」の一人称「ぼく」の直接話法の語りが、視点人物である少年ジンの生きる「今」の時間に組み込まれている。子を生きさせるため自死した母と切り離せぬ「黒い馬車」が題名となり、歴史の〈痕〉が前景化される。そして「少年」であるおじさんとジンの哀《かな》しみがシンクロし、母の記憶と重なるイチョウの葉が「みどりの小鳥」として命を吹き込まれ、キャンバスから飛び立つ。歴史の〈痕〉と切り結ぶ少年の再誕へとプロットが昇華される。

「書きかえ」で歴史の生々しい〈痕〉は消されたのだろうか。いや、絵かきの言葉「ぬりこめる」は「ぬり籠める」であり、〈痕〉は籠められたのだ。ジンの「ぬりこめるだけで、いいのだろうか」という自問はあまん自身の声と重なって響く。「ぬりこ（籠）める」全プロセスの痛みを身の内に抱きしめながら問いつづけるのは、読み手の番だ。

*1　あまんきみこ「わたしの童話」（『講演集・児童文学とわたし』一九九二年三月）

*2　畠山兆子「あまんきみこ初期作品の検討——「くましんし」が内包するもの——」（『梅花女子大学文学部紀要』二〇〇二年十二月）等参照。

*3　二〇〇一年九月二十六日〜二十八日、琉球大学集中講義にて（成底真知子「国語教科書における戦争児童文学研究——あまんきみこ「雲」の意義」琉球大学大学院教育学研究科修士論文、二〇〇三年参照）

（村上呂里）

紙芝居

① あまんきみこの紙芝居、三つの種類

　第一は、あまんきみこの原作を他の人が脚色したもの。『はるのおきゃくさん』（脚本・堀尾青史《ほりおせいし》、画・若山憲《わかやまけん》、童心社、一九七六年。二〇〇四年、梅田《うめだ》俊作《しゅんさく》の絵で再刊、テキストに異同あり）、『なまえをみてちょうだい』（脚色・鈴《すず》木謙二《きけんじ》、画・山本《やまもと》まつ子、解説・あまんきみこ、教育画劇、一九七九年）、『ふうたのはなまつり』（脚本・水谷章三《みずたにしょうぞう》、画・梅田俊作、童心社、一九九三年）など。

　第二は、あまんきみこ自身が自作の童話を脚色したもの。『すてきな　おきゃくさん』（絵・アンヴィル奈宝子《なほこ》、童心社、二〇〇一年）や『スキップ　スキップ』（絵・梅田俊作、童心社、二〇〇七年）、『えっちゃんせんせい』（絵・松成真理子《まつなりまりこ》、童心社、二〇一二年）。

　第三は、あまんきみこ脚本のオリジナルの紙芝居。『のはらで　なわとび』（絵・松成真理子、童心社、二〇〇九年）や『コスモス　あげる』（絵・梅田俊作、童心社、二〇一〇年）。

　制作された年代は第一のグループが一番古く、第二、第三と続くから、はじめは、他の人の脚色にゆだねていたのだけれど、やがて、作者自身が脚色するようになり、オリジナルの脚本を書くようになったということだろう。

② 紙芝居のための脚色

　最初のあまんきみこの紙芝居『はるのおきゃくさん』の脚色の堀尾青史（一九一四〜九一年）は、戦中戦後を代表する紙芝居作家で、宮沢賢治《みやざわけんじ》研究者でもある（『校本宮澤賢治全集』編集委員）。全十二場面の紙芝居は、「プップ――」という、松井さんのタクシーのクラクションではじまる。原作で若いおかあさんと五つ子が訪ねるのは、菜の花橋の近くのいずみ幼稚園だが、紙芝居では、タイトルのある最初の場面を抜きながら、次の会話をかわす。

　おかあさん「〇〇ようち／ほいく
　えんまで　おねがいします。」
　まついさん「はい、はい。」

　〇〇には、紙芝居が演じられる、その幼稚園、保育園の名前が入るはずだ。そして、園の先生がオルガンをひきながら、子どもたちと歌う歌「はるのと

うさん／やってきた／黄いろいたんぽぽ／つれてきた　つれてきた……」がクローズアップされ、観客の子どもたちも一緒に歌う参加型の紙芝居である。

　あまんきみこ自身が脚本を書いた『スキップ　スキップ』は、全八場面の紙芝居だ。「へえ。うれしいことがあるからスキップするんじゃなくて、スキップするからうれしくなるのか」――そう気がついたねこのミュウや、黒い子犬のクロスケや、幼稚園のばら組のじろくんが、えっちゃんの覚えたばかりのスキップに加わっていく構成は原作と同じだが、原作にはないスキップの歌が書き込まれている。「♪らんらら　らんらん／ほら　みてよ／スキップ　スキップ／うれしいな」――紙芝居の演出ノートには「自由にメロディーをつけて、うたってください」とあり、これも、観客が一緒に歌う参加型になるだろう。

　全十二場面の『えっちゃんせんせい』は、『ミュウのいるいえ』（フレーベル館、一九七二年）の「シャムねこ先生　お元気？」の脚色。原作では、ミュウに連れていかれた幼稚園でのことが「けんけんをしたり、スキップをしたりしてあそびました。……」と簡単に書かれているのに、紙芝居では、六場面をついやして、たっぷり語られる。スキップ、「あーがりめ、さーがりめ」、でんぐりがえし、えっちゃん先生と子ねこたちの遊びが画面いっぱいに広がる。原作は、また幼稚園の先生になりたいえっちゃんにミュウが知らんふりする結末だが、紙芝居は、子ねこたちが「また、きてね」と言い、えっちゃんがミュウの運転する青い車でうちに帰ったあとのしめくくりは、こうなっている。――「えっちゃんは、やくそくを　まもって、ときどき　こねこようち／ほいくえんの　せんせいに　なっているそうですよ」。観客により大きな満足感をあたえる幕切れになった。

③ 紙芝居とは？

　紙芝居は、本に綴《と》じられていて、ページをめくっていく絵本と違って、一枚ずつばらばらの紙を抜いていくことで展開する。抜くことの意味がはっきりするためには舞台が必要だ。絵本は見開きの真ん中に綴じしろがあるが、紙芝居は画面の中央に大きく絵を描くことができるから、遠目がきき、集団で楽しむことができる。集団の子どもたちの熱気が、紙芝居の物語をふくらませていく。

　あまんきみこのオリジナルの紙芝居『のはらで　なわとび』では、「さっとぬきながら」「（画面裏側にかかれている）三角の先までさっとぬきながら」といった演出があり、よもぎのはらのなわとびの楽しさをリズムよく語る。

（宮川健郎）

声

① 表情豊かな声

あまんきみこの声は、高い声だが、透きとおるというよりは、声の底の重みを感じるところに、謙虚で少し引っ込み思案な部分と、ぶれない自分をしっかりもっている人柄が伝わる。少し語尾を伸ばすところに、聞いている人の心にすっと入ってくる親しさがあり、小さくささやくようなところに、あまんの中にある「子ども」が話しているような純粋さを感じる。そして、両親の出身地である宮崎のイントネーションから、あまんのルーツが感じられる。

また、ゆっくり語る語り口に、自分の歩みを確かめながら、何度も振り返りながら生きてきたあまんの生き方を読み取ることができる。

② 語られ、語ることによる声の蓄積

本書の「人と作品」（p.12～21）でも述べたが、あまんの原点には、子どもの頃に祖父母、母、二人の叔母の声によって毎晩語ってもらったお話がある。

満州で家に引きこもらなければならなかった時には、手あたりしだいに身の周りにある本を読んだが、その中には謡曲が混ざっていた。あまんは、謡《うたい》本《ぼん》を声に出して読み、黙読してもわからなかった内容を理解した。

そして、母親の病床では、母の依頼する文学作品を声に出して読んだ。その中には、宮沢賢治《みやざわけんじ》の作品も多く含まれていたという。

このような声が蓄積されて、あまんの創作に「声」を与えている。

③ 声による創作

そのように、声で物語の楽しさを熟知しているあまんは、作品を執筆する際に、何度も声に出して読みながら推《すい》敲《こう》するという。何度も声に出され、練り上げられた作品は、声によって作品世界のイメージが立ち上がってくることが実感でき、作品がまるで一編の詩のように感じられる。

オノマトペは作品のリズムを刻み、情景描写は一枚の絵が現れるようである。つまり、あまん作品は、あまんの声を通して完成された作品だということができる。

④ 声から読み取れる「すずかけ通り三丁目」

筆者は、講演会[*1]で何度かあまんの自作の朗読を聴く機会を得たが、それはあまんの作品解釈を発見する機会ともいえる。

「すずかけ通り三丁目」の朗読時（二〇一六年三月）には、息子たちに出会って帰ってきた時に、おばあさんが松井さんに「おわかりでしょうか?」と述べる場面があるが、あまんは、おばあさんが思いをめぐらすようにゆっくり読んでおり、松井さんに理解を求めているというよりは、自分の思いをどのようにして伝えることができるかを考え続けているおばあさん像が浮かんだ。

また、結語の「松井さんは、駅の長い長いかいだんを、かけあがっていきました」についても、筆者は松井さんがおばあさんを追いかける時に、足早に階段を駆け上がる姿を想像していたが、あまんの声からは、「長い長いかいだん」が強くイメージされ、松井さんがおばあさんから託された思いを長い階段を上りながら考え続ける姿が浮かび上がった。そこにはおばあさんに追いつけない＝おばあさんを理解できないことを自覚する松井さんが読み取れた。

5 声から読み取れる「きつねみちは天のみち」

「きつねみちは天のみち」は、ともこが雨のすきまに入り込んで、きつねたちが滑り台を運んでいるのを手伝う話である。

あまんは、滑り台を運ぶ「きつねみち」「どっこい!」「天のみち」「やんこら!」「がんばれ」「それな」というかけ声を静かにゆっくり読み（二〇一八年十一月）、「がんばれ」に思いをこめた。それによって、筆者には、あまんが作中のきつねも、ともこも、そして聞いている人の存在をも認め、生きることを応援しているように感じられた。

6 主人公たちの声

そして、あまん作品の主人公であるえっちゃん、ちいちゃん、ふうたたちは、泣いたり、もじもじしたりしながらも、自分の思いを言葉にして語る。

例えばえっちゃんは「名前を見てちょうだい」で、おかあさんが帽子に名前の縫い取りをしてくれたことに「うふっ。ありがとう」と喜び、帽子を拾ったきつねや牛が自分の帽子だと主張すると「へんねえ」と自信がもてなくなるが、大男が帽子を食べてしまうと、「あたしのぼうしをかえしなさい!」と声をあげることができる。

それらは、あまんが登場人物に託した声であるということができよう。

*1　あまんは、一人で講演会を行うことはないが、聞き手がいれば、自作などについて語っている。

（土居安子）

授業

1 押し入れ

「あまんきみこのくせになんだ」。小学校三年生のたすく君は、これから授業に入る「ちいちゃんのかげおくり」を自宅で音読していたが、途中で読むのをやめ、こう言うなり押し入れに入って出てこなかった。

あまんの作品に絵本などを通じてふれており、もう少し救いのある最後を期待していたのであろう。彼は授業に入っても、しばらく積極的に参加しようとはしなかった。

この話を聞いた時、教科書文学の定番であるあまん作品のもつ「怖さ」というものを垣間《かいま》見る気がした。

難波博孝《なんばひろたか》は、「白いぼうし」について、「私にとっては、『白いぼうし』は死者の世界の話であった。松井さんを始め人物のすべてが、この世のものとは思えない」[*1]と述べ、作品と教材は違うという立場から、学習者の「作品としての読み」が授業の中で抑圧されることの問題性を指摘した。

たすく君は、悲しすぎる恐ろしい物語としての「ちいちゃんのかげおくり」に愕然《がくぜん》とした。そして「教材としての読み」には距離をおくことで自分を守ったのである。

2 授業における学習目標と教材

授業における学習では、一般には「表現」の検討と「内容」を読み味わうというようなことが両方追求される。「白いぼうし」なら、色彩や匂いなどの感覚表現の効果（イメージ化）や、女の子の正体を本文をもとに検討すること、松井さんの行動などが検討され、「白いぼうし」を読んでどう考えたかといったまとめに導かれる。多くの授業で「松井さんのやさしさ」が主題であるかのような理解に誘導することがなされているのは問題であるが、その場合でも目標そのものは、「主題の理解」くらいになっているはずである。

しかし、現実と非現実の間《あわい》にいる「松井さん」の役割に着目し、二つの世界の交錯の意味を読むような読みが抑圧されるのはどうしてか。それは「教材としての読み」を平穏無事なものとして成し遂げたい教師側の無意識の欲求が、多様で捉えきれない「作品としての読み」を教室空間に持ち込ませまいとするからである。

たすく君が、「このような悲しい物語は読むことができない」というような主張を教室で述べたらどうなるだろうか。たすく君には、教室での読みというものの制度性もみえていたのではないだろうか。

3 教室における「正しい理解」

国語の授業では、正しい理解を前提として、そこに性急に導こうとする傾向がある。「きつねのお客さま」の終盤、次のような箇所がある。

「いや、まだいるぞ。きつねがいるぞ。」
いうなり、きつねはとびだした。

多くの子どもが、「いや、まだいるぞ。きつねがいるぞ」をおおかみの台詞《せりふ》だと誤読する。あまん自身も、そうした声から「いうなり、きつねはとびだした」を付け加えたのだが、それでも誤読はなくならない。それは、多くの授業がストーリーを中心にした読み方に傾いているからであり、批評的な読みにならないからである。

子どもに表現を精査し、読み返し、意見を交流する機会を提供すれば、こうした誤読も修正されていく。*2 しかし、「正しい理解」が優先され、「作品としての読み」は抑圧される。

4 「作品としての読み」と教室

さて、授業に参加していなかったたすく君はどうなっただろうか。

たすく君は、単元の終盤になった頃、積極的に授業で発言するようになり、先生の期待するような意見を発表したそうである。「作品としての読み」を自分の中にしまいこみ、「教材としての読み」に復帰したわけである。

名作といわれる児童文学作品には、しばしば児童文学という枠組み自体への批評性が内在されている。それは、あまんきみこの作品にも典型的にみられる。すぐれた児童文学は、子どものための無害な作品ではなく、怖さをもった作品である。この怖さを感じる感受性をもった子どもが、「作品としての読み」をそれぞれもっていることを教師は忘れてはならない。

ちいちゃんの目から見た世界と、大人の見ている世界の違い、その時代と、最後に書かれている時代との関係に気づく読み手。そういう読み手を育む場として「授業」が機能するように、心を砕いて授業をつくりたい。

*1 難波博孝「「文学」を教材として授業することへの疑問」(『文学の力×教材の力 小学校編4年』教育出版、二〇〇一年)
*2 松本修・佐藤多佳子「「きつねのおきゃくさま」における誤読にみる読みのモード」(『臨床教科教育学会誌』二〇一六年十二月)

(松本 修)

初期作品

1 はじめに

一九六五年から六八年までを習作期と考えると、『車のいろは空のいろ』はその出口になる。習作期の作品は、次の十七編と、書き下ろしの「うんのいい話」「シャボンの森」「ほん日は雪天なり」の三編が確認されている。

一九六五（昭和四〇）年八月「ぼくらのたから」（『日本児童文学』八月号）／一〇月「くましんし」（『びわの実学校』一三号）／一二月「あすもはれ」（『大きなタネ』一三号）

一九六六年（昭和四一）年六月「月夜の当番」（『びわの実学校』一七号）／六月「トウモロコシの行列」（『どうわ教室』二号）／一二月「小さなお客」（『びわの実学校』二〇号）

一九六七（昭和四二）年二月「白鳥」（『どうわ教室』四号）／四月「走る」「山ねこおことわり」（『びわの実学校』二二号）／五月「かぜがはこんだプレゼント」「はなのようちえん」（『どうわ教室』五号）／五月「ミチヨの見たもの」（『大きなタネ』一五号）／八月「白いぼうし」（『びわの実学校』二四号）／八月「このゆうえんち」（『日本児童文学』八月号）／一二月「すずかけ通り三丁目」（『びわの実学校』二六号）

一九六八（昭和四三）年二月「ただ一機」「海から空から」（『どうわ教室』六号）

2 漢字名とひらがな名

『びわの実学校』七編のうち「月夜の当番」以外は「あまんきみこ」を、『大きなタネ』は二編とも、『どうわ教室』六編中、五号の二編以外は「阿万（萬）紀美子」を、『日本児童文学』二編は、「このゆうえんち」がひらがな名を使用している。

あまんきみこは、宮川《みやかわ》ひろとの対談で次のような発言をしている[*1]。

あ　（前略）「わたし、いやなんだ。向こうで生まれたのがいやなんだ」（中略）それがつらくてこだわっている……まだおりあいがついていないもの。

宮　それが、「赤い凧《たこ》」や「雲」。

戦争への思い入れは、習作期の「ぼくらのたから」「白鳥」「すずかけ通り三丁目」「ただ一機」「海から空から」の五編に始まるが、「すずかけ通り三丁目」以外は、漢字名が使われている。さらに「白鳥」を改作した「雲」（『日本児童文学』一九六八年九月）にも、漢字名が使われている。漢字名の作品は、共通してぎこちない。『どうわ教室』は同人誌で、実験的な習作を発表しやすかったのは理解できるが、「すずかけ通り三丁目」は、戦火の場面も自然で違和感がない。

③ ほんとうのこと

「すずかけ通り三丁目」と他作品の違いは、松井さんの存在である。のちに作者は、「松井さんだけは、私自身が運転席にすわってハンドルを握っている感じが、どうしてもぬけないんです」[*2]と述べ、「思いがけず人間のお婆さんも乗ってくれて、「すずかけ通り三丁目」になりました」[*3]と述べている。

書きたいことが、「ありえないこと」ではなく、（中略）私自身の目に、ほんとうに見え、耳に、ほんとうに聞こえ、体内に、ほんとうに感じられる時だともいえます。（中略）その「ほんとう」があることで、空色のタクシーには、くましんしが乗り、山ねこ先生が乗り、また、子ぎつねも、雪のかまくらにはいって、あたたかい甘酒をのみだすように思います。[*4]

④ 短編連作集『車のいろは空のいろ』

『びわの実学校』掲載作品は、加筆訂正されて、内的関連性をもって配置され、童話集として緊密な作品世界を構築している。松井さんは「小さなお客さん」で人間の姿をした子狐に出会う。この出会いは、「ほん日は雪天なり」の友好的な関係に対応する。「うんのいい話」は、この町が現実と非現実が地続きで、怪奇現象も起こることを示す。「すずかけ通り三丁目」では、空色のタクシーは、過去へ時間移動する「特別な空間」であることが語られる。しかも松井さんは、お客の話す昭和二〇年の大空襲を感じ、見ることができる人物である。「山ねこ、おことわり」では、初めて自分の意志で動物を車に乗せる。「シャボンの森」では、子どものような純真さを示し、「くましんし」では苦悩に共感する。こうして、松井さんは「特別な空間」である空色のタクシーの本物の運転手になる。

＊1　「冬のお客さま」（『あまんきみこセレクション④』三省堂、二〇〇九年）
＊2　あまんきみこ「『車のいろは空のいろ』のあまんきみこさん（談）(2)」（『日本児童文学』一九九八年一―二月号）
＊3　あまんきみこ「『車のいろは空のいろ』のあまんきみこさん（談）(1)」（『日本児童文学』一九九七年一一―一二月号）
＊4　「「ほんとう」にこだわりながら」（『あまんきみこセレクション⑤』三省堂、二〇〇九年）

（畠山兆子）

同時代作家

1 ひしめく「同世代作家」

あまんきみこの「同時代作家」をどの人たちにフォーカスするかというのは、実は結構厄介な問題を含んでいる。あまんは一九三一年、昭和でいえば六年生まれ、いわゆる昭和一ケタ世代だが、「同時代」を「同世代」というふうに受け取るならば、まずは一九六〇年前後の現代児童文学の出発を担った書き手たちの名前が次々に挙がってくる。例えば昭和二年生まれの古田足日《ふるたたるひ》、三年生まれの佐藤《さとう》さとる、寺村輝夫《てらむらてるお》、五年の安藤美紀夫《あんどうみきお》、六年の山中恒《やまなかひさし》、七年の今江祥智《いまえよしとも》、八年の砂田弘《すなだひろし》という具合である。ちなみに、同時に現代児童文学のスタートラインに立った、いぬいとみこ（大正十三年）、神沢利子《かんざわとしこ》（同）、松谷《まつたに》みよ子（同十五年）といった女性作家たちは、ちょっと上の大正末の生まれなのである。これは一つには戦争体験の潜《くぐ》り抜け方の問題があり、もう一つは、前記の男性作家たちが学生時代もしくは二十代から書き始めたのに比べて、当時はまだまだ女性たちが結婚や子育てという時期を経てペンを持つのには、時間が入り用だったという事情も与《あずか》っていよう。

あまんの場合は、「下の子が幼稚園にいくようになり、日本女子大学児童学科（通信）に入学。与田準一先生におあいしてから、童話の世界にはいりはじめた」（『現代日本児童文学作家案内』）後、児童文学者協会が開講した新日本童話教室に学び、その縁で坪田《つぼた》譲治《じょうじ》主宰の『びわの実学校』に作品を発表、これがデビュー作『車のいろは空のいろ』（一九六八年）の出版につながっていく。この時、あまんは三十六歳だった。つまり、あまんは前記の古田足日らと同世代ではあるが、同時代作家とはいいにくい。古田らは、旧世代の「童話」を否定し、新しい児童文学の創造を標榜《ひょうぼう》するところから自身の児童文学を生み出していったが、あまんはむしろ新旧の童話、児童文学の果実を受け取る中から、自身の児童文学を育てていった。その意味で、大正十二年生まれの宮川《みやかわ》ひろなどは、年齢的には上だが、右記教室の受講後、共に同人グループを結成し、やはり『びわの実学校』を経てデビューしたという点で、その歩みにおいてぴったり重なるものがある。当時、言い方としてはいささか揶揄《やゆ》的ニュアンスを含んでいたが、「お母さんが童話作家になる」時代になったのだ。やや同様のパターンとしては、雑誌投稿などからスタートし、旧世代の児童文学者の薫陶を受けながら作家的成長を果たしていった岩崎京子《いわさききょうこ》（大正十一年生まれ）、杉《すぎ》みき子（昭和五年生まれ）といった作家たちも、その歩みにおいて重なるものがあり、これらの人たちがあまんきみこの「同時代作家」とするのに、まずはふさわしい気がする。

2 世代的課題の中で

ここまで述べたように、現代児童文学の出発を担った作家たちと、その歩みにおいては一線を画するが、同時に、背負っていた世代的課題ともいうべき点においては、充分に重なるものがあった。それは、自身の幼少期から思春期までを塗りこめた〈戦争〉にどう向き合うかという課題である。あまんの場合でいえば、「ちいちゃんのかげおくり」などの、戦争をテーマ、題材とした作品ということが無論あるわけだが、自身のエッセイ集『空の絵本』（童心社、二〇〇八年）収載の「うつむきながら」に書かれた、大連《だいれん》から引き揚げてきて入院を余儀なくされたあまんが、立原道造《たちはらみちぞう》の詩に出会って、その言葉にふれた感激を綴《つづ》ったエピソードなどがより象徴的である。というのも、この世代の人たちは、戦時下において徹底して「公の言葉」の暴力のもとに「わたしの言葉」を抹殺されていた。感受性の強い少年・少女であればあるほど、その抑圧は強力だったろう。従って、といえるかどうか、この世代の書き手たちに共通するテーマは、いかにして「わたしの言葉」を回復するのかという問題だった。近作の絵本『鳥よめ』は、人に化身した鳥の娘が、灯台を守る若者に嫁いでくる話だが、戦局の悪化と共に兵士たちが灯台に駐屯し、彼女は生きるために必要な一日一回空を飛ぶことができなくなっていく。僕にはそれは、自身の言葉を圧殺されていくことの比喩のようにも思えた。

現代児童文学の出発に位置する、例えば「だれも知らない小さな国」のコロボックルの世界、あるいは「木かげの家の小人たち」の小人たちの営み。それは、ぎりぎりのところで人間としての尊厳を守ろうとする意思の象徴でもあろう。あまんたちの世代の書き手たちは、児童文学というシンプルな言葉による表現によってこそ、そうした人間の姿を描こうとし、「わたしの言葉」を取り戻そうと模索してきた。そうした同時代の書き手たちの営為が、日本の現代児童文学を形作ってきたのではないだろうか。

（藤田のぼる）

びわの実学校

① 童話雑誌『びわの実学校』

『びわの実学校』は、童話作家の坪《つぼ》田譲治《たじょうじ》（一八九〇〜一九八二年）主宰の児童雑誌である。一九六三年から一九八六年までのおよそ四半世紀にわたり、隔月ペースで百三十四冊が刊行された。後継誌としては、『季刊びわの実学校』、『びわの実ノート』がある。

坪田は、大正・昭和初期の児童雑誌『赤い鳥』（一九一八〜一九三六年）に多くの作品を発表することで、童話作家としての足掛かりとすることができた。『びわの実学校』創刊時には、すでに七十三歳と高齢であったが、戦後において新たな「現代児童文学」が模索される中で、若い童話作家たちの発表の場を用意する必要性を感じ、『赤い鳥』を彷彿《ほうふつ》とさせるような雑誌作りに力を注いでいった。

ただ、『赤い鳥』が童話や童謡、童画など多様な誌面構成であるのに対し、坪田が顧問を務めてきた「早大童話会」出身の作家たちが多く集った『びわの実学校』は、あくまで童話が中心のいわゆる「童話雑誌」であった。

② 『びわの実学校』の意義

創刊当初からの同人で、編集長も務めた前川康男《まえかわやすお》は、『びわの実学校』が目指したものについて、「新人を発掘育成すること」「子どもの文学のリアリティの追求」「長編物語の創造」と振り返っている。[*1] これらは一九六〇年前後の「現代児童文学」の成立を支えた問題意識である「散文性の獲得」[*2]と共振しながら、前川康男「ヤン」や今西祐行《いまにしすけゆき》「肥後《ひご》の石工《いしく》」、大石真《おおいしまこと》「教室２０５号」、寺村輝夫《てらむらてるお》「魔法使のチョモチョモ」などを連載し、この時期の代表的な長編作品を生み出すことに成功した。

一方で、「短編作品の発表の場」となったことも『びわの実学校』の大きな意義であった。当初の理念的な「現代児童文学」を目指した作家・評論家たちにとって、短編形式の「童話」は克服すべきものであり、当時の児童出版メディアが求めたのも、出版に結びつきやすい長編作品であった。新たな短編作品の発表が難しい一九六〇年代の子どもの文学の状況の中で、『びわの実学校』は独自の場所を築いた。

また「短編作品の発表の場」となっ

たことは、「新人を発掘育成すること」にも大きく寄与した。『びわの実学校』があったことで、あまんきみこや宮川《みやかわ》ひろなどの新人作家たちは、「現代児童文学」の主流からは少し離れて、それぞれの「童話」を鍛えていくことができた。その「童話」は、一九六〇年代末頃からの児童出版メディアや小学校国語教科書において、存在感を示していく。

3 あまんきみこと『びわの実学校』

あまんきみこと『びわの実学校』の出会いは、創刊号に遡ることができる。日本女子大学児童学科（通信）で学んでいたあまんは、紹介された与田準一《よだじゅんいち》のもとに通い始め、ある日『びわの実学校』を手渡される。*3

> 『びわの実学校』の創刊号に、与田先生が「アリの思い出」を書かれてます。自分の子どもにだけの作品を書く変なおばさんの話が書いてあって。「ハイ、モデル」ってくださいました。それから時が流れて、その『びわの実学校』の8、9号のころに、なぜか「『びわの実学校』に投稿欄があるね」とおっしゃったんです。それを、わたし、自分に引き寄せて聞いて、与田先生が「『びわの実学校』に投稿していいよ」とおっしゃったように聞こえました。たぶん与田先生はそんなことおっしゃってないんですよ。わたしが勝手にああそうかと思って、生まれて初めて『びわの実学校』に「くましんし」を投稿したんです。

「くましんし」の投稿後には、日本児童文学者協会が主催する「新日本童話教室」の一期生となり、その卒業生たちと作った同人誌『どうわ教室』などにも作品を発表していく。ただ、与田に教えられた『びわの実学校』への思い入れは強く、与田や坪田らの言葉を受けながら、タクシー運転手松井さんの物語は書き継がれ、最初の単行本『車のいろは空のいろ』（ポプラ社、一九六八年）へと結実する。

実は、あまんのファンタジー作品は、リアリズム作品中心の『びわの実学校』でも特異な存在であり、それは十九号の編集後記からも窺《うかが》える。編集同人たちの投票により、それまでの百十二編の短編作品の「ベスト十二」が選出されているが、その中に十三号に掲載された「くましんし」の名前はなかったのだ。

*1 前川康男「びわの実学校」（『日本児童文学大事典　第二巻』大日本図書、一九九三年）
*2 宮川健郎『現代児童文学の語るもの』（NHKブックス、一九九六年）
*3 あまんきみこ・岩崎京子・吉田定一「鼎談　与田準一先生との出会いを語る」（『ネバーランド』二〇〇五年五月）（宮田航平）

ファンタジー

1 「メルヘン」と「ファンタジー」

あまんきみこの作品を「ファンタジー」と呼んだのは、亡くなった西郷竹彦《さいごうたけひこ》や西郷が主宰した文芸教育研究協議会（文芸研）だ。例えば、西郷は、あまんきみことの対談「〈松井さん〉とともに」[*1]で、こう語った。

　本当に乗ってみたくなるような車ですよね。この車はファンタジーの世界に連れて行ってくれる車です。ファンタジーというのはいろんな定義があると思うんですが、私自身は、ファンタジーというのは現実の世界でもなければ、非現実の世界でもない。現実と非現実が二重映しになったというか、現実と非現実のあわいになり立つ世界という考え方をしています。

ファンタジーは、「現実と非現実のあわいになり立つ世界」なのだろうか。西郷の考え方に対する違和感は、何度か書いたことがある。[*2]

「メルヘン」と「ファンタジー」の違いは何か。内外の昔話はメルヘン（伝承メルヘン）だが、昔話の世界には、ふつうのことと、ふしぎなことを区別する意識が存在せず、両者は同一平面に混在している。ドイツの昔話を例にあげて、「メルヘンの一次元性」を述べるのは相沢博《あいざわひろし》だ。[*3] 相沢の指摘をふまえて、ファンタジーは二次元だとしたのが佐藤《さとう》さとるである。

　物語の中でも現実と非現実は区別されていて、無定見にまぜ合わせたりしないのである。いわば二重構造になっていて、現実から非現実へ、あるいは逆に非現実から現実へ移り渡るにも、それなりの定則が用意される。[*4]

フランス革命や産業革命以後、人びとの中に芽生えた科学的、合理的な精神は、文学のリアリズムを発展させ、「ふつう」と「ふしぎ」が物語世界に同居している状態をゆるさなくなっていく。ファンタジーの世界では、「ふつう」と「ふしぎ」が区別され、両者を移り渡るには、何らかの手続きが必要になる。C・S・ルイス『ナルニア国ものがたり』の最初の話『ライオンと魔女』なら、子どもたちが、衣裳《いしょう》だんすという通路をとおって（手続き）、ふしぎなナルニア国に行き、また、その通路をとおって現実に帰ってくるのだ。

　ところが、あまんきみこの作品では、「ふつう」と「ふしぎ」を切り替える手続きが明確には示されない。西郷竹彦が別のところで「「白いぼうし」でいえば、どこからどこまでが現実でどこからどこまでが非現実かは定かではありません」と述べた[*5]とおりで、それが、あまんの文学のすぐれた独自性だといえる。

　「ふつう」と「ふしぎ」を切り替えるスイッチの見えないファンタジーである『車のいろは空のいろ』の連作などは、むしろ、創作されたメルヘンに近い。そして、西郷竹彦の「現実と非現実のあわい」にあるのがファンタジーということばは、ファンタジー一般についてではなく、あまんきみこの文学の特色の説明として聞けば、みごとにあてはまる。

2 「現代児童文学」と「童話」

　あまんの作品は創作されたメルヘンに近いとしたが、やはり、「童話」と呼べばいいのだろう。日本の子どもの文学は、詩的、象徴的なことばで心象風景を描く「童話」（小川未明《おがわみめい》の「赤い蝋燭《ろうそく》と人魚」や宮沢賢治《みやざわけんじ》の「銀河鉄道の夜」を思い出してください）から、一九六〇年前後に、もっと散文的なことばで、心の中の景色ではなく、子どもの外側に広がっている社会や社会と子どもの関係を描く「現代児童文学」へと転換した。長い戦争を経験したあとの日本の子どもの文学は、「戦争」も「社会」も書かなければならなかった。

　「現代児童文学」を出発させたのは、先の佐藤さとるの『だれも知らない小さな国』や、いぬいとみこの『木かげの家の小人たち』である。いずれも一九五九年に刊行された、小人の登場する長編ファンタジーで、戦争体験を下じきにした作品でもあった。

　あまんきみこのデビューは一九六八年の『車のいろは空のいろ』で、「現代児童文学」はもう、すっかりはじまっていた。しかし、あまんの作品は、詩的、象徴的なことばで心象風景を描く、まさに「童話」だった。あまんは、佐藤さとるらのファンタジーとはまた別のかたちで、「戦争」を書いていくことになる。

*1 『国語の手帖』一九八六年九月（『西郷竹彦　文芸・教育　全集　第32巻』恒文社、一九九八年所収）
*2 宮川健郎『国語教育と現代児童文学のあいだ』（日本書籍、一九九三年）など参照。
*3 相沢博『メルヘンの世界』（講談社現代新書、一九六八年）
*4 佐藤さとる『ファンタジーの世界』（講談社現代新書、一九七八年）
*5 『文芸研・教材研究ハンドブック7　あまんきみこ＝白いぼうし』（明治図書、一九八五年）

（宮川健郎）

満州

①「満州」へのこだわり

あまんきみこはエッセイの中でしばしば満州について語っている。病弱だった幼少期とそれがもたらした空想癖、敗戦による混乱と引き揚げ、教師の思い出、そして家族、それらが満州の時空間を額縁にしながら語られるのである。その筆致は、幼少期を過ごした土地への郷愁とは無縁の、楽しい思い出や喜びでさえも悔恨や罪悪感、自責の思いに色濃く縁どられている。

例えば、「旧満州」（一九九一年）と題されたエッセイがある。

あまんがある雑誌に随筆を載せることになり、略歴に「旧満州生まれ」と書いたところ、編集者から「満州は、すでに無い国なので、中国東北部にしてください」と言われたという。このエピソードに続いて次のような満州へのこだわりが綴《つづ》られる。

> 満州は、日本の傀儡《かいらい》の国です。私は、そこに生まれ育ったことにこだわっている者です。子どもの時、暖かい日向《ひなた》の場所にすごし、そこにいるべき筈《はず》の人を寒い日陰に追いやっていた――その自分の存在そのものの罪から逃れることはできません。旧満州と書きつづけているのは、そういう思いです。

また、「あの日、そして」（一九九五年）では「私が傀儡の国満州で暮らしていた自分の立場やこの戦争について本当のことを知ったのは何年もたってからです」とも述べられている。

「何年もたってから」とはいつ頃のことか特定はできないが、神宮輝夫《じんぐうてるお》との対談[*1]で「東京に住んでいるころ、よく国会図書館に通って満洲のことを調べました」と語られていることから、一九六〇年前後のことだと推測される。こうした自らの満州に関わる体験・記憶の掘り下げ、検証は満州を題材とした物語「雲」（初出「白鳥」一九六七年）、「黒い馬車」（初出「美しい絵」一九六九年）、「赤い凧《たこ》」（一九七五年）などに結実する。

こうしてみると、あまんの満州へのこだわり、満州観（これは戦争観や歴史認識にもつながっている）を次のように位置づけることができそうだ。

第一に、自分自身の存在そのものの罪悪感が児童文学作家あまんの根源にあり、一九六〇年代後半に文学的出発を遂げるあまんの戦争加害者として身を置く立場は先駆的である。

第二に、満州で生まれ過ごしたことの意味を内面化するまでに時間がかかっており、あまんの満州体験はそれが書かれた時点で再発見・再構築されたものである。この、いわば体験の記憶化の問題は戦争記憶の継承という今日的課題にも通じている。

2 「満州」とは

ところで、日本では地域としての満州と傀儡国家としての満州国を区別せず、戦前日本が植民地化した中国東北部全体を満州と呼ぶことが多い。あまんの「自筆年譜」には「旧満州（現中国東北部）撫順《ぶじゅん》に生まれる」「父の転勤により、新京《しんきょう》を経て大連《だいれん》で育つ」とある。撫順は南満州鉄道株式会社の付属地、新京は満州国の首都、大連を含む関東州は日露戦争後にロシアから租借権を譲渡された直轄植民地であり、文化・風土、統治形態などそれぞれで異なる。このことはあまんの満州体験の内実を捉えるうえで重要である。

なお、表記にも揺れがみられる。正式には「満洲」であり、「満州」は戦後「洲」が当用漢字に含まれないために「州」をあてたものである。カギ括弧を付して歴史的概念として用いられることも多い（本項はあまんの用い方に従っている）。

3 「満州」作品を読むために

「満州」はあまん文学を読むための重要なキーワードである。しかし、「自筆年譜」では満州に関わる記述がきわめて少なく、あまんの満州在住地である撫順、新京、大連それぞれの地でいつからいつまで過ごしたのかといった基本情報さえ明らかになっていない。「自筆年譜」の空白を埋める稿者の調査*2では次のようになる。

撫順：一九三一年〜一九三七年
新京：一九三八年〜一九三九年
大連：一九三九年〜一九四七年

また、あまんの満州観を相対化するためには、例えば、あまんとほぼ同年齢で同時期を満州で過ごした澤地久枝《さわちひさえ》の『14歳〈フォーティーン〉満州開拓村からの帰還』（集英社、二〇一五年）、あるいはあまんの満州物語「雲」や「黒い馬車」とほぼ同時期に発表された三木卓《みきたく》の『ほろびた国の旅』（盛光社、一九六九年）などを参照項としてあまん文学を読み直す必要があろう。

*1 神宮輝夫『現代児童文学作家対談9』（偕成社、一九九二年）
*2 髙野光男「あまんきみこの父、阿萬忠弘を追って――「自筆年譜」の空白を埋める試み――」（『青胡桃』二〇一八年十月）

（髙野光男）

宮沢賢治

1 あまんきみこと宮沢賢治《みやざわけんじ》

あまんきみこ、本名阿萬紀美子は一九三一年八月十三日、旧満州（現中国東北部）撫順《ぶじゅん》に生まれた。両親ともに第二次世界大戦の影響で旧満州に渡り、南満州鉄道株式会社に勤務していた父親の転勤によって新京《しんきょう》を経て大連《だいれん》で幼少期を過ごした。あまんきみこが生まれた年は、満州事変が起こり、日本の関東軍が旧満州の大部分を占領した年であった。

幼い頃のあまんは、運動が苦手であったが、そのかわり空想することが好きであった。また病弱であったこと、戦火を避けるために外出ができない中で、室内で過ごす時間が多かった。その際には、家族が交代でさまざまな話を聞かせた。本は読んでもらうだけでなく、自分で読むことも好きだった。

小学校四年生の頃、あまんきみこは赤い表紙の童話集『風の又三郎』（羽田書店、一九三九年）を読む。そこには「貝の火」「風の又三郎」「蟻《あり》ときのこ」「セロひきのゴーシユ」「やまなし」「オツペルと象」（いずれも羽田書店版の表記）が収録されていた。あまんきみこは「ゴーシュ」と名づけた布人形や自作の人形を介して宮沢賢治作品の世界で遊んでいた。*1

さらに童話集『風の又三郎』については、「それ以後に出あった童話の感動をひとまず置いて、子どもの時くりかえし読んだ一冊の童話集『風の又三郎』について考えると、私は怖れに似た喜びと不思議な感慨をもたずにはいられません」とし、作品の世界や言葉は「消えてしまい、私自身の体験記憶になっていることに気づくからです。川の底を歩きながら流れる水を上に見たことや、大きな白いきのこを見あげて驚いたことを体内感覚でまざまざと思い出してしまうからです」としている。同時に映画「風の又三郎」を観《み》たことも語っている（「一冊の童話集」）。

映画の受容については別で論じるとして、あまんきみこの幼少期の読書体験に宮沢賢治の童話集『風の又三郎』があり、作品の影響は作家の無意識部にまで取り込まれたことがわかる。さらにあまんきみこは、高校時代に「雨ニモマケズ」「無声慟哭《むせいどうこく》」「土神《つちがみ》と狐《きつね》」「雪渡り」「水仙月《すいせんづき》の四日」等を読んだことで「作品が宮澤賢治とわかち難く結ばれた」という意識の変化があったと語っている。

あまんきみこ作品のコンテクストとしてさまざまな読書歴や旧満州体験などがある。その中の重要な位置に宮沢賢治作品の影響があることは間違いないだろう。

2 「きつねのかみさま」と「雪渡り」

『きつねのかみさま』はポプラ社より「絵本・いつでもいっしょ9」として二〇〇三年十二月に刊行された。

この作品は、りえちゃんが、公園に縄跳びを忘れてきたところから話が展開する。縄跳びを探しに行くと、狐が縄跳びをしている。りえちゃんと弟は狐達と縄跳びをする。縄跳びを受け取って帰ろうとするが、りえちゃんと同名の狐がおり、狐のりえちゃんは、その縄跳びは、狐のかみさまが自分にくれたものだと話す。人間のりえちゃんは、縄跳びをそのまま残し、何も言わず「よかったなあ」と狐のりえちゃんの嬉《うれ》しそうな顔を思い出し、帰る。

この物語と類似した宮沢賢治の作品として、すぐに宮沢賢治の「雪渡り」が思い出されるだろう。人間の子どもと子狐との交歓、一緒に踊る・遊ぶという点では両作品は共通している。

ただ、異なる点は、人間のりえちゃんが、狐のりえちゃんやその友達の狐達にとって、「間接的」に神様となったことであろう。縄跳びを狐にあげたということには、人間から狐に物をあげるという権力関係が発生する。その意味でこの作品は、人間と狐との格差を内包する。ただ、りえちゃんという女の子の反射的にとった、何も言わずに去るという行為が、その問題を明らかにせずにすましている。そして「よかったなあ」と思うりえちゃんからは、人間と狐との違いを理解しつつも、あくまで与え、それによって満たされるという、心情が読み取れる。

一方で「雪渡り」では、四郎とかん子が人を騙《だま》すとする狐のつくった団子を食べるかどうかの試練があり、二人が勇気を出して団子を食べてくれたことで狐達は歓喜する。ここには、人間に承認されたいという狐側の切なる思いがあり、人間と狐の権力関係は明確である。子どもの噂《うわさ》に左右されない目と勇気がそれを乗り越える。

両作品を比較すると、りえちゃんの与えることに喜びを感じる姿勢に、「きつねのかみさま」の子どもの反射的な行動への期待を読み解くことができるだろう。

＊1　あまんきみこ「童話のふるさと」(『児童文学と昔話』三弥井書店、二〇一二年)

(大島丈志)

寄稿

きつねのかみさま

松永　緑（編集者）

　絵本『きつねのかみさま』（あまんきみこ作　酒井駒子《さかいこまこ》絵　ポプラ社　二〇〇三年）にかみさまは出てきません。登場するのは、りえと、けんという幼い姉弟、そして十匹の子ぎつねです。公園に忘れたりえのなわとびを、かみさまに祈ったら届けられたと、きつねの女の子が思い込んでいるのを知り、りえは戸惑いながらも、とっさに本当のことを告げないと決めます。子ぎつねたちと別れた後、「おねえちゃんは、きつねのかみさまだあ」と面白がる弟と一緒に笑いながら、りえは「よかったなあ」と思います。夕焼けに染まる帰路を駆けだす二人の後ろ姿に、私はいつも胸が熱くなります。

　この絵本を翻訳出版したいとアメリカの出版社（Chronicle Books）からオファーがあった時、宗教的なイメージを避けるために「かみさま」の部分は変更したいという申し出を受け、あまん先生のご了解をいただきました。

　「願い事をするとき、自然に『かみさま、ほとけさま』って言うでしょ。きつねのかみさまは、そのかみさまよ」と、あまん先生はおっしゃいます。そして、「人生の曲がり角で、私も必ず、見えない手に助けてもらってきたの」と。たとえば、二十八歳で子育てをしながら日本女子大の通信教育で学び始めた頃、レポートとして提出した童話を読んだ教授から、思いがけず与田準一《よだじゅんいち》先生への紹介状を渡された時も。その紹介状を手に、詩人で童話作家の与田先生のお宅を訪ねたあまん先生は、生涯の師を得て童話作家の道を歩み始めることになります。

　不思議な巡りあわせで誰かの願いの成就に関わったり誰かに助けられたりすることがあります。そんな時、見えない手に守られている、誰かが誰かのかみさまになっている……と思うと、何だか嬉《うれ》しくて、有難い気持ちになります。

　アメリカ版「きつねのかみさま」は、二〇一七年に“The Fox Wish”というタイトルで刊行され好評を得ました。“I like watching wishes come true.”と、りえに語らせ、「願い」をテーマによくまとめられていますが、作品に漂う気配や匂いもすっきりとまとめられたような印象を受けました。そして、人の願いの傍《かたわら》に「かみさま、ほとけさま」がいて、幼い女の子が子ぎつねの「かみさま」になれるあまん先生の世界を、あらためて愛しく思ったのでした。

V章

あまんきみこをもっと知る

1 研究への手引き

A テキスト

① 初出雑誌、単行本、教科書

例えば、はじめ、雑誌『びわの実学校』第二四号（一九六七年八月）に発表された「白いぼうし」について。これは、タクシーの運転手の松井さんが登場する、ほかの七編と一緒に、連作短編集『車のいろは空のいろ』（ポプラ社、一九六八年）に収められた。短編集収録のときには、本文のさまざまな書きかえが行われている。松井さんが女の子を乗せて発車したあとの場面で比べてみる。

　すると、ぽかっと、口をOの字にあけている男の子の顔が見えてきます。

（たまげただろうな。まほうのみかんと思うかな?
なにしろ、チョウがばけたんだから——。）

（『びわの実学校』）

　すると、ぽかっと、口をOの字にあけているチビの顔が見えてきます。

（おどろいただろうな。まほうのみかんとおもうかな? なにしろ、チョウがばけたんだから——。）

「ふふふっ!」

（『車のいろは空のいろ』、傍点原文）

「白いぼうし」は、早い時期から現在にいたるまで、小学校の国語教科書にも掲載されている。最初に教科書に掲載されたのは、学校図書四年上と光村図書五年上のいずれも一九七一年度版である。「白いぼうし」の本文について、亀岡泰子《かめおかやすこ》は、次のように概観する。*1

「白いぼうし」テキストが各種の国語教科書に所収される際には、作者のあまんきみこ自身によるさまざまな指示および加筆訂正に加えて、教科書会社独自の方針にしたがった削除訂正がおこなわれた。これに、あまんきみこが「白いぼうし」の改版や文庫本への収録の際に更にいくつかの加筆訂正をおこなっていることも重なって、「白いぼうし」本文の問題は複雑なものになっている。

「白いぼうし」を含む『車のいろは空のいろ』収録作品の本文異同という「複雑な」問題に取り組み、精緻な調査を行ったのは菅野菜月《すがのなつき》だ。以下、二〇一七年度に菅野が北海道教育大学大学院教育学研究科に提出した修士論文「あまんきみこ〈車のいろは空のいろ〉作品研究」を参照しながら書く。

　教科書の本文については、まず、それぞれが何を出典にしているかということがある。教科書初掲載である先の一九七一年度版学校図書四年上の出典は、初出の『びわの実学校』である。教科書は、編集したものを文部科学省に提出して検定を受け、検定合格となったものを見本本にし、各教育委員会等がそれを検討し採択する。その後、ようやく供給本として児童生徒の手にわたる。このように、刊行物として出回るまでに時間がかかる。学校図書は、『車のいろは空のいろ』刊行以前に『びわの実学校』の本文によって教材化の作業をはじめたのだろうか。その後、一九八六年度版で出典が『車のいろは空のいろ』になり、一九九二年度版では講談社文庫版『車のいろは空のいろ』（一九七八年）をもとに作者が教科書のために改稿したものになるというふうに更新されていく。

　やはり初掲載の一九七一年度版光村図書五年上の出典は『車のいろは空のいろ』だが、一九七四年度版では、作者が初出の本文と単行本を対比、検討して決定版としてまとめたものになるというふうに変化していく。

　このように、それぞれの教科書のそれぞれの版でも本文の異同があり、「白いぼうし」というテキストは数多くのバリアントを生み出すことになった。それらを一つに統一する決定版として、二〇〇〇年にポプラ社から新たに刊行されたのが『車のいろは空のいろ　白いぼうし』である。

　同書に収録されている「小さなお客さん」（『びわの実学校』第二〇号、一九六六年一二月に「小さなお客」として掲載）も、一九七一年度版教育出版三年上で教材化されている。早い時期から長く教材化されている「白いぼうし」ほどではないにしろ、やはり、テキストに複雑な異同がある。[*2]「小さなお客さん」についても、この『車のいろは空のいろ　白いぼうし』を決定版と考えることができる。

2 絵本の教材化

　一九六〇年前後に成立したと考えられる日本の「現代児童文学」は、散文的なことばで書かれる長編が多い。一方、日本の国語の教科書は、さまざまな種類の短い文章を編集してつくられる。文学作品の場合、小学校の教科書なら、六年生でも、八千字くらいが掲載できる限度だろう。「現代児童文学」の多くは、教科書に載せられない。詩的、象徴的なことばで心象風景を描く現代の「童話」の優れた書き手である、あまんきみこの作品はほとんどが短編だから、教科書で教材化できる。あまんの教材が多い背景には、このような日本の国語教科書というメディアの特質もある。

小学校低学年、中学年の教科書では、絵本の教材化も行われる。絵本は、見開きの絵が物語を語り、ことばは手助け、そして、ページをめくることによって展開するものだ（「いない　いない」―ページをめくると―「ばあ」というように）。絵が語る視覚的なメディアであると同時に、本のかたちをしているから、ページをめくることができる、工芸的なメディアでもある。そして、教科書における絵本の教材化は、それぞれの見開きのことばだけを切りとって、つなぎあわせ、ひと続きの文章のようにして教科書のページに流し込み、絵本の絵はいくつかを選んで挿絵として配置する。教材化できる文学作品がなかなか見つからないための「苦肉の策」ではあるが、絵本の教材化には、原作を大きくゆがめる可能性がある。

あまんの『ちいちゃんのかげおくり』（絵・上野紀子《うえののりこ》、あかね書房、一九八二年）、『おにたのぼうし』（絵・いわさきちひろ、ポプラ社、一九六九年）、『きつねのおきゃくさま』（絵・二俣英五郎《ふたまたえいごろう》、サンリード、一九八四年）などの絵本も教材化されている。あまんの絵本は、あまんの本文が先にあり、それを絵本に仕立てていく場合が多いそうだから、教材化に深刻な問題はないかもしれない。

教育出版三年下は、「おにたのぼうし」を掲載している。教科書の本文は、漢字の読み書き指導にも使われるから、漢字とひらがなの表記が原作と違うのはいたしかたないが、教材「おにたのぼうし」は、原作では（　）でくくられた、おにたや女の子の内言が全て「　」でくくられ、会話と区別がつかない。原作の（にんげんって　おかしいな。おには　わるいって、きめているんだから。おにも、いろいろ　あるのにな。にんげんも、いろいろ　あるみたいに。）などが「　」で示される。教材研究や授業の際には、原作の絵本を参照したい。

教育出版二年上ほかには、「きつねのおきゃくさま」が掲載されている。「きつねのおきゃくさま」について、よく語られる疑問がある。

　あるひ。
　くろくも山の　おおかみが　おりてきたとさ。

「こりゃ　うまそうな　においだねえ。
ふん　ふん、ひよこに　あひるに　うさぎだな」
「いや、まだ　いるぞ。きつねが　いるぞ」
（引用は絵本の初版による）

この「いや、まだ　いるぞ。きつねが　いるぞ」は、誰が言ったのか。おおかみか、きつねか。「……きつねがいるぞ」までで、絵本のこのページがおわり、すばやくページをめくると、おおかみに果敢にいどむ、きつねの姿が描かれているから、前の見開きのおしまいのことばも、きつねのものだとわかる。だが、教科書では、「言うなり、きつねは　とび出した」という一行がおぎなわれ、やがて、絵本でも、きつねのことばのあとに、この一行が挿入された。絵本の絵とページをめくることで読者に知らされていたことが、ことばで語られるようになったのである。

❸ 二つのセレクション

あまんきみこの全集は、まだない。

二〇〇九年には、三省堂から『あまんきみこセレクション』全五巻が刊行され、かなり多くの作品が読める。第一巻『春のおはなし』のほか、夏、秋、冬をあわせた四冊にあまんの作品が四季にわけて収録されている。あまんのどの作品にも、季節がはっきり描かれていることが確認できる。第五巻『ある日ある時』には、主要なエッセイが収められている。『あまんきみこセレクション』の「凡例」には、「全作品について著者があらためて推敲し、部分的に加筆・改稿を行っています」「用字用語の使用および統一は、著者との協議により、本選集独自のものとしました」とある。

それより前、二〇〇八年には、ポプラ社から『あまんきみこ童話集』全五巻が刊行されている。第二巻に『車のいろは空のいろ』の連作から選ばれた作品が収録されたり、第三巻に『ミュウのいるいえ』の連作が収録されたりするなど、あまんの単行本の童話集という「まとまり」が生かされた編集であることが、四季にわけた三省堂版と違うところだ。収録作品は、三省堂版より少ないが、三省堂版にはない作品もある。

この二つのセレクション刊行以降も、あまんきみこは作品を発表し続けている。

＊1　亀岡泰子「あまんきみこ『白いぼうし』論2―本文異同・作家論の観点から―」（『岐阜大学国語国文学』一九九四年一二月）
＊2　菅野菜月「あまんきみこ「小さなお客さん」におけるテキスト異同をめぐって」（『国語論集』二〇一八年三月）参照。

（宮川健郎）

B 読書案内

▽「**最初に読む**」では、最新版の作品がまとめて読める書籍を取り上げました。
▽「**作品と親しむ**」では、書店等で入手しやすい作品集を取り上げました。
▽「**作家を知る**」では、作家あまんきみこについて知ることができる書籍を取り上げました。
▽「**もっと深める**」では、近年のものを中心に、あまんきみこの作品を大きく扱っている研究書や特集雑誌を取り上げました。入手が難しい特集雑誌については、目次も一部記載しました。

最初に読む

①後路好章・宮川健郎編『あまんきみこセレクション』全五巻（三省堂、二〇〇九年） ⬇p.199

92編の作品と58編のエッセイを収めた決定版選集。作品集の第一巻〜第四巻、エッセイ集の第五巻で構成されている。作品集は春夏秋冬で分かれており、西巻茅子、岡田淳、江國香織、宮川ひろとの対談も収録している。エッセイ集には、最新の著者自筆年譜も収められている。改稿や加筆修正が多いあまん作品に言及する際には、必ず目を通しておきたい。

作品と親しむ

①『車のいろは空のいろ』全三巻（ポプラポケット文庫、二〇〇五年） ⬇p.196

『新装版　車のいろは空のいろ』全三巻（ポプラ社、二〇〇一年）の文庫版。《松井さん》シリーズを読むのに大変便利であるとともに、「童話集」というまとまりで作品を捉えるときの参考にもなる。

②『あまんきみこ童話集』全五巻（ポプラ社、二〇〇八年） ⬇p.197

オリジナル編集の童話集。収録作品数はあまり多くないが、《松井さん》シリーズが中心となる第二巻に「ふうたの雪まつり」が収められていたり、第三巻に《えっちゃん》シリーズがまとめられていたりする。単行本などを読むだけでは見落としがちな作品間のつながりが感じられる。

③『あまんきみこ童話集』（ハルキ文庫、二〇〇九年）⬇p.198

編者の谷悦子によるオリジナル編集の童話集。12作品を収録。現在では手に入りにくい作品を収めるという方針から、『北風をみた子』（大日本図書、一九七八年）や『こがねの舟』（ポプラ社、一九八〇年）に焦点があてられ、有名なシリーズものとは趣の異なる作品世界が提示される。

作家を知る

①『空の絵本』（童心社、二〇〇八年）⬇p.197

あまんきみこ初のエッセイ集。一九八二年～二〇〇六年に新聞や出版社のPR誌などに寄稿した文章の中から13編が収められている。『あまんきみこセレクション』の第五巻には収録されていない文章もある。

②日本児童文学者協会編『作家が語るわたしの児童文学15人』（にっけん教育出版社、二〇〇二年）

『日本児童文学』に連載された《シリーズ・作家が語る》の書籍化。相原法則によるインタビューと構成で、作家と作品の関係を簡潔に知ることができる。「小さなお客さん」の冒頭部の直筆原稿の写真も掲載されている。

③神宮輝夫『現代児童文学作家対談9』（偕成社、一九九二年）

児童文学研究者である神宮輝夫との対談が収録されている。満州体験やあまん作品に頻出する「雨」のイメージについての具体的な指摘、児童文学史への位置づけをめぐる対話もある。対談のほかにも、自筆年譜や著作目録、研究文献目録も収められている。

④『ふしぎの描き方―あまんきみこ&富安陽子の世界』（大阪国際児童文学振興財団、二〇一九年）

『車のいろは空のいろ』出版五〇周年を記念して行われた講演会の記録。「ふしぎ」を描く二人の児童文学作家の講演と対談からは、それぞれの作品の「きつね」のイメージをきっかけに、互いの宮沢賢治体験が引き出される。また担当編集者たちのコメントも収められており、《松井さん》シリーズの第四巻（新作）の刊行も予告されている。

もっと深める

《研究書》

①丹藤博文『ナラティヴ・リテラシー——読書行為としての語り』（渓水社、二〇一八年）

教科書教材を対象とした論集。「おにたのぼうし」や、国語教育における戦争児童文学のあり方を模索する、「雲」についての論考が収められている。〔「『おにたのぼうし』（あまんきみこ）——存在の〈内〉と〈外〉——」／「『雲』（あまんきみこ）——戦争児童文学の読み方——」〕

②西田谷洋編『あまんきみこの童話を読む』（一粒書房、二〇一四年）、『あまんきみこの童話を読むⅡ』（一粒書房、二〇一七年）

前者は愛知教育大学西田谷ゼミの共同研究論集。教科書教材のうち16編の物語分析が試みられる。「補遺編」と位置づけられた後者では、富山大学の学生らによって、新たに教科書教材1編とハルキ文庫版『あまんきみこ童話集』に収められた12編が分析されている。

③田近洵一編『文学の教材研究〈読み〉のおもしろさを掘り起こす』（教育出版、二〇一四年）

ことばと教育の会による教科書教材を対象とした論集。「白いぼうし」や「きつねのおきゃくさま」、「おにたのぼうし」についての論考が収められている。

④木村功『賢治・南吉・戦争児童文学　教科書教材を読みなおす』（和泉書院、二〇一二年）

教科書教材などを対象とした論集。「おにたのぼうし」や、あまんの戦争児童文学作品を横断的に検討した論考が収められている。〔「あまんきみこ「おにたのぼうし」論」／「あまんきみこの戦争児童文学——戦争体験の表象とその問題——」〕

⑤浜本純逸監修『文学の授業づくりハンドブック　授業実践史をふまえて』全四巻（渓水社、二〇一〇年）

一九九〇年以降の作品別授業実践史がまとめられたハンドブック。第一巻では「きつねのおきゃくさま」、第二巻では「ちいちゃんのかげおくり」と「白いぼうし」が取り上げられる。それ以前の実践史としては、『作品別文学教育実践史事典　第二集　小学校編』（明治図書、一九八八年）に「白いぼうし」が立項されている。

⑥『平成17年度国際子ども図書館児童文学連続講義録「日本児童文学の流れ」』（国立国会図書館国際子ども図書館、二〇〇六年）

日本児童文学史をテーマとした講義録集。宮川健郎「童話の系譜」では、現代児童文学における『車のいろは空のいろ』の評価の変遷から、あまんきみこを中心とする「童話の系譜」が検討されている。

⑦田中実・須貝千里編『文学の力×教材の力　小学校編』全六巻（教育出版、二〇〇一年）

小学校の教科書教材を対象とした論集。一つの作品につき、文学研究者と国語教育研究者の論考がそれぞれ一本ずつ収められている。第二巻では「きつねのおきゃくさま」、第三巻では「おにたのぼうし」と「ちいちゃんのかげおくり」、第四巻では「白いぼうし」が取り上げられる。同じ編者による論集『「これからの文学教育」のゆくえ』（右文書院、二〇〇五年）にも、「白いぼうし」や「おにたのぼうし」についての論考が収められている。

⑧宮川健郎『国語教育と現代児童文学のあいだ』（日本書籍、一九九三年）

児童文学作品の教材化をめぐる論集。童話集『車のいろは空のいろ』論などが収められており、あまん作品の独自性が検討される。戦争児童文学の問題については、同じ著者による『現代児童文学の語るもの』（ＮＨＫブックス、一九九六年）に詳しい。（「作家に聞く――「教材としての児童文学」をめぐるふたつの午後――」／「時の翳り――あまんきみこ『車のいろは空のいろ』再読――」／「あまんきみこ「白いぼうし」、その見えないスイッチ――『文芸研教材研究ハンドブック』を読む――」）

⑨田川文芸教育研究会『文芸研・教材研究ハンドブック7　あまんきみこ＝白いぼうし』（明治図書、一九八五年）、矢根久美『文芸研・教材研究ハンドブック18　あまんきみこ＝ちいちゃんのかげおくり』（明治図書、一九九一年）

文芸教育研究協議会（文芸研）による教材研究ハンドブックのうちの二冊。それぞれ「白いぼうし」と「ちいちゃんのかげおくり」が取り上げられる。これらの成果は『西郷竹彦・教科書（光村版）指導ハンドブック　ものの見方・考え方を育てる』全六巻（新読書社、二〇一一年）などに引き継がれている。

《特集雑誌》

①**『鬼ヶ島通信』（鬼ヶ島通信社、二〇一九年五月）**
子どもの本の会員雑誌。特集「幼年童話」が組まれており、あまんが参加する座談会「幼年童話について」の記録や、野上暁「幼年童話の成立とその変遷」が収められている。

②**『子どもと創る「国語の授業」』（東洋館出版社、二〇一九年二月）**
全国国語授業研究会・筑波大学附属小学校国語研究部による研究誌。特集「あまんきみこ作品の新たな授業」が組まれており、授業記録や授業提案が収められている。

③**『ざわざわ――こども文学の実験』（四季の森社、二〇一五年五月）**
草創の会による児童文学雑誌。創刊号で特集「あまんきみこ」が組まれており、エッセイや論考が多数収められている。他にも、「あまんきみこアルバム」、童話雑誌『びわの実学校』の「くましんし」誌面の〈初出再現〉が収録されている。〔「あまんきみこさんにきく――作品は一通しかだせないラブレター」（聴き手・矢崎節夫）／矢部玲子「贖罪の児童文学――あまんきみこの人と作品」／山元隆春「あまんきみこ論――経験と成長のファンタジー」／府川源一郎「『きつねのおきゃくさま』を教材として読む／作品として読む」ほか〕

④**『文芸教育』（明治図書、二〇〇〇年八月）**
文芸教育研究協議会（文芸研）の研究誌。特集「あまんきみこを授業する」が組まれており、あまんと西郷竹彦の対談や授業実践の記録、三好修一郎「教科書掲載・あまんきみこ作品の変遷」などが収められている。〔西郷竹彦実験授業「あまんきみこ「白いぼうし」の授業」／宮川健郎「あまんきみこの「原型」」／萬屋秀雄「これまでのあまんきみこ研究と優れた実践の紹介」／足立悦男「文芸研のあまんきみこ研究」ほか〕

⑤**『実践国語研究別冊「ちいちゃんのかげおくり」「まぼろしの町」授業研究と全授業記録』（明治図書、一九九七年六月）**
国語教育探究の会による編集。あまんと那須正幹が参加するシンポジウム「子どもと創る国語科の授業」の記録や「ちいちゃんのかげおくり」の授業実践の記録、座談会が

収められている。（長崎伸仁「あまんきみこ・那須正幹氏からの贈り物」／位藤紀美子「あまんきみこと那須正幹の作品世界の魅力」／中洌正堯「文学教材の学習指導論」／棚橋尚子「「ちいちゃんのかげおくり」主要先行実践研究解題」／佐倉義信「「ちいちゃんのかげおくり」原作との比較」／「「ちいちゃんのかげおくり」全授業の展開と研究」（第三学年・全十一時間）ほか）

⑥『実践国語研究別冊「白いぼうし」の教材研究と全授業記録』（明治図書、一九九二年八月）

全国国語教育実践研究会による編集。「白いぼうし」についての論考や教材研究史と実践史、授業実践の記録が収められている。（甲斐睦朗「「白いぼうし」の表現——キーワードに着目して——」／佐藤敬子「あまんきみこと「白いぼうし」——ファンタジー童話の世界——」／大内善一「「白いぼうし」の教材分析」／「「白いぼうし」全授業の展開と研究」（第四学年・全十時間）ほか）

⑦『国語の授業』（一光社、一九八六年二月）

児童言語研究会の研究誌。特集「あまんきみこ」が組まれており、会員たちによる座談会「あまんきみこ——作品と教材——」（風間晋平・前川明・滝井徳子・渡辺増治・内藤谿子）や、清水真砂子「あまんきみこ論」、古田足日「あまんきみこメモ」などの論考が収められている。

（宮田航平）

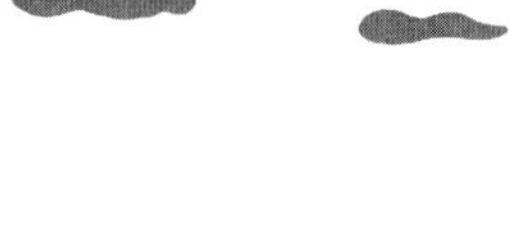

2 年譜

一九三一年［昭和6年］〇歳
八月一三日、父忠弘、母波子の長女として旧満州（現中国東北部）撫順に生まれる。本名阿萬紀美子。父母、祖父母、叔母二人の七人家族。南満州鉄道株式会社（通称満鉄）社員の父の転勤により、新京を経て大連で育つ。両親とも宮崎県出身で、母に連れられて数年に一度帰省した（一九四四年春まで）。

一九三八年［昭和13年］七歳
四月、小学校入学。

一九三九年［昭和14年］八歳
通っていたバレエ教室で、月刊絵本雑誌『キンダーブック』（フレーベル館）に熱中する。

一九四〇年［昭和15年］九歳
八月、誕生日に山本有三編『心に太陽を持て』（新潮社、一九三五年）を貰う。

一九四一年［昭和16年］一〇歳
虫垂炎の手術を受けるために入院。また小児神経衰弱とも診断され、長期間学校を休む。この頃、宮沢賢治『風の又三郎』（羽田書店、一九三九年）を手に入れる。

一九四三年［昭和18年］一二歳
この頃、坪田譲治「善太と三平」シリーズに出会う。

一九四四年［昭和19年］一三歳
三月、南山麓小学校卒業。祖父死去。四月、大連神明高等女学校入学。初めて徹夜して、トマス・ハーディ「テス」を読む。

一九四五年［昭和20年］一四歳
軍事訓練や壕掘り、軍服を縫う作業などに明け暮れる。七月、父のもとに赤紙（召集令状）が送られてくる。八月一五日、大連神社の社務所の前で、玉音放送を聴く。その日から学校は閉鎖となり、混乱が続くなかで謡本と出会う。父は勤務先の満州飛行機製造株式会社の要請で奉天に戻り、残務整理引き渡し後に帰宅した。一〇月、学校が再開される。担任の杉田先生の国語の授業で、ウィリアム・ブレイクの詩を知る。

一九四六年［昭和21年］一五歳

一二月、講堂で卒業式や終業式、お別れ会が行われ、大連神明高等女学校は閉校となる。

一九四七年［昭和22年］一六歳

三月、南満州鉄道病院（通称大連病院）で中耳炎の手術をした五日後、引揚船で日本に帰国する際に傷が悪化して高熱が続く。大阪大学医学部附属医院に約四か月入院し、看護師から立原道造の詩集を借りる。退院後、大阪府立豊中高等女学校（第四学年）に転入。文芸創作部に入り、ロマン・ロランや太宰治、坂口安吾、カフカやサルトル、宮本百合子、キルケゴールなどの作品に出会い、小説の創作も行った。

一九四八年［昭和23年］一七歳

四月、前年に施行された学校教育法により、大阪府立桜塚高等学校と改称。男女共学となる。

一九五〇年［昭和25年］一九歳

一二月、母死去。

一九五二年［昭和27年］二一歳

四月、三重野英昭と結婚。

一九五四年［昭和29年］二三歳

一月、長女美智子誕生。三月、夫の転勤により、東京都三鷹市に転居。

一九五五年［昭和30年］二四歳

九月、長男忠昭誕生。

一九五九年［昭和34年］二八歳

四月、日本女子大学家政学部児童学科（通信）に入学。紹介された与田凖一のもとをたびたび訪ねる。

一九六三年［昭和38年］三二歳

三月、日本女子大学卒業。東京都杉並区に転居。一〇月、坪田譲治が主宰する童話雑誌『びわの実学校』創刊号を与田凖一から渡される。

一九六五年［昭和40年］三四歳

日本児童文学者協会が主催する「新日本童話教室」の一期生となり、会場である目白の坪田譲治の自宅に足を運ぶ。八月、事前提出課題であった「ぼくらのたから」が、『日本児童文学』に掲載される。一〇月、前年に投稿していた「くましんし」が、『びわの実学校』に掲載される。

一九六六年〔昭和41年〕三五歳
四月、新日本童話教室卒業生有志が結成した勉強会「土曜会」のメンバー（宮川ひろ、高井節子、城戸典子、本間容子、千川あゆ子ら）とともに、同人誌『どうわ教室』を制作する。

一九六八年〔昭和43年〕三七歳
三月、童話雑誌『びわの実学校』に掲載された《松井さん》シリーズを中心にまとめた童話集『車のいろは空のいろ』（ポプラ社）が刊行され、出版記念会が行われる。夫の転勤により宮城県仙台市に転居。日本児童文学者協会新人賞、野間児童文芸賞推奨作品賞を受賞。

一九七〇年〔昭和45年〕三九歳
『おにたのぼうし』（ポプラ社、一九六九年）が、青少年読書感想文全国コンクール課題図書に選定される。

一九七一年〔昭和46年〕四〇歳
二月、父死去。三月、夫の転勤により福岡市に転居。

一九七四年〔昭和49年〕四三歳
『びわの実学校』の同人に加わる。

一九七六年〔昭和51年〕四五歳
夫の転勤により京都府長岡京市に転居。

一九七九年〔昭和54年〕四八歳
『ひつじぐものむこうに』（文研出版、一九七八年）で、サンケイ児童出版文化賞受賞。

一九八一年〔昭和56年〕五〇歳
『こがねの舟』（ポプラ社、一九八〇年）で、旺文社児童文学賞受賞。

一九八三年〔昭和58年〕五二歳
『ちいちゃんのかげおくり』（あかね書房、一九八二年）で、小学館文学賞、サンケイ出版文化賞受賞。同書が、青少年読書感想文全国コンクール課題図書に選定される。

一九八五年〔昭和60年〕五四歳
八月、祖母死去。

一九八六年〔昭和61年〕五五歳
『ぽんぽん山の月』（文研出版、一九八五年）で、絵本にっぽん賞を受賞。『季刊びわの実学校』が創刊され、同人に加わる。

一九八七年〔昭和62年〕五六歳
引き揚げから四十年ぶりに、三泊四日で大連に滞在。

一九八九年〔昭和64年・平成元年〕五八歳
『おっこちゃんとタンタンうさぎ』（福音館書店、一九八九年）で、野間児童文芸賞受賞。

一九九〇年［平成2年］五九歳
『だあれもいない?』（講談社、一九九〇年）で、ひろすけ童話賞受賞。
一九九一年［平成3年］六〇歳
『エリちゃんでておいで』（佼成出版社、一九九〇年）が、青少年読書感想文全国コンクール課題図書に選定される。
一九九六年［平成8年］六五歳
二月、義母死去。
一九九八年［平成10年］六七歳
二月、夫死去。
二〇〇一年［平成13年］七〇歳
紫綬褒章受章。『車のいろは空のいろ』シリーズ全三冊で、赤い鳥文学賞特別賞受賞。
二〇〇四年［平成16年］七三歳
『きつねのかみさま』（ポプラ社、二〇〇三年）で、日本絵本賞受賞。同書が、青少年読書感想文全国コンクール課題図書に選定される。
二〇〇七年［平成19年］七六歳
旭日小綬章受章。
二〇〇八年［平成20年］七七歳
初のエッセイ集『空の絵本』（童心社）、『あまんきみこ童話集』全五巻（ポプラ社）が刊行される。
二〇〇九年［平成21年］七八歳
これまでの作品やエッセイが多く収められた選集『あまんきみこセレクション』全五巻（三省堂）が刊行される。
二〇一六年［平成28年］八五歳
東燃ゼネラル児童文化賞受賞。

＊この年譜は、『あまんきみこセレクション』第五巻（三省堂、二〇〇九年）収録のエッセイや「あまんきみこ自筆年譜」などを参考に作成した。

（宮田航平）

3 あまんきみこ著作目録

刊行年度順著作目録

◉凡例
1 書籍として刊行されたものを、出版年月順に並べました。
2 〔 〕内は、〔画家名／出版社名〕を表します。
3 書名の下に「＊」印の付いているものは短編作品集。191ページからの「収録作品詳細目録」に収録内容を載せています。
4 書名の表記は、奥付によりました。

一九六八（昭和四三）年
3月 車のいろは空のいろ＊〔北田卓史／ポプラ社〕

一九六九（昭和四四）年
4月 ふしぎな ゆうえんち〔富永秀夫／実業之日本社〕
7月 おにたのぼうし〔いわさきちひろ／ポプラ社〕
7月 みんな おいで（こどものとも）〔川上越子／福音館書店〕

一九七〇（昭和四五）年 なし

一九七一（昭和四六）年
3月 どんぐり ふたつ〔赤星亮衛／偕成社〕
8月 とらうきぷっぷ〔安井淡／講談社〕
11月 ふうたのゆきまつり〔山中冬児／あかね書房〕

一九七二（昭和四七）年
4月 ミュウのいるいえ＊〔西巻茅子／フレーベル館〕

一九七三（昭和四八）年
9月 きつねみちは天のみち〔いわさきちひろ／大日本図書〕
10月 あかいぼうし〔鈴木義治／偕成社〕
12月 よもぎのはらの たんじょうかい〔岩村和朗／金の星社〕

一九七四（昭和四九）年
6月 いっかいばなしいっかいだけ〔高橋国利／あかね書房〕

12月　ままごとのすきな女の子〔安井淡／岩崎書店〕
12月　ちびっこ　ちびおに〔若山憲／偕成社〕

一九七五（昭和五〇）年

7月　バクのなみだ〔安井淡／岩崎書店〕
12月　おかあさんの目＊〔浅沼とおる／あかね書房〕

一九七六（昭和五一）年

4月　ふうたのはなまつり〔山中冬児／あかね書房〕
10月　のはらのうた〔安井淡／岩崎書店〕
12月　七つのぽけっと＊〔佐野洋子／理論社〕
12月　ふたりのサンタおじいさん〔田中槇子／偕成社〕

一九七七（昭和五二）年

2月　えっちゃんの森＊〔西巻茅子／フレーベル館〕
4月　山ねこおことわり〔北田卓史／ポプラ社〕
5月　車のいろは空のいろ＊〔北田卓史／ポプラ社（文庫）〕

一九七八（昭和五三）年

2月　はなたれこぞうさま（再話）〔小野かおる／文研出版〕
3月　北風をみた子〔井口文秀／大日本図書〕
3月　みちくさ一年生〔山中冬児／講談社〕
7月　車のいろは空のいろ＊〔佐野洋子／講談社（文庫）〕
7月　はなおばあさんの　おきゃくさま〔鈴木義治／旺文社〕
8月　みんなおいでよ〔にしまきかやこ／小学館〕
10月　ひつじぐものむこうに〔長谷川知子／文研出版〕

一月　Onto's Hat（おにたのぼうし）〔岩崎ちひろ／A&C Black（イギリス版）〕

一九七九（昭和五四）年

4月　ねこルパンさんとしろいふね〔黒井健／あかね書房〕
7月　かえりみち〔西巻茅子／あい書房〕
7月　ぼくのでんしゃ〔宮崎耕平／ポプラ社〕
10月　かみなりさんのおとしもの〔中山正美／偕成社〕

一九八〇（昭和五五）年

3月　はなとしゅうでんしゃ〔葉祥明／文研出版〕
5月　あかいくつ〔安井淡／岩崎書店〕
11月　名まえをみてちょうだい＊〔西巻茅子／ポプラ社（文庫）〕
12月　こがねの舟＊〔遠藤てるよ／ポプラ社〕
一九八一（昭和五六）年
3月　えっちゃんのあきまつり〔遠藤てるよ／あかね書房〕
4月　おとといのおじさん〔井上洋介／旺文社〕
4月　ちいさな　こだまぼっこ〔渡辺洋二／大日本図書〕
4月　小さなお客さん〔全国学校図書館協議会〕
11月　とうさんのお話トランク＊〔渡辺有一／講談社〕

一九八二（昭和五七）年

3月　続　車のいろは空のいろ＊〔北田卓史／ポプラ社〕
7月　えっちゃんと　ふうせんばたけ〔西巻茅子／フレー

ベル館〕
8月 ちいちゃんのかげおくり〔上野紀子／あかね書房〕
9月 クレヨンぞうさん〔長新太／大日本図書〕
10月 はんぶん はんぶん〔坪谷令子／教学研究社〕
11月 すずおばあさんのハーモニカ（おはなしチャイルドリクエストシリーズ）〔黒井健／チャイルド本社〕
12月 きんのことり〔上野紀子／PHP研究所〕

一九八三（昭和五八）年

5月 けいこちゃん（こどものとも）〔西巻茅子／福音館書店〕
9月 すずおばあさんのハーモニカ（ひさかたメルヘン）〔黒井健／ひさかたチャイルド〕
11月 七つのぽけっと＊〔佐野洋子／理論社（フォア文庫）〕
11月 もうひとつの空〔金井塚道栄／福音館書店〕
12月 おててぱちぱち（あまんきみこのあかちゃんえほん1）〔上野紀子／ポプラ社〕
12月 あそびましょう（あまんきみこのあかちゃんえほん2）〔上野紀子／ポプラ社〕
12月 いないよいないよ（あまんきみこのあかちゃんえほん3）〔上野紀子／ポプラ社〕
12月 ないたこだあれ（あまんきみこのあかちゃんえほん4）〔上野紀子／ポプラ社〕
12月 あっぷっぷう（あまんきみこのあかちゃんえほん5）〔上野紀子／ポプラ社〕

一九八四（昭和五九）年

1月 ぎんいろのねこ〔黒井健／小学館〕
2月 よもぎのはらのたんじょうかい（改訂版）〔いわむらかずお／金の星社〕
3月 くもうまさん（キンダーおはなしえほん）〔岡村好文／フレーベル館〕
8月 じょうずにはけたよ（あまんきみこのあかちゃんえほん6）〔上野紀子／ポプラ社〕
8月 いっぱいたべよう（あまんきみこのあかちゃんえほん7）〔上野紀子／ポプラ社〕
8月 おふろでとっぷーん（あまんきみこのあかちゃんえほん8）〔上野紀子／ポプラ社〕
8月 きつねのおきゃくさま〔二俣英五郎／サンリード〕
8月 たろうのかみひこうき〔鈴木まもる／講談社〕
9月 ぴんぽんだあれ（あまんきみこのあかちゃんえほん9）〔上野紀子／ポプラ社〕
9月 おやすみなさい（あまんきみこのあかちゃんえほん10）〔上野紀子／ポプラ社〕
9月 かまくらかまくらゆきのいえ〔黒井健／ひくまの出版〕

一九八五（昭和六〇）年

3月　七つのぽけっと〈愛蔵版〉＊〔佐野洋子／理論社〕
3月　みどりのふえ（キンダーメルヘン）〔新野めぐみ／フレーベル館〕
5月　ふうたの雪まつり＊〔司真美／ポプラ社（文庫）〕
6月　ふしぎなオルゴール＊〔佐野洋子／講談社（文庫）〕
7月　こんにちは　のこちゃん〔赤星亮衛／偕成社〕
9月　そらいろの　ハンカチ（キンダーメルヘン）〔秋里信子／フレーベル館〕
11月　よもぎのはらのおともだち〔やまわきゆりこ／PHP研究所〕
12月　ぽんぽん山の月〔渡辺洋二／文研出版〕

一九八六（昭和六一）年

1月　くもうまさん〔岡村好文／フレーベル館〕
2月　ふしぎな　マフラー（キンダーおはなしえほん）〔金井塚道栄／フレーベル館〕
3月　マコちゃんと　ねむの花〔牧野鈴子／秋書房〕
7月　ぎんいろのねこ〔黒井健／小学館〕
8月　続　車のいろは空のいろ＊〔北田卓史／ポプラ社（文庫）〕
8月　つきよは　うれしい〔ならさかともこ／理論社〕
10月　すずかけ写真館＊〔渡辺有一／講談社（青い鳥文庫）〕
10月　たんじょうびには　コスモスを〔つちだよしはる／ひさかたチャイルド〕

一九八七（昭和六二）年

3月　あかい　はなが　さいたよ〔上野紀子／あかね書房〕
3月　こぶたのぶうぶは　こぶたのぶうぶ〔福田岩緒／童心社〕
5月　あしたも　あそぼうね〔いもとようこ／金の星社〕
7月　車のいろは空のいろ　きこえるよ○《まる》〔つちだよしはる／ポプラ社〕
9月　おかあさんの目＊〔南塚直子／あかね書房（文庫）〕
10月　銀の砂時計＊〔佐野洋子／講談社（文庫）〕
11月　きつねみちは天のみち〈新版〉〔いわさきちひろ／大日本図書〕

一九八八（昭和六三）年

3月　あそびたいもの　よっといで〔田中秀幸／岩崎書店〕
3月　ようちえんにいった　ともちゃんとこぐまくん〔西巻茅子／福音館書店〕
3月　きんの　はくちょう〔司修／すずき出版〕
3月　ともちゃんは　おねえさん（キンダーおはなしえほん）〔牧野鈴子／フレーベル館〕
5月　海からきたむすめ〔石倉欣二／偕成社〕
6月　おかあさんの目〔くろいけん／あかね書房〕

一九八九（昭和六四／平成元）年

3月　はるの　たこあげ（キンダーおはなしえほん）〔黒井健／フレーベル館〕

4月　おっこちゃんとタンタンうさぎ＊〔西巻茅子／福音館書店〕

5月　なまえをみてちょうだい（こねこのミュウ①）〔鈴木まもる／フレーベル館〕

5月　ミュウのいえ（こねこのミュウ②）〔鈴木まもる／フレーベル館〕

5月　スキップ　スキップ（こねこのミュウ③）〔鈴木まもる／フレーベル館〕

11月　しろいライオン〔木村かほる／理論社〕

一九九〇（平成二）年

3月　だあれもいない？＊〔渡辺洋二／講談社〕

4月　みちくさ一年生〔門田律子／講談社〕

4月　ストーブの　まえで（こねこのミュウ④）〔鈴木まもる／フレーベル館〕

5月　はるのよるのおきゃくさん（こねこのミュウ⑤）〔鈴木まもる／フレーベル館〕

6月　シャムねこせんせい　おげんき？（こねこのミュウ⑥）〔鈴木まもる／フレーベル館〕

6月　まよいご一年生〔門田律子／講談社〕

11月　エリちゃん　でておいで〔緒方直青／佼成出版社〕

一九九一（平成三）年

1月　けいこちゃん（こどものとも傑作選）〔西巻茅子／福音館書店〕

7月　るすばん一年生〔門田律子／講談社〕

一九九二（平成四）年

6月　ともちゃんとこぐまくんの　うんどうかい〔西巻茅子／福音館書店〕

7月　あのね、かずくん、はいしゃはこわくない〔渡辺有一／ポプラ社〕

10月　サンタさんといっしょに〔秋里信子／教育画劇〕

一九九三（平成五）年

2月　きつねバスついたかな＊〔岡本好文／フレーベル館〕

一九九四（平成六）年

2月　びりっこ一年生〔門田律子／講談社〕

一九九五（平成七）年

2月　雲のピアノ＊〔いせひでこ／講談社〕

4月　きつねの写真＊〔いもとようこ／岩崎書店〕

8月　おりがみ　のはらで　あそびましょ〔南塚直子／小学館〕

一九九六（平成八）年

2月　ひみつのひきだしあけた？〔やまわきゆりこ／PH

P研究所〕
2月　ふしぎな　マフラー（キンダー名作選）〔金井塚道栄／フレーベル館〕
3月　ふうたのほしまつり〔山中冬児／あかね書房〕
5月　すすきのはらのおくりもの〔宮本忠夫／新学社　全家研〕
9月　あのこはだあれ〔かのめかよこ／リーブル〕

一九九七（平成九）年

4月　ぼうしねこはほんとねこ〔黒井健／ポプラ社〕

一九九八（平成一〇）年

3月　ころころいけはぽちゃんいけ（こどものとも）〔上野紀子／福音館書店〕
6月　海うさぎの　きた日〔南塚直子／小峰書店〕
9月　ねんねん　のはら（こどものとも０１２）〔ほさかあやこ／福音館書店〕
10月　うさぎが　そらを　なめました（キンダーおはなしえほん）〔黒井健／フレーベル館〕

一九九九（平成一一）年

1月　わすれんぼ一年生〔門田律子／講談社〕
6月　花をかう日〔味戸ケイコ／ポプラ社〕
12月　おはじきの木〔上野紀子／あかね書房〕

二〇〇〇（平成一二）年

1月　くもうまさん（おはなしえほんベストセレクション）〔岡村好文／フレーベル館〕
4月　車のいろは空のいろ　白いぼうし＊〔北田卓史／ポプラ社〕
4月　車のいろは空のいろ　春のお客さん＊〔北田卓史／ポプラ社〕
4月　車のいろは空のいろ　星のタクシー＊〔北田卓史／ポプラ社〕

二〇〇一（平成一三）年

5月　だあれもいない？＊〔渡辺洋二／講談社〕
6月　すてきな　おきゃくさん（紙芝居）〔アンヴィル奈宝子／童心社〕
7月　父さんのたこは　せかいいち〔荒井良二／にっけん教育出版社〕
8月　シャムねこせんせい　おげんき？〔渡辺三郎／チャイルド本社〕
9月　ねんねんねん〔南塚直子／小峰書店〕
11月　きんのことり〈新装版〉〔荒井良二／PHP研究所〕

二〇〇二（平成一四）年

1月　まほうのマフラー〔マイケル・グレイニエツ／ポプラ社〕
6月　えっちゃんの森＊〔西巻茅子／フレーベル館〕

10月　てまりのき〔大島妙子／講談社〕
11月　だんだんやまの　そりすべり〔西村繁男／福音館書店〕
二〇〇三（平成一五）年
3月　すてきな　ぼうし〔黒井健／あかね書房〕
3月　なかないで　なかないで（チャイルド絵本館）〔渡辺三郎／チャイルド本社〕
5月　ふうたの　かぜまつり〔山中冬児／あかね書房〕
10月　えっちゃんとミュウ＊〔西巻茅子／フレーベル館〕
11月　うさぎが　そらを　なめました（おはなしえほんベストセレクション）〔黒井健／フレーベル館〕
11月　クリスマスくまくん（訳本・アン・マンガン作）〔ジョアンナ・モス／学習研究社〕
12月　きつねのかみさま〔酒井駒子／ポプラ社〕
二〇〇四（平成一六）年
1月　鉢かづき〔狩野富貴子／ポプラ社〕
4月　みどりの　ふえ（キンダーおはなしえほん）〔おぐらひろかず／フレーベル館〕
10月　ままたろう？〔つちだよしはる／あかね書房〕
二〇〇五（平成一七）年
7月　ぼくはおばけのおにいちゃん〔武田美穂／教育画劇〕
7月　ゆうひのしずく〔しのとおすみこ／小峰書店〕
10月　おかあさんの目＊〔菅野由貴子／ポプラ社（文庫）〕
9月　すずおばあさんの　ハーモニカ　第三版（おはなしチャイルドリクエストシリーズ）〔黒井健／チャイルド本社〕
10月　あなたは、だあれ？〔武田美穂／小学館〕
11月　おひさまえんの　さくらのき〔石井勉／あかね書房〕
11月　車のいろは空のいろ　白いぼうし＊〔北田卓史／ポプラ社（文庫）〕
11月　車のいろは空のいろ　春のお客さん＊〔北田卓史／ポプラ社（文庫）〕
11月　車のいろは空のいろ　星のタクシー＊〔北田卓史／ポプラ社（文庫）〕
12月　七つのぽけっと〈復刻版〉＊〔佐野洋子／理論社〕
二〇〇六（平成一八）年
5月　わたしのかさは　そらのいろ（こどものとも）〔垂石眞子／福音館書店〕
二〇〇七（平成一九）年
1月　青葉の笛〔村上豊／ポプラ社〕
1月　おまけのじかん〔吉田奈美／ポプラ社〕
1月　なまえをみてちょうだい＊〔西巻茅子／フレーベル館〕
2月　あかりちゃん〔本庄ひさ子／文研出版〕
2月　けんかの　なかよしさん〔長野ヒデ子／あかね書房〕

4月　みどりの　ふえ〔おぐらひろかず／フレーベル館〕
7月　わたしのおとうと〔永井泰子／学習研究社〕
11月　スキップ　スキップ（紙芝居）〔梅田俊作／童心社〕
12月　天の町　やなぎ通り〔黒井健／あかね書房〕

二〇〇八（平成二〇）年

1月　よもぎのはらのおともだち〈新装版〉〔やまわきゆりこ／ＰＨＰ研究所〕
2月　ひみつのひきだしあけた？〈新装版〉〔やまわきゆりこ／ＰＨＰ研究所〕
2月　げんまんげんまん〔いしいつとむ／小峰書店〕
3月　空の絵本＊〔松成真理子／童心社〕
3月　あまんきみこ童話集１＊〔渡辺洋二／ポプラ社〕
3月　あまんきみこ童話集２＊〔武田美穂／ポプラ社〕
3月　あまんきみこ童話集３＊〔荒井良二／ポプラ社〕
3月　あまんきみこ童話集４＊〔かわかみたかこ／ポプラ社〕
3月　あまんきみこ童話集５＊〔遠藤てるよ／ポプラ社〕
7月　けいこちゃん〔西巻茅子／ポプラ社〕
7月　こぶたのぶうぶ　そらをとぶ〔武田美穂／教育画劇〕

二〇〇九（平成二一）年

1月　このゆび、とーまれ〔いしいつとむ／小峰書店〕
1月　くもりガラスのむこうには〔黒井健／岩崎書店〕
3月　あまんきみこ童話集＊〔宮木ミチル／角川春樹事務所（ハルキ文庫）〕
4月　のはらで　なわとび（紙芝居）〔松成真理子／童心社〕
5月　いっぱいの　おめでとう〔狩野富貴子／あかね書房〕
6月　もう　いいよう〔かわかみたかこ／ポプラ社〕
7月　こぶたのぶうぶはほんとにぶうぶ？〔武田美穂／教育画劇〕
12月　あまんきみこセレクション①　春のおはなし＊〔西巻茅子・村上康成・黒井健・渡辺洋二／三省堂〕
12月　あまんきみこセレクション②　夏のおはなし＊〔村上康成・西巻茅子・黒井健・渡辺洋二／三省堂〕
12月　あまんきみこセレクション③　秋のおはなし＊〔黒井健・西巻茅子・村上康成・渡辺洋二／三省堂〕
12月　あまんきみこセレクション④　冬のおはなし＊〔渡辺洋二・村上康成・西巻茅子・黒井健／三省堂〕
12月　あまんきみこセレクション⑤　ある日ある時＊〔牧野千穂／三省堂〕

二〇一〇（平成二二）年

8月　すずおばあさんのハーモニカ（第2版）〔黒井健／ひさかたチャイルド〕
9月　うさぎが　そらを　なめました〔黒井健／フレーベル館〕

9月　コスモス　あげる（紙芝居）〔梅田俊作／童心社〕

二〇一一（平成二三）年

2月　みてよ　ぴかぴかランドセル〔西巻茅子／福音館書店〕

3月　もものこさん（こどものとも）〔かのめかよこ／福音館書店〕

6月　みんなでよいしょ〔いしいつとむ／小峰書店〕

9月　えっちゃんの　おつきみ〔渡辺三郎／チャイルド本社〕

9月　つきよはうれしい〔こみねゆら／文研出版〕

9月　すずおばあさんのハーモニカ　第四版（おはなしチャイルドリクエストシリーズ）〔黒井健／チャイルド本社〕

10月　みーつけたっ〔いしいつとむ／小峰書店〕

11月　北風ふいてもさむくない〔西巻茅子／福音館書店〕

12月　トントントンを　まちましょう〔鎌田暢子／ひさかたチャイルド〕

二〇一二（平成二四）年

4月　えっちゃんせんせい（紙芝居）〔松成真理子／童心社〕

二〇一三（平成二五）年

3月　あそびたい　もの　よっといで〔おかだちあき／鈴木出版〕

8月　こぐまの　くうちゃん〔黒井健／童心社〕

二〇一四（平成二六）年

7月　ちいちゃんのかげおくり〔上野紀子／あかね書房〕

12月　鳥よめ〔山内ふじ江／ポプラ社〕

二〇一五（平成二七）年

4月　わたしのかさは　そらのいろ〔垂石眞子／福音館書店〕

4月　はらぺことらたとふしぎなクレヨン〔広瀬弦／ＰＨＰ研究所〕

7月　海の小学校〔いとうえみ／本願寺出版社〕

二〇一六（平成二八）年

2月　なかないで　なかないで〔黒井健／ひさかたチャイルド〕

2月　名前を見てちょうだい・白いぼうし〔阪口笑子／岩崎書店〕

8月　おつきみ〔黒井健／ひさかたチャイルド〕

9月　きつねみちは、天のみち〔松成真理子／童心社〕

7月　とらねことらたとなつのうみ〔広瀬弦／ＰＨＰ研究所〕

二〇一七（平成二九）年

3月　花まつりにいきたい〔羽尻利門／本願寺出版社〕

－月　The Fox Wish（きつねのかみさま）〔酒井駒子／Cronicle Books LLC（アメリカ版）〕

収録作品詳細目録

◉凡例
1　発行年順に並んでいます。
2　作品等の表記は、目次によりました。

●車のいろは空のいろ（一九六八・ポプラ社）
「まえがき」
小さなお客さん
うんのいい話
白いぼうし
すずかけ通り三丁目
山ねこ、おことわり
シャボンの森
くましんし
ほん日は雪天なり
「あとがき」

●ミュウのいるいえ（一九七二・フレーベル館）
1　スキップ　スキップ
2　春の夜《よ》のおきゃくさん
3　ミュウのいえ
4　はやすぎる　はやすぎる
5　シャムねこ先生　お元気？
6　しらない　おじさん
7　名まえを　みてちょうだい
8　ふしぎなじょうろで　水、かけろ
9　ねん　ねん　ねん　ねん
10　元気　わくわく
11　ストーブのまえで
「おわりに」

●おかあさんの目——童話集（一九七五・あかね書房）
（まえがき）
おかあさんの目
まほうの花見
天の町やなぎ通り
きつねのしゃしん
雲　の　花
おしゃべりくらげ
口笛をふく子
おはじきの木
「あとがき」

●七つのぽけっと（一九七六・理論社）
（まえがき）
あおい　ビーだま
みっこちゃんの　はなし
はるの　おきゃくさん
なみだおに
あきの　ちょう
すてきな　おきゃくさん
コンの　しっぽは　せかい　いち
「おわりに」

●えっちゃんの森（一九七七・フレーベル館）
たぬきしんぶん
とらを　たいじしたのは　だれでしょう
だいちゃんぜみ
おてんとさま　ひかれ

●車のいろは空のいろ（一九七七・ポプラ社文庫）

車のいろは空のいろ

1 小さなお客さん

2 うんのいい話

3 白いぼうし

4 すずかけ通り三丁目

5 山ねこ、おことわり

6 シャボン玉の森

7 くましんし

8 ほん日は雪天なり

ねこんしょうがつ騒動記

まよなかのお客さん

「あとがき」

・解説　生源寺美子

●車のいろは空のいろ（一九七八・講談社文庫）

車のいろは空のいろ

小さなお客さん

うんのいい話

白いぼうし

すずかけ通り三丁目

山ねこ、おことわり

シャボン玉の森

くま紳士

本日は雪天なり

ふうたの雪まつり

きつねみちは天のみち

とらうきぷっぷ

『車のいろは空のいろ』あとがき

「文庫版　あとがき」

・解説　与田準一

・あまんきみこ略歴

●名まえをみてちょうだい（一九八〇・ポプラ社文庫）

名まえをみてちょうだい

はやすぎる　はやすぎる

ねん　ねん　ねん　ねん

スキップ　スキップ

ミュウのいえ

春の夜《よ》のおきゃくさん

シャムねこ先生　お元気?

しらないおじさん

ふしぎなじょうろで　水、かけろ

元気、わくわく

ストーブのまえで

・解説　西本鶏介

●こがねの舟（一九八〇・ポプラ社）

くもんこの話

ひゃっぴきめ

ねこん正月騒動記

いっかい話、いっかいだけ

カーテン売りがやってきた

うぬぼれ鏡

ふしぎな遊園地

こがねの舟

「あとがき」

・解説「ファンタジーでとらえる人間性」西本鶏介

●とうさんのお話トランク（一九八一・講談社）

かっぱのあの子

がんばれ、がんばれ

きりの中の子ども

たぬき大学校

まんげつの夜は

すずかけ写真館

●続・車のいろは空のいろ（一九八二・ポプラ社）

「はじめに」
春のお客さん
きりの村
やさしいてんき雨
草木もねむるうしみつどき
雲 の 花
虹の林のむこうまで
まよなかのお客さん
「あとがき」

●七つのぽけっと（一九八三・フォア文庫）

七つのポケット
あおい　ビーだま
みっこちゃんの　はなし
はるの　おきゃくさん
なみだおに
あきのちょう
すてきな　おきゃくさん
コンの　しっぽは　せかい　いち
くもわらし
•解説「現実の中の不思議な世界」西本鶏介

●七つのぽけっと〈愛蔵版〉（一九八五・理論社）

あおい　ビーだま
みっこちゃんの　はなし
はるの　おきゃくさん
なみだおに
あきの　ちょう
すてきな　おきゃくさん
コンの　しっぽは　せかい　いち
「おわりに」

●ふうたの雪まつり（一九八五・ポプラ社文庫）

ふうたの雪まつり
ふうたの花まつり
きつねみちは天のみち
よもぎのはらのたんじょう会
•解説　西本鶏介

●ふしぎなオルゴール（一九八五・講談社文庫）

天の町やなぎ通り
まほうの花見
きつねのしゃしん
おかあさんの目
くもんこの話
おしゃべりくらげ
百ぴきめ
ねこん正月騒動記
いっかい話いっかいだけ
ねこルパンさんと白い船
カーテン売りがやってきた
小さなこだまぼっこ
ふうたの花まつり
うぬぼれ鏡
花と終電車
口笛をふく子
おはじきの木
こがねの舟
「あとがき」
•解説　西本鶏介

●続 車のいろは空のいろ（一九八六・ポプラ社文庫）
春のお客さん
きりの村
やさしいてんき雨
草木もねむるうしみつどき
雲　の　花
虹の林のむこうまで
しらないどうし
•解説　西本鶏介

●すずかけ写真館（一九八六・青い鳥文庫）
かっぱのあの子
がんばれ、がんばれ
たぬき大学校
まんげつの夜は
きりの中の子ども
すずかけ写真館
とらうきぷっぷ
•解説「文学をささえる情景」松田司郎

●おかあさんの目（一九八七・あかね文庫）
おかあさんの目
まほうの花見
天の町やなぎ通り
きつねのしゃしんしん
雲の花
おしゃべりくらげ
口笛をふく子
おはじきの木
•「あまんさんは、おかあさんです」宮川ひろ

●銀の砂時計（一九八七・講談社文庫）
七つのぽけっと
1　青いビー玉
2　みっこちゃんの話
3　春のお客さん
4　なみだおに
5　秋のちょう
6　すてきなお客さん
7　コンのしっぽは世界一
ままごとのすきな女の子
はなおばあさんのお客さま
おにたのぼうし
ふしぎな公園
野原の歌
金の小鳥
きつねのお客さま
ちいちゃんのかげおくり
かまくら かまくら 雪の家
よもぎ野原の誕生会
バクのなみだ
「あとがき」
•解説　今西祐行

●おっこちゃんとタンタンうさぎ（一九八九・福音館書店）
はじめのはなし
ふしぎなじどうしゃ
赤いくつをはいた子
すすめ ベッド丸
あかちゃんのくに
タンタンのようちえん
ゆきちゃんのおとしもの
ねずみのかみさま

すずかけ公園の雪まつり
おわりのはなし

●だあれもいない？（一九九〇・講談社）
海うさぎのきた日
きりの中のぶらんこ
さよならのうた
ふしぎな森
かくれんぼ

●きつねバスついたかな（一九九三・フレーベル館）
おんぶ　おんぶの　おともだち
きつねバス　ついたかな
うさぎが　空を　なめました

●雲のピアノ（一九九五・講談社）
はじめに――雲のピアノ
海のピアノ　黒ねこモンジロウの話
星のピアノ　ねこのチャスケは調律師
野のピアノ　野ねずみ保育園
森のピアノ　西の森きつね小学校
花のピアノ　子うさぎブンタの望遠鏡
「あとがき」

●きつねの写真（一九九五・岩崎書店）
すずおばあさんのハーモニカ
なまえをみてちょうだい
おかあさんの目
ちいちゃんのかげおくり
白いぼうし
きつねの写真

●すすきのはらのおくりもの（一九九六・新学社　全家研）
青い　かきの　み
花の　おふとん
すすきのはらの　おくりもの
「あとがき」

●車のいろは空のいろ　白いぼうし（二〇〇〇・ポプラ社）
（まえがき）
小さなお客さん
うんのいい話
白いぼうし
すずかけ通り三丁目
山ねこ、おことわり
シャボン玉の森
くましんし
ほん日は雪天なり
「あとがき」
・解説「さわやかで味わい深いファンタジー」西本鶏介

●車のいろは空のいろ　春のお客さん（二〇〇〇・ポプラ社）
春のお客さん
きりの村
やさしいてんき雨
草木もねむるうしみつどき
雲 の 花
虹の林のむこうまで
まよなかのお客さん
「あとがき」
・解説「「どちらまででしょうか。」」砂田弘

●車のいろは空のいろ　星のタクシー（二〇〇〇・ポプラ社）
ぼうしねこはほんとねこ
星のタクシー
しらないどうし

ほたるのゆめ
ねずみのまほう
たぬき先生はじょうずです
雪がふったら、ねこの市
「あとがき」
　松谷みよ子
•解説「あまんさんといやしの文学」

●だあれもいない？（二〇〇一・講談社）
海うさぎのきた日
きりの中のぶらんこ
さよならのうた
ふしぎな森
かくれんぼ

●えっちゃんの森（二〇〇二・フレーベル館）
えっちゃんは　ミスたぬき
だいちゃんぜみ
ふうせんばたけは　さあらさら

●えっちゃんとミュウ（二〇〇三・フレーベル館）
とらを　たいじしたのは　だれでしょう
夜中に　きたのは　だれでしょう
てんじょうに　いるのは　だれでしょう
お天気に　したのは　だれでしょう

●おかあさんの目（二〇〇五・ポプラ社文庫）
おかあさんの目
まほうの花見
天の町やなぎ通り
きつねのしゃしん
おしゃべりくらげ
口笛をふく子
おはじきの木
えっちゃんの秋まつり
「あとがき」
•解説　神宮輝夫

●車のいろは空のいろ　白いぼうし（二〇〇五・ポプラ社文庫）
小さなお客さん
うんのいい話
白いぼうし
すずかけ通り三丁目
山ねこ、おことわり
シャボン玉の森
くましんし
ほん日は雪天なり
「あとがき」
「文庫版あとがき」
•解説「さわやかで味わい深いファンタジー」西本鶏介

●車のいろは空のいろ　春のお客さん（二〇〇五・ポプラ社文庫）
春のお客さん
きりの村
やさしいてんき雨
草木もねむるうしみつどき
雲の花
虹の林のむこうまで
まよなかのお客さん
「あとがき」
「文庫版あとがき」
•解説「どちらまででしょうか」砂田弘

●車のいろは空のいろ　星のタクシー（二〇〇五・ポプラ社文庫）
ぼうしねこはほんとねこ

星のタクシー
しらないどうし
ほたるのゆめ
ねずみのまほう
たぬき先生はじょうずです
雪がふったら、ねこの市
「あとがき」
「文庫版あとがき」
・解説「あまんさんといやしの文学」
　松谷みよ子

●七つのぽけっと〈復刻版〉（二〇〇五・理論社）
あおい　ビーだま
みっこちゃんの　はなし
はるの　おきゃくさん
なみだおに
あきの　ちょう
すてきな　おきゃくさん
コンの　しっぽは　せかい　いち
「おわりに」

●なまえをみてちょうだい（二〇〇七・フレーベル館）
なまえを　みてちょうだい
ひなまつり
あたしも　いれて
みんな　おいで

●空の絵本（二〇〇八・童心社）
1　ある日　ある時
花を摘む
天気予報
自転車をおりる
秋がくると
2　思いだすままに
あじみの手伝い
原風景
思いだすままに
花びら笑い
3　この道より　歩く道なし
一冊の絵本から
幼ものがたり
夢、あれこれ
うつむきながら
空の絵本
「あとがき」

●あまんきみこ童話集1（二〇〇八・ポプラ社）
おにたのぼうし
きつねみちは天のみち
きつねみちは、天のみち
　―ともこは―
おいで、おいでよ　―けんじは―
ざんざの雨は、天の雨
　―あきこは―
あした、あした、あした
七つのぽけっと
青いビー玉
みっこちゃんの話
なみだおに
秋のちょう
コンのしっぽはせかいいち
ぽんぽん山の月
金のことり
「あとがき」

●あまんきみこ童話集2（二〇〇八・ポプラ社）
車のいろは空のいろ

白いぼうし
山ねこ、おことわり
くましんし
春のお客さん
やさしいてんき雨
ぼうしねこはほんとねこ
星のタクシー
雪がふったら、ねこの市
ふうたの雪まつり
「あとがき」

●あまんきみこ童話集3（二〇〇八・ポプラ社）

ミュウのいるいえ
　スキップ、スキップ
　春の夜《よ》のお客さん
　ミュウのいえ
はやすぎる、はやすぎる
シャムねこ先生、お元気?
名前をみてちょうだい
ふしぎなじょうろで水、かけろ
元気、わくわく
よもぎ野原のたんじょう会
えっちゃんの森
　風船ばたけは、さあらさら
ひみつのひきだしあけた?
「あとがき」

●あまんきみこ童話集4（二〇〇八・ポプラ社）

おっこちゃんとタンタンうさぎ
　はじめのはなし
　ふしぎなじどうしゃ
赤いくつをはいた子
あかちゃんのくに
すずかけ公園の雪まつり
　おわりのはなし
きつねのかみさま
おまけのじかん
「あとがき」

●あまんきみこ童話集5（二〇〇八・ポプラ社）

こがねの舟
　くもんこの話
ままごとのすきな女の子
ちいちゃんのかげおくり
おかあさんの目
　おかあさんの目
　天の町やなぎ通り
おしゃべりくらげ
おはじきの木
だあれもいない?
　ふしぎな森
　かくれんぼ
「あとがき」

●あまんきみこ童話集（二〇〇九・ハルキ文庫）

くもんこの話
いっかい話、いっかいだけ
ひゃっぴきめ
カーテン売りがやってきた
天の町やなぎ通り
野のピアノ　野ねずみ保育園
海うさぎのきた日
きりの中のぶらんこ
さよならのうた
ふしぎな森
かくれんぼ

北風をみた子
「この童話集によせて」あまんきみこ
•編者解説「色彩と光と風のファンタジー」谷悦子

●あまんきみこセレクション①
春のおはなし（二〇〇九・三省堂）

•えっちゃんの春
スキップ　スキップ
ひなまつり
おひさまひかれ
春の夜《よ》のお客さん
ミュウのいえ

•松井さんの春
春のお客さん
小さなお客さん
ぼうしねこはほんとねこ
星のタクシー

•短いおはなし
くもんこの話
花のおふとん
まほうのマフラー
わらい顔がすきです

•すこし長いおはなし
みてよ、ぴかぴかランドセル
おはじきの木
花を買う日
がんばれ、がんばれ
もういいよう
コンのしっぽは世界一
霧の中のぶらんこ

•長いおはなし
かみなりさんのおとしもの
ふしぎな公園
ふうたの花まつり
海のピアノ

•あまんきみこの広がる世界へ
青葉の笛
•対談　春のお客さま　西巻茅子さん

●あまんきみこセレクション②
夏のおはなし（二〇〇九・三省堂）

•松井さんの夏
白いぼうし
すずかけ通り三丁目
霧の村

•えっちゃんの夏
えっちゃんはミスたぬき
はやすぎる　はやすぎる
とらをたいじしたのはだれでしょう
バクのなみだ

•短いおはなし
うさぎが空をなめました
おかあさんの目
きつねのかみさま
きつねの写真
月夜はうれしい
夕日のしずく

•すこし長いおはなし
ちいちゃんのかげおくり
天の町やなぎ通り
こがねの舟

•長いおはなし
赤いくつをはいた子
海うさぎのきた日
きつねみちは天のみち
ふうたの星まつり
星のピアノ

- **あまんきみこの広がる世界へ**

雲
黒い馬車

- 対談　夏のお客さま　岡田淳さん

あまんきみこセレクション③ 秋のおはなし（二〇〇九・三省堂）

- **えっちゃんの秋**

名前を見てちょうだい
ねん　ねん　ねん
あたしも、いれて
ふしぎなじょうろで水、かけろ

- **松井さんの秋**

ねずみのまほう
山ねこ、おことわり
シャボン玉の森
虹の林のむこうまで

- **短いおはなし**

青い柿の実
きつねのお客さま
ひつじ雲のむこうに
ぽんぽん山の月
すずおばあさんのハーモニカ
秋のちょう

- **すこし長いおはなし**

おしゃべりくらげ
金の小鳥
ねこルパンさんと白い船
さよならの歌
赤ちゃんの国
むかし星《ぼし》のふる夜

- **長いおはなし**

おまけの時間
口笛をふく子
ふうたの風まつり
野のピアノ

- **あまんきみこの広がる世界へ**

百ぴきめ
湖笛

- 対談　秋のお客さま　江國香織さん

あまんきみこセレクション④ 冬のおはなし（二〇〇九・三省堂）

- **松井さんの冬**

くましんし
本日は雪天なり
雪がふったら、ねこの市
たぬき先生はじょうずです

- **えっちゃんの冬**

ストーブのまえで

- **短いおはなし**

ふたりのサンタおじいさん
一回ばなし　一回だけ
おにたのぼうし
ちびっこちびおに

- **すこし長いおはなし**

すずかけ写真館
花と終電車
かまくらかまくら雪の家

- **長いおはなし**

ねこん正月騒動記
ふうたの雪まつり
花のピアノ

- **あまんきみこの広がる世界へ**

赤い凧
うぬぼれ鏡
北風を見た子

- 対談　冬のお客さま　宮川ひろさん

●あまんきみこセレクション⑤
ある日ある時（二〇〇九・三省堂）

1　四角い空——幼ものがたり
窓から
花びら笑い
名前
くちびるに歌を持て
あじみの手伝い
りんごの夢
私の中の「ふるさと」
幼ものがたり
花摘み
「ねこ、ねこ、ねこ」
地図の中の道
一冊の童話集
先生のおくりもの
子ども部屋から
少女期にくださった最高の贈り物
あの日、そして
声を出して読む
「幸」の一文字
夢・あれこれ
母の形身のホシ

2　ポストの音——書くということ
童話教室の席から
私と「お話」
私の童話
小さな「種子」
告白
きつね雑感
松井さんのこと
今西祐行先生のこと
手紙あれこれ
旧満州
一冊の本から
松谷みよ子先生のこと
金子みすゞさんのこと
「まつり」の作品について
くちごもりつつ—なぜ書くか、私の
児童文学
手紙から—ちいちゃんのかげおくり
「ほんとう」にこだわりながら

3　小さな宅配便——思いだすままに
ツクシ
近眼物語
「こども」と「おとな」
重たい買物籠
海辺の町で
或る本屋さんで
長岡公園と天満宮
或る会話
くり返しくり返し
タンポポ
ホオズキ
うつむきながら
明日
素敵な附録
電話
天気予報
なくしたものと残ったもの
或る出会い
原風景に映るセピア色の世界
——酒谷川
あしたのきみよ　がんばれきみよ
ひとつのものとたくさんのものと

	1986（昭61）	1989（平01）	1992（平04）	1996（平08）	2000（平12）	2002（平14）	2005（平17）	2011（平23）	2015（平27）	2020（令02）
	4上	4上	4上	4上	4上	4上	4上	4上	4上	4上
	4上	4上	4上	4上	4上	4上	4上	4上	4上	4上
	4上	4上	4上	4上	4上	3上*1				
					4上		4上*2			
								4	4	
									4上	4上
	2上	2上	2下	2下	2下	2下	2下	2下	2下	2上
			5上							
	3下	3下	3下	3下	3下	3上	3下	3下	3下	3下
							3下			
								3	3	
	3下	3下	3下	3下	3下	3下	3下	3下	3下	3下
	4上									
		3上	3上							
			2上	2上	2上					
			2上	2下	2下	2下	2上	2上	2上	2上
								2	2	
									2上	2下
				5上	5上	5上				
				1下	1下					
				1下	1下					
						2上				
						中1	中1			
								1下	1下	
								2上		
									1上	
									4上	4上

◉あまんきみこ作品の教科書掲載詳細一覧

教科書掲載作品	発行者	1971（昭 46）	1974（昭 49）	1977（昭 52）	1980（昭 55）	1983（昭 58）	
白いぼうし	学校図書	4上	4上	4上	4上	4上	
	光村図書	5上	5上	4上	4上	4上	
	日本書籍			4上	4下	4下	
	大阪書籍						
	三省堂						
	教育出版						
小さなお客さん	教育出版	3上	3上				
名前を見てちょうだい	東京書籍			2上	2上	2上	
くもんこの話	教育出版			4上			
きつねの写真	教育出版				3下	3下	
	東京書籍						
おにたのぼうし	教育出版						
	大阪書籍						
	三省堂						
ちいちゃんのかげおくり	光村図書						
すずかけ写真館	東京書籍						
おかあさんの目	大阪書籍						
すずおばあさんのハーモニカ	日本書籍						
きつねのお客さま	教育出版						
	三省堂						
	学校図書						
おはじきの木	教育出版						
青い柿の実	大阪書籍						
うさぎが空をなめました	学校図書						
ひつじ雲のむこうに	学校図書						
雲	三省堂						
夕日のしずく	三省堂						
	学校図書						
わたしのかさはそらのいろ	東京書籍						
山ねこ、おことわり	光村図書						

＊1　平成16年版は、同新社発行　＊2　平成21年、22年版は日本文教出版発行

ま

や

ら

わ

著作目録（p.182～p.201）索引〈教科書掲載作品のみ〉

- この索引は、現在教科書に掲載されている作品を対象としています。
- 作品名のあとの丸数字は、箇所数を表します。

た

な

は

あまんきみこの作品索引

◉凡例
- 本書に出てくる、あまんきみこの作品を50音順に立項しました。
- 作品と書籍との区分はしていません。なお、『車のいろは空のいろ』は作品ではなく、連作ですが、立項しています。
- 物語、エッセイ等のジャンルは問わず、50音順に並んでいます。なお、✤印がついた作品は、エッセイを表します。
- 作品の表記は『あまんきみこセレクション』の表記によりました。
  例「きつねのお客さま」「きつねのおきゃくさま」→「きつねのお客さま」
- 対象とした範囲は、p.11～p.177とp.202、p.203です。

あ

あまんきみこ研究会

本研究会は、2016年2月に「あまんきみこに関する研究を推進し、その発展普及を図ること」を目的に設立されました。現在、年2回の研究会の開催と会報（年刊）の発行を主な活動として行っています。入会、研究会情報など、本研究会に関するお問い合わせは、amankenkyu@gmail.comまでお願いします。

〈代表・宮川健郎〉

1955年、東京都生まれ。現在、大阪国際児童文学振興財団理事長、武蔵野大学名誉教授。『国語教育と現代児童文学のあいだ』（日本書籍 1993年）、『現代児童文学の語るもの』（NHKブックス 1996年）、『あまんきみこセレクション』①〜⑤（共編 三省堂 2009年）など著書編著多数。

あまんきみこハンドブック

2019年9月30日　第1刷発行

編著者　あまんきみこ研究会（代表　宮川健郎）
発行者　株式会社 三省堂　代表者 北口克彦
印刷者　三省堂印刷株式会社
発行所　株式会社 三省堂
〒101-8371 東京都千代田区神田三崎町二丁目22番14号
電話　編集（03）3230-9411　営業（03）3230-9412
https://www.sanseido.co.jp/

落丁本・乱丁本はお取り替えいたします。
ISBN978-4-385-36309-7　〈あまんハンドブック・212pp.〉